黑丫头

汪木兰 陈继合 著

知识产权出版社
全国百佳图书出版单位
—北京—

图书在版编目（CIP）数据

黑丫头 / 汪木兰，陈继合著 . —北京：知识产权出版社，2021.10
ISBN 978-7-5130-7634-0

Ⅰ.①黑… Ⅱ.①汪…②陈… Ⅲ.①长篇小说—中国—当代 Ⅳ.①I247.5

中国版本图书馆 CIP 数据核字（2021）第 150368 号

内容提要

黑丫头出生于战乱烽火年代，浸染着乡村炊烟，无知无畏，在广阔的农村天地里自由自在地成长。历经坎坷她终于走上求学之路，却为了刻骨铭心的感情，放弃了深造的机会。在乡村，她把青春播撒在田间地头，却一直惦念三尺讲台，希冀培育出桃李万千。她牵挂着国事、家事，辛劳大半生，经历风云变幻，遇事每每又义薄云天，一段段传奇让人更生敬意。黑丫头是千千万万中国女性的缩影，她的故事值得人们铭记，正是这种坚韧、善良、不服输的精神，承载了民族的希望与未来。

责任编辑：李　娟　　　　　　　责任印制：孙婷婷
插　　画：陈继合

黑丫头

HEI YA TOU

汪木兰　陈继合　著

出版发行	知识产权出版社 有限责任公司	网　址	http://www.ipph.cn	
电　话	010-82004826		http://www.laichushu.com	
社　址	北京市海淀区气象路 50 号院	邮　编	100081	
责编电话	010-82000860 转 8363	责编邮箱	laichushu@cnipr.com	
发行电话	010-82000860 转 8101	发行传真	010-82000893	
印　刷	北京九州迅驰传媒文化有限公司	经　销	各大网上书店、新华书店及相关专业书店	
开　本	720mm×1000mm　1/16	印　张	13.5	
版　次	2021 年 10 月第 1 版	印　次	2021 年 10 月第 1 次印刷	
字　数	200 千字	定　价	39.00 元	
ISBN 978-7-5130-7634-0				

出版权专有　侵权必究
如有印装质量问题，本社负责调换。

序

　　从初中到现在，我一直庆幸遇到班主任汪木兰老师。

　　1984年9月，穿过老龙潭菜园那条逶迤小路，我们来到向往已久的河北省怀来县沙城中学。皮肤黝黑的班主任汪木兰老师接待了我们，从此，感受到她母亲般的关怀。后来，从报纸上看到报道《塞外一枝传奇花》，主人公竟然是汪老师。她的魅力化作凝聚力，我们初中十七班成为张家口地区先进集体，那是中学时代弥足珍贵的记忆。

　　1994年，我从张家口师范专科学校毕业，也成了班主任，切身的体会远不是以前可比的。2001年秋，我到刚刚成立的怀来县职教中心初中部（后更名为沙城第四中学）任教。两年后，我曾经的班主任汪老师如约而至，她管理学生公寓一百多个宿舍的一千多名学生。那年，她65岁。从此，学生公寓就出现了一个被学生喊作"奶奶"的整日劳碌的身影，楼前怒放的串串红、小黑板上时常更新的提示、管理室的针线包、小鸟般飞进飞出"奶奶、奶奶"喊个不停的孩子们，成了校园里动人的风景。而我，也在学生公寓有了一个温暖的港湾。

2009年秋，我被安排外调编写《怀来教育志》，汪老师伤心不舍。那一年中，我常常回到学生公寓品尝莜面饺子、煮红薯，品味难得的人生经历。又一年金风起，我如约回校，就像当年班主任汪老师履行承诺那样坚定。

2012年毕业庆典，班主任汪老师和校长、门卫、炊事员、校医同台接受学生的献礼——每一个辛勤耕耘过的学校员工都有这样的温馨时刻。这年夏天，我们欢送75岁的班主任，也共同见证一个奇迹：一位古稀老人，能够管好百余间宿舍，能够让上千个孩子喊"奶奶"……

为了帮助班主任汪老师安排赋闲时光，我撺掇她写起了自传。一年后，十万字的《黑丫头》初稿诞生：出生于战乱烽火年代，浸染着乡村炊烟，放弃了大学深造，投身到农忙田间，痴迷着三尺讲台，培育出桃李万千，牵绊着国事家事，恰然于耄耋之年……经历风云变幻，遇事每每又义薄云天。一段段传奇让我心生敬意，感觉班主任汪老师既熟悉又陌生……

2020年新冠肺炎疫情防控期间，84岁的班主任汪老师笔耕不辍。小说《黑丫头》的出版，是我与班主任汪老师以书相约，我将永远珍惜这眷眷师爱，追忆似水流年。

陈继合

2020年1月23日

目　录

第一章　故乡三里河……………………………………001

第二章　上学延庆县……………………………………039

第三章　教书到城关……………………………………059

第四章　求学北沙城……………………………………067

第五章　耕耘陈家铺……………………………………103

第六章　代课回沙中……………………………………133

第七章　难忘四中情……………………………………169

第八章　最美夕阳红……………………………………185

后　　记…………………………………………………199

第一章 故乡三里河

黑丫头

察哈尔省（今已撤销）延庆县城北边有个小村庄，村中流淌着一条小河，冬天也能冒出热气。河里的水清澈见底，水中鱼儿成群，两岸柳枝下垂，犹如仙女的长发。河上有一座五孔的石桥，桥下一只石龟头朝东尾朝西，据说是镇河神灵。石龟距离县城北门正好三里地，所以这个小村庄就得名三里河村。

三里河村只有七十多户人家，邻村上水磨村的人就多了，村里有座水轮机磨坊，供附近十里八乡的人们磨面、碾米。延庆县城北有一个传统：每年五月初五端午节这天，附近三里五村及城里的男女老少都到上水磨村逛庙会。庙会热闹极了，烧香拜佛的、唱大戏跑旱船的、拉洋片变戏法的，还有数不清的小吃、各种腔调的叫卖声……给上水磨村增添了不少风光。

一九三七年的端午节过后不到一个月，卢沟桥事变爆发，世道就不太平了。可这上水磨村的财主杜老四为了给他娘祝寿，又请来了山西梆子剧团。城里的小商贩得到消息，天不亮就到上水磨村铺好地毯、支起货架，占个好摊位，三里河村也有几家做好了凉粉去卖。早饭过后，憋久了的乡亲们陆续来到上水磨村，平日里大门不出、二门不迈的大闺女、小媳妇和小脚老太太也来看热闹。

戏台上演的是《秦香莲》，大家看得甭提多起劲儿了。正午时分，演到"杀庙"一场，天空中忽然传来了一阵嗡嗡声，人们不由得抬头张望，没有云彩，声音不像是雷声，大家丈二和尚摸不着头脑。只见几只灰白色的"大鸟儿"腾空而过，随后传来了轰轰的爆炸声，霎时间浓烟滚滚、飞沙走石。人们魂飞魄散，特别是妇女们更沉不住气，哭喊声震耳欲聋。过了一会儿，不知谁大喊一声："日本鬼子飞机扔炸弹了，快跑呀！"人们如梦方醒，小商小贩扔下货摊随着人群奔跑，戏台上的"秦香莲"跳下来仓皇逃命，现场一片混乱。

第一章　故乡三里河

在逃命的人群中跟跟跄跄地走着一个大肚子孕妇，一双三寸大的金莲小脚还跑丢了一只绣花鞋。她的脚步越来越慢，气喘吁吁地坐在了地上，脸色苍白、肚子疼痛，而且着急想撒尿，可一个女人家怎么能在人群里方便呢？她可愁坏了，可是肚子疼得更厉害了。她想自己是不是要生了，又安慰自己，才七个月，肚子里的孩子应该不会出来呀！人们常说：怕鬼就有鬼，"哗啦"一声，从孕妇的裤腿口流下来一股尿水，这是分娩前溢出的羊水。她害怕了，四处张望着熟人，可巧陈旺家的二婶子走到了这里，孕妇用尽气力喊："二婶子，快帮我一把，实在走不动了。"幸好三里河村、上水磨村的距离不到一里地远，二婶子搀扶着孕妇总算挪到了家门口。

二婶子走上前大声喊着："王家老太太，你儿媳妇要生了，快出来扶她一把！"佣人二大娘听到喊声，跑出来开门。二大娘看到少夫人脸色蜡黄，裤腿不停地往下滴着血水，忙问："少夫人，您要生了？"这孕妇说："我清清楚楚记得这孩子才七个月呀，怎么就要生了呢？"二大娘说："兴许是刚才惊吓着了，要不就是怒气伤肝动了胎气，快进屋吧。"听二大娘说怒气伤肝，孕妇泪如雨下："二大娘，您猜对了，我最爱看《秦香莲》这出戏了，您看我还不如秦香莲呢！"说着说着，肚子一阵阵疼痛加重，她也顾不上想别的，就对二大娘说："快，快去端盆水来。"

二大娘端来一盆子清水，正好王老太太也从外边回来了，就问二大娘："你端水干什么？""老夫人，少夫人要生了！"二大娘照实回答。一听这话，王老太太提高了嗓门："少家失教的，挺着个大肚子也不怕人笑话，看的什么热闹，亏她还有本事回来！"二大娘见王老太太生气就宽慰道："老夫人您别生气，少夫人这回兴许给您生个大胖孙子！""呸！草鸡下不出金凤凰！"王老太太大声嚷着，"翠莲，你给我听好了，如果今天再生出个丫头片子来，

你趁早给我掐死，我怕见丫头，一见就堵得慌！"王老太太看也没看这少夫人一眼，径直回自己房里去了。

这老王家祖传的家风就是重男轻女，少夫人翠莲婚后曾先后生过三个女儿，一个病死了，两个被活活淹死了。说来这翠莲的命也真够苦的，她本出身于一个没落的诗书之家，据说爷爷辈是考中过举人的，到她父亲这辈仍然被称作七先生。她家的老宅子房檐下有好多木匾，门口两个一米多高的石狮子好不威风。狮子的威风犹存，可这九连环青砖碧瓦房院的主人却潦倒不堪。翠莲十五岁时母亲去世，留下两个哥哥、两个弟弟和一个妹妹，父亲怕有了继母孩子受气，所以一直没有再娶，照顾弟妹的责任就落到了翠莲肩上。自从母亲去世，翠莲承担了全部家务，她每天做饭、洗衣、打扫，还要给三岁的弟弟穿衣、穿鞋，给五岁的妹妹梳头、编小辫儿，十五岁的她倒像是个家庭妇女。

翠莲十八岁时，经人介绍嫁给了三里河村的王少康。少康比她小三岁，不懂得什么是夫妻。翠莲每天给丈夫铺床叠被，端茶送饭，还像侍候弟妹一样侍候着少康。少康十八岁时，去宣化读初中，一走半年，直到放假才回家，王老太太为了给儿子接风，就叫人做了几个菜，少康就和父亲及两个弟弟举杯共饮。少康从小就会喝酒，因为他外公是开酒坊的。这天他喝得酩酊大醉，晚上，翠莲第一次当了女人。到了九月，翠莲产下一个女孩儿，她满心欢喜，觉得自己当妈妈了，老太太有了孙女一定会高看儿媳妇儿一眼。然而事与愿违，她生的第一胎是个女孩儿，还是属羊的，这王老太太本来就重男轻女，再加上迷信属羊的命不好，就更看不上眼了。

翠莲分娩以后，王老太太没有看过孩子一眼，更不用说给孩子摆满月酒了。王老太太还要时不时地说些风凉话，她骂翠莲的肚子不争气，生不出男孩倒还罢了,为什么却偏偏生个属羊的丫头片子?不但是赔钱货,而且还是个妨倒主子货。翠莲受不了婆婆的冷嘲热讽,经常偷偷抹眼泪,有时还拿孩子出气。

孩子两岁那年的一个傍晚,翠莲带着她到河边洗衣服,小丫头站在旁边觉得身上有点儿冷,就哭着说:"娘,咱们回家吧!我好冷呀!"翠莲本来就因为女儿出生受了不少窝囊气,见孩子哭声不止,顺手"啪"的一巴掌打在孩子脸上,孩子一个趔趄摔到河里来回扑腾,翠莲将孩子拉上来接着骂:"哭!哭!你就知道哭,早晚把我哭死了算!"孩子浑身湿淋淋地站着发抖:"娘,我不敢哭了!咱们回家吧,我好冷呀!"看见孩子那可怜的样子,翠莲的心软了下来,搂住孩子泪流满面。

孩子太小,经不住连打带吓,第二天发烧一病不起。家里没人为她请医抓药,没多久属羊的小闺女一命呜呼!后来,翠莲又连生了两个女儿,都被扔到尿盆儿里淹死了。

现在翠莲要生的第四个孩子命运如何呢?疼痛过后,一个黑乎乎的小东西生出来了,翠莲忙问二大娘:"是男是女?""少夫人,您先别着急孩子,您是早产,千万保重好自己的身子,孩子的事待会儿再说。"听了二大娘的话,少夫人觉得是不祥之兆。她吃力地爬起来,拉过孩子一看,好像一盆凉水自天而降,顿时心灰意冷,呜呜地哭了起来。说也怪,这孩子生出来一声没哭,而是睁着一双小眼在看人。翠莲看了看孩子的小脸,一狠心抓起了孩子的一双小脚丫哭道:"孩子,转世投胎到别人家去吧!别怪娘狠心,这个家是容不下你的。"她使劲一摔,将孩子掷向了水盆,可巧水盆被孩子的头碰了个底朝天,水流了一地,"哇……哇……"孩子大声哭了。翠莲一看这招儿不行,就随手拉过来一个双人枕头,准备捂死孩子。

黑丫头

这时,街上的喊叫声传过来,院里有呜里哇啦的说话声,随后屋门被踹开,一个头戴钢盔手握大枪的日本鬼子闯进了屋子。翠莲正血天血地、赤条条地躺在炕上,小鬼子一看就明白了这是产妇的房间,也许是害怕晦气,一手捂着脸急忙后退。可他忘了脚底下的门槛子,扑通一声摔了个倒栽葱,手里的枪也走火了,"啪"的一声子弹打在了大红木柜上。小鬼子爬起来"咕噜咕噜"地骂着走了,翠莲吓得魂不附体,二大娘躲在门后抖成了一团,孩子也一下子不哭了。

这时的翠莲再也顾不得处置孩子了,过了好大一会儿,二大娘才说:"少夫人,您今天生的这位千金可命大,留下她等着享福吧!"翠莲听二大娘这么一说,也觉得有些蹊跷,为什么我两次想弄死她都没有成功呢?她的心软了下来:"二大娘,我可以留下她,但是老太太肯定不答应,还有那大少爷本来就一颗心不在家里,我有了孩子他就更要去外边寻花问柳了。"二大娘听少夫人这么一说,心里咯噔了几下,心想亲生闺女都不要,孩子也太可怜了。二大娘热心肠,就说:"少夫人,这份心您就别操了,孩子我抱走,我替您养着,您什么时候想要就带走,不想要就算我抱养的,您看行吗?"翠莲心想,听人劝吃饱饭,我一连生了四个丫头,三个都死了,这第四个又是丫头,而且两次不死,可能这是天意,也许下一个该生小子了。

从这天起,二大娘就担负起了抚养小丫头的责任,没有人给小丫头起名字,因为皮肤黑,大家都叫她"黑丫头"。

王老太太听说二大娘收养了黑丫头,心里虽有不快但也没有太多的责备,只是冷言冷语地说:"你连自个儿都顾不了,还愿受累侍候个丫头片子赔钱货?"二大娘说:"老夫人,我求您每天给孩子点儿米汤,喝口儿就行,受累我不怕。"

第一章　故乡三里河

提起这王老太太，可是远近闻名，她的娘家是开缸房（酒坊）的，从小娇生惯养、强说强道、专横跋扈。因为王老太太娘家比老王家多几个臭钱，所以王老头从来都是唯命是从，一点儿主也做不了。王老太太是"矬老婆高声"，她在大北房一说话，街门外都能听见。她那黑黄色的脸上嵌着一对三角眼，一脸横肉似笑非笑，一手遮天一手盖地，人送外号"母夜叉"，窝囊废丈夫十二分地怕她。她在村里看不起穷人，在家里不喜欢女孩儿。

二大娘把小丫头喂养满月了，王老太太没有给孩子摆满月酒，翠莲的弟弟妹妹们来看望姐姐也就吃了点儿随茶随饭，饭后妹妹问："姐姐，孩子叫什么名字？""没有名字。""这孩子浑身黝黑，就叫她黑丫头吧！名字难听可好养活，愿她长命百岁！"二大娘在一旁插嘴道。少夫人说："孩子你带，你觉得顺口就叫她黑丫头吧，反正家里也不会有人叫她一声。"

八月十五到了，这天晚上，村里的人们都要摆上香案祭拜月亮，祈求花好月圆、人寿年丰。老王家的长工这天也放假一天回家团聚去了，只有二大娘和大羊倌李大爷在。这天，家家户户的香案上都供有月饼，全家人团聚一起拜月亮，一般是女人先拜，有的地方还有"男不拜月，女不祭灶"的讲究。小孩子是拜兔儿爷，也就是月光菩萨的画像。有钱人家的月饼有盆口大，还有身披战袍、手拿杵臼、背插小旗、跨着坐骑的兔儿爷月饼。祭月以后，由家里的长者把团圆月饼按人头切成块，各守一份，要是有人不在家，就把切下的小块留下，代表一起团圆。除了月饼、水果，桌上还供有白酒，两头摆着烛台。

晚上八点多钟，全家人都到齐了，就等着王老太太来上香、磕头了，突然狂风大作、乌云滚滚、雷声轰鸣，王老太太叫人们七手八脚地将供桌抬进了后院的大正房。这大正房不住人，是老王家供奉祖先牌位的屋子，王老太

黑丫头

太每逢初一、十五都要来给祖先烧香。看着天要下雨了，王老太太又叫李大爷把晾在院子里的亚麻秆子一捆一捆地搬进了大正房的墙角。

香案摆好以后，王老太太率领全家的男女老少恭恭敬敬地跪在地上，她双手捧着一炷高香从蜡烛上引燃。香还没有全点着，呼！呼！一阵狂风破门而入，毫不留情地将蜡烛吹倒，供桌上的黄表纸沾火就着了，桌边的红围布也引着了。看到供桌上火了，胆小的都跑出去了，房内只剩下王老太太和李大爷。王老太太扔下手中的香，顺手从门后抓起了高粱笤帚扑打，她这一扑打不要紧，笤帚也沾火就着。王老太太想用力拍灭笤帚上的火焰，谁想她抬手过高，着火的笤帚又碰到了身后的窗户，窗户一个连一个地点着了，墙角的几捆亚麻秆子也燃着了，霎时间三间大瓦房变成了一片火海。村里的人们看到火光都来救火，多亏老王家离小河近，大火很快就扑灭了，但好端端的大正房烧成了一片瓦砾。要不是人们救得紧，后院的牲口圈和堆放杂物的小草房也都得着了。王老太太的头发也燎光了，成了秃瓢，所幸没有伤着别人。

第二天，老王家还未从惊魂失魄中缓过来，一位身穿长衫、头戴礼帽的中年男人来找王老太太。二大娘忙问："先生，您找老夫人有什么事吗？"来人说："前天赶集时碰到了老太太，说她家的小孙女没奶吃，想给孩子找个有奶吃的好人家，可巧我媳妇连生三胎都没有留住，前天刚生了个男孩儿又没活，她哭得泪人似地，我想先抱养一个女孩儿给她压运，也许下次再生就留住了。"

二大娘一听来人是来抱养黑丫头的，不由得一阵心酸，心想，养只小猫小狗时间长了还舍不得丢掉，更何况是人呢？黑丫头已经会笑了，就像自己亲生的，今天有人要抱走孩子，怎能忍心放手？

二大娘想了想，看着来人说："先生，别怪我多嘴，实话告诉您，这孩子是个早产儿,她娘怀她还不到七个月就生了,小丫头个子不大,只有鞋底那么长,而且是三天发烧、两天拉稀,小黄脸活像半个苦瓜似地,您抱回去也难养活。"来人听了二大娘一番话,犹豫了。他想要抱一个健健康康、漂漂亮亮的孩子,如果抱回这么个苦瓜似地丫头,媳妇一定不开心。他决定不抱黑丫头了,可是站在那里就是不走。来人对二大娘说:"听人劝吃饱饭,我决定不要这个孩子了,可是我还得要回给老太太的两块大洋押金,我不能人财两空啊!再说了,你说孩子长得不好,我得亲眼看看。"二大娘见来人执意要找王老太太,就说:"先生,您稍等,我去给您通报一声。"

二大娘给来人泡了碗茶水就奔王老太太房中去了,见了老太太问候道:"老太太,您今天好点儿了吧?"王老太太说:"多亏了你给我抹的獾子油,这土法儿还真管用,今儿好多了。"二大娘向前挪了一步:"老太太,刚才来了一位客人,说您答应他要把黑丫头送给他养,可他说媳妇不同意,所以请您退还那两块大洋。"王老太太一听火冒三丈:"什么呀?他一个男子汉大丈夫说话不算数,是他反悔,又不是我不给孩子。去,跟他说,要人有,要钱不给!"

二大娘见王老太太大发雷霆,连忙退了出来,回到客房对来人说:"先生,您别生气,老太太家昨天失火,老人家被烧得毛发全无、满脸是泡,她正没好气哩,如果您一定要押金,老太太肯定不会给您。我再实话告诉您,小丫头生那天日本鬼子进屋,昨天满月家中又失火,把好好的三间大北房烧了个精光,这孩子命硬,您要抱回去没准儿会带来灾难!"来人一听这话急了:"孩子我是指定不要了,但那两块大洋押金必须退给我,不然我没法跟媳妇交代!"

二大娘看这来人也不是省油的灯,为了保住黑丫头,只能自掏腰包。她

黑丫头

转过身对来人说："先生，您先稍等，我去给您取钱。"说完这话，二大娘急匆匆回到自己的房里，把三年来积攒下的几个零钱包好，回到客房，对来人说："先生，您数数，我就这点儿钱，您先收着。"来人数了数，一共一元八角。二大娘说："先生，您先拿着，等过年时孩子挣上压岁钱，我一定给您补上。"见来人还不走，二大娘就生气了："先生，别自讨没趣，孩子是您退的，钱只差二角，您还不依不饶，老夫人正在养伤，如果惹恼了她，不但拿不到钱，还会挨顿骂！"来人无奈，只好起身走了。

送走来人，二大娘连忙回到自己的房中，一把抓抱起黑丫头，亲着她的小脸说："孩子，差一点儿二大娘就见不到你了，算你命大，抱你的人叫我给吓跑了！"黑丫头睁着一对小眼睛，看着二大娘咯咯地笑，好像在向二大娘致谢。这二大娘是本村人，三年前，丈夫生病曾经借下老王家十块大洋，因为无力偿还，就带着八岁的儿子小宝到老王家当了洗衣做饭的佣人。小宝虽然年幼，也不能待着不干活，每天跟着大羊倌李大爷去放羊。小宝放羊不挣工钱，只是混口饭吃，只有过年、过节东家才给几个压岁钱、赏钱，刚才的钱就是几年来小宝的压岁钱。

老王家是三里五村有名的抠门儿土财主，据说他家的祖先是从江南讨饭来到北方的。有一天大清早，王老头出门拾粪，老远看见地头上扔了一件破袄，他近前一提，没拉动，于是他蹲下身来，双手使劲一拽，"哗啦啦"一堆白花花的银圆滚在面前。当时王老头傻了眼，定了定神，抬起头来四处张望，幸好天儿早路上没有别人，王老头匆匆忙忙用棉袄包好大洋放在粪筐里，一路小跑到了家里。进家以后，他没敢把钱拿回屋，而是把破袄悄悄地藏在了柴草堆下。

王老头那个美呀，他一会儿照照镜子，一会儿洗洗脸，乐得合不拢嘴。

他老婆见他早早回来也不干活，就问："你今儿是怎么了？啥也不干在家里臭美！是不是拾到金元宝了？"老婆的一句话说得王老头连连摆手："别瞎说，哪有什么金元宝！"太阳下山了，王老头揣着一肚子的喜悦钻进了老婆的被窝，嘴附在老婆的耳朵上把拾大洋的事一五一十地讲了一遍，老婆听后欣喜若狂，搂着王老头亲个没够儿。

人不得外财不富，老王家的日子一天天好过起来，几年后，家里盖起了一处新瓦房，又买了几十亩地和两头小毛驴。到现在，已经是远近有名的土财主了，在三里河村有三百八十亩旱地，一百多亩水地，两处大瓦房，在县城还有三处铺面房。

老王家富起来了，可祖宗传下来的"抱着元宝跳井——舍命不舍财"的传统没有变，现在的王老头仍然是舍不得吃、舍不得穿的抠门儿财主：冬天披一件老羊皮袄，戴一顶旧毡帽；夏天趿拉着一双破鞋，五个脚趾倒有三个露在外边，一顶破草帽遮在常年不洗的脸上。他每天早早起来背上筐拾粪，村里人送他外号"王讨吃"。

这王老头家的老婆更是出了名的小气鬼，她怕乞丐上门讨饭，家里大门总是关着，还养了一只大黄狗看门。每逢过年过节，村里的穷人找他借点儿粮呀、钱呀什么的，王老头总是说："今年收成不好，你看我连个皮袄都换不起。"三推两推把人打发走了。那个王老太太更是满脸横肉难说话，这两口子把村里的人都得罪遍了。这阵儿兵荒马乱的，有些恨之入骨的人就想招来土匪祸害他家。

时间过得真快，不知不觉腊月初八快到了。北方有个习惯，每年腊月初七，家家户户都在晚上煮一大锅腊八粥，第二天早早起来把腊八粥盛出来几碗放在供桌上祭祀祖先，庆贺五谷丰登，就连车、碾、磨上和牛、羊、马圈门上也要洒上一点儿，意思是丰收也有它们的功劳。其余的盛到高粱秆插成的排子上冻着，一直吃到过年。做腊八粥也有穷富之分，穷人家的腊八粥只有小米、大米、黄米、玉米、黄豆、豌豆、小豆和大枣八样，而富人家的腊八粥还要加上花生仁、核桃仁、莲子、栗子、桂圆等各类干果，但老王家的腊八粥只不过多了几粒花生仁儿。

今天是初七，二大娘早早地就把各种豆子拣好、各种米淘洗干净。天黑了，她烧起了大锅灶。快到半夜了，她又起来给锅加水添柴，一回头隐隐约约地看到了三个人影，其中两个手里抬着一个黑乎乎的东西向门口跑去。二大娘很纳闷，老夫人在这深更半夜的往外抬什么东西呢？管他哩，咱是下人，少管东家的闲事，二大娘回到自己的房里去了。不大一会儿，从王老太太的房里传出了大哭声："儿呀！长河儿呀！"二大娘忙到王老太太房中去看，原来是刚刚结婚两个月的二儿子长河被土匪绑走了，王老太太哭得死去活来，王老头也是老泪纵横。家里的长工、佣人都起来安慰王老太太，但事已至此，谁也没法子。三天以后，绑匪捎来信，要想见到二少爷必须叫王老头带上五百块现大洋去赤城县赎人，到时一手交钱、一手放人。王老头狠狠心，卖了五十多亩地将儿子赎回来了。长河今年刚满十八岁，非常胆小，平时说话也不高声，温温柔柔的像个女孩儿。他被绑时，土匪骑着马拴着他的双手拉着他跑，他哪能受得了？回来不到二十天就发烧、咳嗽，医生说他是肺炸了。一九三九年三月，长河病死了，留下一个刚刚结婚不满半年的二十岁小媳妇独守了空房。

王老头思念死去的二儿子，成天喝闷酒，再也没心思大清早出门拾粪了，半年来他的头发花白了很多。一转眼，腊月初八又快到了，想起前一年长河被绑，老王家都没有心思准备腊八粥了。就在腊月初六的晚上，王老头十一

第一章　故乡三里河

岁的小儿子老满和二儿子一样，又遭了这么一场劫。这次王老头又卖了五十亩地，可赎回来的不是人，而是一件老满随身穿的夹背心……王老头崩溃了，他得了肺病，刚刚五十四岁时就去西天寻俩儿子了。

王老头和长河、老满相继死后，老王家的威风一落千丈。老王家唯一的男人、大儿子少康从此不敢在三里河村家中住，他白天在家，晚上进县城躲土匪。少康媳妇翠莲自从生下黑丫头以后，又在三年中连生两个女婴，也都被淹死在尿盆里了。现在翠莲又有身孕了，为了侍候大少爷，她也搬进县城东街的铺面房后院去住了。这时三里河村老王家就只有王老太太、二寡妇和几个长工佣人了。

翠莲搬进城里半年多了，一次也没有回来看黑丫头。黑丫头已经四岁多了，在二大娘的精心照料下学会了自己穿衣吃饭、叠被睡觉。她只知道叫二大娘，不知道谁是她的亲娘。

一九四二年，抗日战争进入相持阶段，王家大少爷少康为了保命投靠了日本鬼子。他在延庆镇政府当了一名小户籍员，宪兵队敲诈他的次数少了，可是八路军和乡亲们不答应了，王少康没干满一个月就辞职了，后来又去城关小学当老师。

一九四二年的三月，老王家有了一件石破天惊的大喜事：翠莲生下来一个男孩儿，取名儿叫长庆。孩子满月大摆筵席，这天的客人有四五十桌，前院、后院都坐满了。二大娘也带着黑丫头进城来帮忙，二大娘见了少夫人，就拉着黑丫头的手指着说："丫头，快叫娘，这是你的亲娘。"黑丫头自从记事起就跟着二大娘，在她的小心眼儿里，二大娘才是娘，这个用布带子缠着头的人，不知道是谁，她没叫，只是抓住二大娘的手把小身子往二大娘的身后藏。二大娘问："少夫人月子好？小少爷的奶够吃了吧？"说完以后，她

黑丫头

又叫黑丫头叫娘,黑丫头不但没叫,反而"哇"的一声哭了起来:"娘,咱回家吧!"黑丫头这个举动给了翠莲当头一棒:这是我的亲生女儿吗?她为什么不喊我一声娘呢?翠莲的内心隐隐作痛,她在自责。是啊,作为母亲,你尽过一天的责任吗?你给孩子擦过一泡屎尿吗?你有什么资格叫孩子喊你一声娘呢?今天孩子不认你,怪谁呀?还不都是你为了讨好公婆和丈夫种下的恶果吗?翠莲哭了,二大娘劝道:"孩子还小,不懂事,等她大点儿了,您自己带着就会亲的。您放心,亲的就是亲的,后的代替不了。"

忙碌了一天,二大娘带着黑丫头又回到了三里河村。到家后,她顾不上休息,就忙着准备王老头过周年的香呀、纸呀、粘的衣服呀。过周年不像小少爷的满月热闹,只有几个至近的亲戚来祭奠。这天中午十一点了,家里人拿上纸钱、供品去坟地给王老头过周年,家里留下了儿媳、二寡妇看门。二寡妇才二十多岁,她是延庆县城人,细高的个子,白白净净,温柔善良,是一个人见人爱的俊俏小媳妇。丈夫死了两年多了,她独守空房。在那个世道,死了男人的妇女必须守过三年孝才能改嫁,而且嫁人走的那天都不能从正门出去,在路上不能和任何人说话,更不能摸他人的衣物,因为男人的死是她命硬妨的,一般人不敢娶。

去上坟的人都走了,家中只有孤苦伶仃的二寡妇,她想起了刚刚结婚还未曾熟悉的丈夫,为自己的苦命而哭泣,为短命的丈夫而哭泣……忽然一阵"咣咣"的砸门声,她从悲痛中惊吓过来。老夫人刚走,这是谁在敲门呢?又是一阵砸门声响,门被撞开了,三个日本鬼子进了院子,她来不及躲藏,就只好站在门后。一个鬼子进屋转身一看,就"呜里哇啦"地说着,然后哈哈大笑。那两个鬼子也一齐进来了,二寡妇吓得魂不附体,抖得像筛糠一样,挣扎着大喊救命。她被三个日本鬼子糟蹋了……

第一章 故乡三里河

快到吃午饭的时候了，王老太太领着家里人和亲戚回来了，大家见大门敞开着，进院后又见二寡妇的房门也大开着。二大娘心细、手脚利索，她三步并作两步进了二寡妇的房间，进门一看，只见那二寡妇赤条条地躺在炕上，身下一摊血，一动也不动。二大娘用手摸了摸二寡妇的鼻孔，还有一点点儿气息，她顺手拉过来一床棉被盖在二寡妇身上，见势不妙就赶紧把王老太太叫来。大约过了半个时辰，二寡妇慢慢睁开了眼睛，她迷迷糊糊地还没有从噩梦中清醒，就大声地喊："救命呀！救命！"随后又昏了过去。王老太太也没了主意，她叫二大娘关好房门，然后就招呼亲戚吃饭去了。

吃过饭，王老太太叫二大娘给打盆水送去，二大娘端着水盆一进屋，"咣当"一声盆子摔在了地上——二寡妇用裤腰带拴着枕头，勒在脖子上上吊了……二大娘吓傻了，愣了片刻才大声喊："老夫人，不好了，她，她二婶子上吊死了！"听到二大娘的喊声，全家人一起奔向了二寡妇的房间。年纪轻轻的一朵花还没有开就枯萎了，屋里哭成一团……

过了中午，老王家的长工把二寡妇的亲戚从城里请来，大少爷叫人给买了口棺材，找个地方草草埋了。这样"凶死"的人连坟地也入不了，更不能在家里停放，上吊的那间屋子也让城里的阴阳先生给撒了五谷，贴上了用朱砂画的黄符，没有人敢进去……老王家的二寡妇被日本鬼子糟蹋的事很快在村里传开了，从这以后，村里凡是有点姿色的大闺女、小媳妇都投亲奔友躲到城里去了。王老太太不怕日本鬼子，因为她年过半百，一米五的个头儿，秃瓢脑袋，满脸被火烧焦的疤痕，人见人怕。二大娘高大的骆驼个儿，满脸麻子，七坑八洼好似丘陵地一般，也不怕日本鬼子。

经历儿死、夫亡、儿媳妇上吊，王老太太像秋霜打了的茄子一样蔫了。地少了，长工有的回家不干了，还有两个参加游击队打日本鬼子去了，只剩

· 015 ·

下张和、张顺和大羊倌李大爷仨人，二大娘还在。

　　一九四三年的秋天，村里的人们都在抢收庄稼。怕人手不够，王老太太叫大羊倌李大爷也去割高粱，四十多只羊就由小宝一人赶着在地里放。天黑了，小宝赶着羊群往回走，刚到村口就听到了几声枪响，小鬼子又来了。他不敢直接回家，小鬼子见羊是必抓的，就多了个心眼儿，把羊群赶到了东家的打谷场里的墙角，然后和张顺大爷说了一声，自己一人回家去了。小宝走到大门口，见门紧闭着，他不敢敲门，在门道蹲了一会儿，听到街上有鬼子说话。他想，今天是不能走正门了。小宝弯着腰走到了大南房后面的水道口，先把草帽摘下，从水道口塞了进去，然后又紧了紧裤带，俯身钻了进去。二大娘眼看着天黑了，正要出街去找小宝。"娘，我回来了。"小宝拍拍身上的土站在了眼前，二大娘一颗悬着的心放了下来。"你怎么才回来呀？可把娘急坏了。"二大娘心肝宝贝儿地摸着小宝的头说："快吃饭吧！都凉了。"小宝说："娘，您先把饭包上，我得先去看看羊，别叫张大爷着急。"二大娘紧拦也拦不住，小宝揣上了两个馍馍，又从水道口钻出去了。这一夜，他没敢回家，和张顺大爷在打谷场房子里待了一夜。

　　第二天一大早，大少爷少康带着两个人回来了，他进家后顾不上看望王老太太，就径直奔向了后院的羊圈。圈里一只大羊也没有，他去问二大娘："圈里的羊呢？这么早不能去放吧？"二大娘说："大少爷您先别着急，听我告诉您。"二大娘就把昨天晚上日本鬼子来村和小宝没敢回家的事告诉了大少爷，大少爷听完就领着那两个人走了。过了一顿饭的工夫，小宝手里提着鞭子回来了。二大娘问："大少爷见着你了？羊呢？"小宝顾不得回答，先拿起水瓢"咕咚、咕咚"喝了半瓢凉水，抹了抹嘴说："羊……羊都让大少爷卖给别人了。""四十多只都卖了？""都卖了，一只也没剩。"小宝又接着说：

"娘，可怜那只黑耳朵的小羊了，它才出生三天就没娘了。"二大娘看着小宝对羊群留恋不舍的样子，就安慰说："先吃饭吧，羊是东家的，爱杀爱卖跟咱没关系。"二大娘心里想，老王家快完蛋了，大少爷这个败家子儿，前天刚卖了牛，今天又回来卖羊。

大少爷王少康自从父亲死后，成了老王家的主事人，由于不务正业，当了一年老师也被解雇了。王老太太的话他也当成了耳旁风，学会了抽大烟、下馆子，时不时去赌上几把，所以不到一年的工夫，他把家里的牛、羊、骡、马都卖光了，土地也就剩下七八十亩了。翠莲见丈夫一天天败落，只有悄悄落泪，哀叹自己命苦。

黑丫头跟着二大娘，没有爹娘管的孩子只有让天来照应。她天天跟着小宝这些男孩子玩儿，胆子也大。黑丫头八岁的时候，翠莲又生了个二丫头，这次不忍心再溺死了。王老太太照旧不待见，大少爷又不着家，这可苦了翠莲，吃喝都没人管。奶水不够吃，二丫头瘦瘦的没有人喜欢，只有黑丫头来了城里就好奇地逗着这个二妹。该过"百岁"的时候，黑丫头在炕上没见二丫头，就问："娘，我二妹呢？"翠莲哇地哭出声来："你二妹，让李家场的二小花抱走了。""她为啥抱我二妹？""你二妹，送给她了……"翠莲说不出话来了。黑丫头二话没说，撒腿就往李家场跑，左找右找到了二小花家，二丫头正在炕上哇哇大哭呢，二小花怎么哄也哄不住。黑丫头爬上炕，二丫头哭声停了，她连二丫头带小被子，抱起来出溜下了炕就跑，屋里的二小花愣住了……黑丫头抱着二妹一口气儿跑回家，喘得连气都上不来："娘……给，二妹……你不许给人了……"二丫头不哭了，眨着小眼睛，翠莲搂住两个孩子哭得像个泪人似地……可惜二丫头虽然躲过一劫，后来长到一岁半的时候，还是出麻疹夭折了。翠莲先后生过八个孩子，只落下黑丫头和长庆两个，当

时有好多人家都是这样。

一九四五年的夏天，大少爷王少康领着一个花枝招展的美人儿回到家里，只见这美人儿高高的个儿，身穿一件粉红色旗袍，两条大腿露在外边，脚蹬一双高跟皮鞋，头发打着卷好像羊尾巴，嘴巴抹得红红的，一张开就露出一排黄牙，那是吸烟熏黄的。

大少爷放下包裹后叫翠莲出来，介绍说："这位云珠小姐是我朋友的妹妹，日本人想娶她，她不愿意，她哥哥托我带回咱家先躲几天。"翠莲站在美女跟前一比，那简直是天上地下。翠莲赶忙对美女说："大妹子，委屈你了，先住西房吧！"她叫人把西房打扫干净，大少爷领着云珠走进西房，又是铺床、又是倒水，这热乎劲儿让翠莲有些嫉妒，心想，原来大少爷也会疼人呀！我怎么就没有享过这样的福呢？翠莲心中一阵酸楚。自从云珠来了以后，大少爷每天早早回家，很少在外边吃喝抽赌。云珠刚来的两天，大少爷还是斯斯文文的，可是过了几天他就忍耐不住了，有事没事老想去云珠的房里。

这天半夜，大少爷谎称拉肚子上茅房，翠莲醒来发现丈夫不在炕上，她等了一个多钟头还不见回来，就想弄个明白。于是穿好衣服悄悄地走到西房窗跟下，隔着窗纸听到丈夫和云珠的声音，过了一阵儿大少爷说："天快亮了，我得回去了，别叫她知道了。"云珠嗲声嗲气地说道："再待会儿么——"大少爷说："明天我早点儿过来。"云珠说："我想咱俩这样也不是长久之计，你干脆趁早写封休书把那个乡巴佬打发回娘家算了，咱俩也好做长久夫妻……"翠莲听到这里一屁股坐到地上，发呆了一会儿，才勉强扶着墙根站起来，一步步挪回了自己的屋子……她看了看正在睡熟的儿子长庆说："儿啊，娘对不起你了！别怪娘！"她不愿背着被丈夫休回的名声离开老王家，怕给父亲丢人。死！只有这一条路了。她找出了当年出嫁时穿的衣服，穿好以后又对着镜子梳了梳头，她对自己说："翠莲呀，下辈子千万别做女人了。"一切都打扮好了，她找出丈夫平时抽的大烟土，咬了咬牙，一狠心都吞了下去。不大一会儿，她觉得迷迷糊糊地一阵眩晕，倒在了炕沿底下……

早晨六点多钟，大少爷从云珠房里回来，一看翠莲在地上躺着，他用手摸了摸鼻孔，还有一丝热气，他害怕了，立即去找大羊倌李大爷："李大爷，你快来，你看看这老娘们儿是怎么了？"李大爷上前俯身一看，翠莲的嘴唇发黑，口吐白沫，又用手摸了摸鼻孔，还有气，就对大少爷说："看样子，少夫人吃了有毒的东西，中毒了。"大少爷一听有毒的东西，就急忙找自己的大烟土。果然，他前天才买回来的四两多大烟不见了。他急了："这老娘们儿可能是吃了大烟土了，你看有什么办法没有？"李大爷说："民间有一个土偏方不知道灵不灵。""什么偏方？""就是灌鸭子血。""好，李大爷，你赶紧回家把鸭子都杀了，把血拿来，快！"李大爷一路小跑回到了三里河村家中，可巧鸭子还没有放出窝，李大爷把少夫人吞大烟的事告诉了王老太太。他们一同把家里的几只鸭子统统杀了，然后用水壶把鸭子血灌好，李大爷拎着赶回了县城。

少夫人被灌了鸭子血后吐出了很多黑沫，到了中午时分，她清醒了，睁开眼就说："谁稀罕你救我，我是个多余的人，活在世上有什么劲儿？你让我死！"她想站起来，可是没了力气，她哭了，哭得是那样伤心，李大爷在旁边看着也止不住抹眼泪儿。

老王家大少爷在家里养妓女、少夫人吃大烟的事很快就在城里、村里传开了。事情过去半个多月，翠莲的父亲、二哥和弟弟三人一同来看望，那大少爷知道来者不善，于是满脸堆笑、斟茶倒水，又叫人准备酒菜。翠莲父亲想今天太阳是从西边上来了，还记得上次来时他正和一伙人划拳行令，喝得

黑丫头

昏天黑地，见我来了连个招呼都没打，今天这么客气，看来女儿吃大烟的事肯定与他有关。

　　酒菜摆好了，翠莲父亲一筷子也没动，翠莲二哥脸色阴沉地大声问："王少康，听说我妹妹前些日子吃了大烟，这是怎么回事啊？"少康连忙说："二哥，您别听人们瞎传言，根本没那么回事儿，我和令妹相亲相爱，来，喝酒！喝酒！"翠莲二哥接着说："王少康，你给我听好了，我妹妹从小没娘，是个苦命人，今后你再敢欺负她，我可不答应！"少康连连点头："哥，我保证今后好好对待翠莲，如有不好愿天打雷轰！"翠莲弟弟听了少康虚假的表态，就想揭他的老底儿："听说你把窑姐儿带回家里养着，是吗？"少康急忙站起身说："小弟，你别听别人瞎说，云珠是我朋友的妹妹，因为朋友有难，需要帮助，所以就托我暂时照顾一段时间，过几天太平了，我就送她回家。"翠莲二哥也听说王少康自从进了日本人的镇公所，就学会了吃喝嫖赌，他再一次呵斥王少康："王少康，你听好了，如你还想叫我喊你一声妹夫，你就老实点儿，好好待我妹妹，不然的话……"他举起攥紧的拳头，"我们张家也不是好惹的！"

　　吃大烟风波平静了几天，王少康不敢明目张胆地去云珠房里过夜了，可是他却三天两头找翠莲的麻烦，开口便骂，抬手就打。翠莲受不了就又一次投河自尽，可是因为河水浅，她又被好心人救了上来。她只有哭，祈求苍天为她做主。

　　一九四五年的九月，传来喜讯，小日本投降了，日本人领导的三大队警察局也完蛋了。县城里换成了国民党的还乡团，这还乡团比日本鬼子都坏，他们总是找借口闯到老百姓家里敲诈勒索。老王家是有名的财主，那就更是他们敲诈的对象了。

第一章 故乡三里河

十月的一天，一伙还乡团的人来到老王家，说王少康私藏八路军的小媳妇。恰巧王少康带着云珠去北平了，他们把家里翻了个底朝天也没找到什么值钱东西，抓不到大少爷，就把看门的李大爷捆起来用皮带抽打着问："你家的主人上哪儿去了？"李大爷说："掌柜的事，我们看门的下人怎么知道呢？"他们用枪指着翠莲问："你男人上哪儿去了？那个小娘们儿呢？你不说老子一枪毙了你！"翠莲不敢隐瞒，她实话实说了："大爷们，我家的带上云珠去北平了，今天早晨才走的。"还乡团见没有油水可榨，就骂骂咧咧地恐吓说："抓住王少康一定先打断腿，然后再一刀挑了他！"还乡团走了，翠莲吓得尿了一裤子。

三天以后，王少康带着云珠回来了，一进门听说国民党的还乡团在抓他，连口水也顾不得喝，就收拾些行李带上三岁的小儿子和云珠，一同逃往北平去住了。翠莲眼睁睁看着自己一手带大的儿子被那个要命鬼丈夫带走了，好像她的心肝被挖走了。她在丈夫面前是那样的软弱无力，没有任何反抗，只会一个字——哭！

几经折腾，三里河村的老王家衰败得一落千丈，地卖得剩了三五十亩，牛、羊没了，家里只剩下了一头不能干重活的老白骡子，还是齐口（牲畜长牙满口）时来的，现在切齿都往外凸了，也没法儿卖个好价钱。老王家的长工、佣人也都相继离开了。二大娘的离去可苦了黑丫头，黑丫头自出生后就一直跟着二大娘，如今二大娘回家了，她只好跟着奶奶。这王老太太不喜欢丫头，所以对黑丫头没有一点儿关爱。黑丫头成天哭着要找二大娘，王老太太让她哭得烦了，就领着黑丫头去二大娘家玩一阵子。

再说二大娘，更是昼思夜想地思念黑丫头，想得厉害了，就叫小宝从水道口钻进老王家，把黑丫头领出来玩一会儿再送回去。一来二去，黑丫

黑丫头

头就学会了从水道口爬出去找二大娘。和小宝一块儿玩的都是男孩子，只有黑丫头一个女孩儿，小宝从小就把黑丫头当成自己的亲妹妹。兄妹俩和村里的男孩子春天爬树上捋榆钱、扒榆皮，夏天下河里捞鱼、捉虾，秋天去搂树叶打茬子，到了冬天，他们一同去稻田里滑冰、打雪仗，黑丫头比男孩子还胆儿大。

老王家对门是一处柴草园，园中有两间南房、三间西房，南房堆放谷糠秸秆等牲口饲料，西房里有一盘大石头碾子，村里的人碾米磨面都要借老王家的碾子用。王老太太心眼儿顺的时候就痛快地借给人家用，不高兴时就说碾子坏了不能用了。这一天，村里铁蛋娘着急想碾点儿玉米面，找到王老太太，结果碰了个大钉子，黑丫头在一旁看到了，就对铁蛋娘挤了挤眼说："我家碾子真的坏了，你明天再碾吧！"铁蛋娘明白了黑丫头的意思，转身就走，黑丫头说："大婶子，我送送您！"她趁王老太太不注意，将碾房门的钥匙拿上，快出门时悄悄塞到铁蛋娘的手里说："待会儿我再去拿钥匙。"这样的事儿，黑丫头干了好几次。

纸里包不住火，终于有一天王老太太知道黑丫头给人开碾坊的事，举手就是一个大嘴巴子，黑丫头的鼻子出血了。王老太太问："下次还拿不拿钥匙了？"黑丫头瞪着两眼、咬紧牙关，任凭怎么打也不肯认错。王老太太气急了，就去拿搅火棍，黑丫头一看屁股硬不过棍子，抬腿就跑。她跑到房后的杏树下，王老太太也追到了树下，她一看奶奶追来就"噌噌"地爬上了树。王老太太举着搅火棍捅不着她，又去找长棍。黑丫头一看不好，"噌"的一下，飞也似地跳到房上。她骑在房脊上喊着："奶奶，你也上来骑骑这大马，可好玩了。"这下把王老太太气得七窍生烟，她没法了，只好找二大娘来管教黑丫头。二大娘来了，她叫黑丫头从房上下来，给奶奶赔不是，从此以后，

第一章　故乡三里河

黑丫头再也不敢上房了。

一九四八年年初，黑丫头十一岁了，这时的农村，白天国民党的军队来抓壮丁，夜里民兵来抓特务，双方形成了拉锯战。老百姓白天藏到地里，夜晚才敢回家。这天夜里，天上一片乌云飘过，没有几颗星星。黑丫头睡着了，王老太太一手端着小煤油灯、一手拿着一把铁铲子，她把灯放在了炕沿底下，用铲子一会儿就挖出了一个坑，把坑里的瓦罐子扒开，然后又把黑丫头穿的夹背心拆开了一道缝，她把罐子里的金银首饰及大洋钱一把一把地往背心里装，罐子空了，她又赶忙把地面填平。最后又把背心缝好，放在她的被窝里，恐怕地上有痕迹，她就又用小脚用力地踩了一遍才睡觉。

第二天一大早，王老太太就把黑丫头叫起来，黑丫头揉揉眼睛："奶奶，今天起这么早干什么呀？""别瞎问，叫你起来就起来，先把背心穿上！"王老太太说，黑丫头觉得背心里硬邦邦的好沉，可她不敢多问。祖孙两个匆匆忙忙吃过早饭，关上街门就向县城方向走去。

到了县城边，她们绕过护城河直奔青龙桥火车站方向。青龙桥距延庆县城二十三里，王老太太是小脚，走起路来三摇两晃，黑丫头刚刚十一岁，何况她的身上还有一堆金银首饰，所以祖孙两个从天刚蒙蒙亮出发，一直走到中午才到了青龙桥火车站。黑丫头又累、又渴、又饿，幸好奶奶给她带了个玉米面窝头，黑丫头狼吞虎咽地吃了一个窝头，又在站房旁边的小水坑里掰了一块冰吃了。

奶奶买上了车票，不大一会儿，一个手拿小红旗的人喊着："旅客们往后站，火车进站了！"火车是什么样啊？黑丫头不知道，从来没有听说过，她看见许多人都大包小包地提着、站着、等着，就问奶奶："奶奶，咱们上哪儿呀？什么是火车呀？火车长得什么样呀？"王老太太没有回答，"呜——

黑丫头

鸣——"一声长鸣把黑丫头吓了一跳，只见一个挺长的黑乎乎的东西头上冒着白烟，身下有好多个大铁轮子，发出了"咔嚓、咔嚓"的响声，慢慢停住了，人们争相往里边钻。

奶奶拉着黑丫头的手上了火车，原来车上是一排排的座位，人们有的睡觉，有的吃东西。火车"咔嚓、咔嚓"地跑开了，黑丫头看着窗外的山啊、树啊、房子啊都往后跑，她好奇地问奶奶："奶奶，那些山和树是不是害怕火车碰着它们呀？它们为什么向后跑呢？"坐在车窗跟前的一个戴眼镜的青年听了黑丫头的问题觉得很可笑，他回过头来看看这个"黑小子"就说："来，小兄弟，趴这儿好好看看，那树是不是真的向后跑了？"黑丫头说："叔叔，我多看一会儿行吗？""可以，你看吧！"

火车向前开了一段停住了，然后又向后开了，她有些纳闷，为什么车又后退了呢？忽然站台上一个高大的黑人吸引了她，她看了一会儿，见那大黑人一动不动，就好奇地问："叔叔，那个大黑爷爷一个人站在那儿，高高的，不冷吗？"这时青年摸了摸黑丫头的头说："小兄弟，他不是真人。""那他是什么人呢？""他是用铜铸造的塑像。""为什么要造这个铜爷爷呀？"青年说："你知道不知道咱们坐的火车为什么又往回开了？"黑丫头摇了摇头。青年继续说："我告诉你，这是因为这青龙桥的山坡太陡了，火车不能直着上山，它只能这样走。"青年比画着从左到右画了一个横着写的"人"字，"这'人'字形铁路就是这个大黑爷爷修的。""叔叔，这黑爷爷是谁呀？""詹天佑，他是我们中国的工程师。""他在哪里呀？""他去世了，为了纪念他就铸了这个铜像。""叔叔，我家的铜瓢是黄色的，为什么爷爷是黑色的呢？"青年让黑丫头问得不耐烦了，只好说："跟你说你也听不懂，你好好念书，长大了就知道了。"黑丫头不说话了，她痴痴地盯着窗外……

· 024 ·

第一章 故乡三里河

下午五点多,火车开进了北平西直门车站,要下车了,黑丫头很有礼貌地对青年说:"谢谢叔叔,你有空来我家玩,那有一条小河,小河的水冬暖夏凉,可甜了。"王老太太狠狠地拉了黑丫头一把说:"你咋那么多废话?走,下车了!"

王老太太领着黑丫头刚刚走出站口,远远地看见一个人向她们走来,黑丫头觉得这个人有点面熟,好像是她父亲,可她不敢认。她记得父亲是穿长衫马褂戴着金丝眼镜的人,而面前的这个人却是破衣烂衫、头顶毡帽、满脸污垢。王老太太问:"少康,住的地儿离这儿远不远?我们可走不动了。""出站再说。"王少康领着黑丫头祖孙俩走到站外,然后推过来一辆有两个大轮子的圆布篷子车,他叫黑丫头祖孙俩坐好,就抓起两根长长的铁把拉着车子向西城墙根儿走去。经过了几道拐弯,停住了脚步,黑丫头和奶奶走进一间小屋,她看见了一个男孩,像是她的弟弟长庆,另外还有一个人,黑丫头见过——云珠。

在父亲面前,黑丫头连大气儿也不敢出,虽然她肚子早就饿得"咕咕"直叫。不大一会儿,云珠给她祖孙俩端来一笼黑白黄混合面的窝窝头,黑丫头又饿又困,她抢着把一个窝头咽进肚里,一头歪在椅子上就昏昏沉沉睡了。王老太太看见就说:"黑丫头,把衣服脱了再睡吧。"黑丫头脱了外衣就躺下了,王老太太说:"快把背心脱了。""脱了背心太冷。"黑丫头迷迷糊糊地说。王老太太不耐烦了:"叫你脱你就脱,少废话!"黑丫头脱下了夹背心就睡着了。

王少康把母亲送来的金银首饰从背心中倒出来,藏在小皮箱里。他告诉王老太太,自从离开家以后,他卖过糖葫芦,卖过报纸,都挣不到钱,最后没法了,他又租了一辆人力车跑了半个多月,脚也肿了,腿也肿了。他实在

黑丫头

受不了，就写信叫母亲送来洋钱、首饰，他还听说北平也要解放了，所以他要逃亡去了。

第二天上午，王老太太带着孙女、孙子回到了三里河村。翠莲听说儿子回来了，就从娘家跑回来，她太想儿子了！宝儿呀、肉儿呀地抱着儿子掉眼泪，可长庆连一声娘也没有喊，好让她伤心啊……

眼看着快要过大年了，延庆这地方有个习俗，每到正月初三，各个村里的社火队都要进城表演，有舞龙、舞狮、旱船、高跷、秧歌，必须去的是县政府，然后是大街上的各个商铺门口，为的是收几个喜钱。三里河村的社火队是由二十几个人组成的，黑丫头从七八岁时就爱跟着秧歌队一块儿进城看热闹。她今年十一岁了，看大人们扭秧歌很好玩，就也想风光风光，于是她找到管事的高大伯："大伯，我也想参加秧歌队，您看行不行？"高大伯看了看面前的这个小黑丫头，说："你会扭吗？"黑丫头昂起头看着高大伯说："我扭一个给您看看！"她学着大人们的样子扭了起来，嘴里喊着"呛个呛！起呛起！"高大伯连连点头说："好，好，可给你扮个什么角色好呢！""大伯，我演孙悟空吧！我个头小，猴子不就是小个子吗？"高大伯看看面前的假小子黑乎乎的，小脸上一对大眼睛水灵灵的，特别有神，一笑露出小白牙，满脸的稚气，还真有点儿像孙猴子，就叫人给黑丫头化上妆，又给她找了一根用黄纸缠着的小木棒。

黑丫头对着镜子照个没完，高兴得手舞足蹈，心里像喝了蜜一样甜。开始的几天她按照高大伯的安排，跟在唐僧的身后扭，过了几天，她的胆子就大了起来，她想孙悟空是打白骨精的，总在唐僧的身后，不打妖怪了？于是到县政府表演的时候，她就扭出了原位，到了一个打扮得很漂亮的小媳妇面前，用金箍棒比画着挤眉弄眼。她一会儿捅捅这个，一会儿捅捅那个，滑稽

第一章 故乡三里河

可爱，获得了很多观众的掌声。到了大街上的商铺门前，黑丫头更加卖劲儿，伸舌头、扭嘴巴引来人们的开怀大笑。三里河村的秧歌队今年得了个全县头彩，高大伯举着奖旗笑得合不拢嘴。

正月十六社火活动过去了，转眼间已到了三月初三。这天早上，王老太太提来一筐香纸、水果、点心，让黑丫头跟她去田营给干爹过生日。黑丫头的这个干爹是怎么回事呢？说来话长。

那是几年前的三月初三，老王家出了一件轰动延庆县的怪事儿。这天半夜时分，老王家的小马夫田造祥起来给两头骡子添草。可是当他走进牲口棚里一看，傻眼了，两头骡子一头也不在了。小造祥提着煤油灯在房前屋后找了一遍，也没有看到老骡子的身影。他又到了街门口，坏了，大门敞着，很显然骡子是被人偷走了。他急坏了，急忙去敲长工头儿二老张的房门："张大爷，老白骡子被人偷走了，您快起来，帮我找找吧！"小造祥的声音有些嘶哑，他吓哭了。二老张隔着窗户问："造祥，你啥时候看见骡子不在的？""才看见的，我把房前屋后找了个遍也没有找到，看见街门开了，就来叫你。"

二老张听说东家的骡子丢了，赶忙穿上衣服，又叫上大羊倌李大爷，然后对小造祥说："我往东，李大哥往西，小造祥往北，咱们仨分头去找。"按照二老张的吩咐，他们三个人分头去找骡子。

鸡叫了几遍，东方渐渐发白。二老张和李大爷回来了，他俩谁也没看到骡子的影儿。二老张只好叫醒掌柜："老夫人，大少爷，骡子让人偷了。我们俩找了半夜，一点影子也没见，小造祥到现在还没回来。"这时王老太太一拍大腿："这骡子丢了，一定是小兔崽子勾引了外贼偷去的，要不然他早回来了。为什么天都亮了，还不见小兔崽子的面儿？"大少爷也说："真是怪了，骡子出圈要经过小造祥的窗口门口，难道小造祥睡得死过去了？"王

黑丫头

老太太说:"等小兔崽子回来,如果找不到骡子,我就把他打个皮开肉绽,再把他送警察局关起来。"王老太太越骂声越大,大少爷更是怒气冲天,老王家乱成了一锅粥。

正在大家慌乱之际,小造祥回来了,其实他没走远。原来小造祥找了半夜也没找到老白骡子,不敢再回老王家。这可咋办呀?小造祥哭了,眼看天快亮了还六神无主。忽然他眼前一亮,"何不去姥姥家问问舅舅看看怎么办?"小造祥的舅舅从小就跟着姥爷开方抓药,方圆几十里都有名气,小造祥还跟着学过看病的本事呢。舅舅热心肠,人们不光有了病找舅舅,有时碰到个什么事儿也爱让舅舅给想想法子。

小造祥拿定了主意,一溜烟儿跑到了孟庆庄的姥姥家,"咚咚咚",一阵敲门,震醒了睡梦中的舅舅。他马上起身穿好衣服,开门一看是小造祥,就问:"这么早回来有什么事儿吗?"小造祥见到舅舅,顿时放声大哭。"先别哭,进家慢慢说。"舅舅一手给小造祥擦着脸,一手牵着他进了家。小造祥就把夜里丢骡子的事一五一十地告诉了舅舅。舅舅听了这事,当下也是无计可施,倒背着手转过来走过去,一言不发。小造祥急了:"舅舅,咋办呀?人都说你有主意,快说句话呀!"过了一会儿,舅舅停住脚步,脸上露出了笑,他一把拉过小造祥说:"祥子,你记得咱村东边场房子住的那家侉子吗?""熟,我小时候经常在他那儿玩儿,还学了好多他们的山东话呢。""那就有办法了,你过来听着。"舅舅用手捂住半个嘴附在小造祥耳边轻轻地说,小造祥听了不住点头:"舅舅,我明白了。"小造祥站起身准备回老王家,舅舅又小声嘱咐着:"千万别忘了,'我'要说成'俺'。""放心吧舅舅,我一定能装好!"小造祥一阵风似地跑了。

天大亮了,小造祥胸有成竹地走进三里河村老王家的大门。他刚一进门,王老太太劈头盖脸地大声吼骂："小兔崽子，你跑哪儿去了？为什么这会儿才露面儿？我的老白骡子肯定是你勾结毛贼干的好事儿。"王老太太一边骂着就要起身去拿烧火棍，小造祥却是不慌不忙地操着一口山东味儿的话说："老夫人，您这可太冤枉俺了，您知道俺是干什么的吗？俺从前是北伐军26师出了名的蒋团长，俺当这么大的官，怎能干出这样小偷小摸的卑鄙之事呢！"听着小造祥东一榔头、西一棒槌的山东话，在场的人都大眼儿瞪小眼儿，就连大发雷霆的王老太太也是目瞪口呆，二老张、李大爷更是丈二和尚摸不着头脑。

王老太太视财如命，也特别迷信，这时也不敢大声吼骂小造祥了。大家正在不知所措，大少爷说话了："请问大仙您是哪里人士？听口音您不是本地人呀。"小造祥不慌不忙地说道："鄙人免贵姓蒋，祖籍山东菏泽。""家中还有何人？""家中父母早已去世，现在只有糟糠之妻和一儿两女。""再请问，您是在哪里发财？""哎呀，真啰唆，俺不是已经说过了吗？俺曾是北伐军26师三团团长。俺自小受家父熏陶，也会些看病、算命之术。"王老太太接话了："蒋大先生，您既然会算命，那就请算算我家昨晚跑了的骡子还能找到吗？"老太太的问题早在小造祥的预料之中，于是他伸出右手，五个手指一伸一缩，闭了闭眼睛说道："今天上午去集市上看看，如果找不到，就请大少爷跑趟儿北平去德胜门外牲口市上看看。"

延庆县有个规矩，每逢一、三、五、七、九单日为集日，城里的店铺、摊贩都把百货摆到街上，还在东门外的空地上搭棚设铺做买卖，牲口市在市场的最南头。王少康带着二老张、小造祥来到延庆城东门外的集市上。他们三个人在街上绕了两圈儿，也没有看到白骡子。小造祥的舅舅跟他说过，骡子这么大的东西，小偷绝对不敢明目张胆地牵回家去，肯定要拉到集上去卖，如果上德胜门外去卖，还有一天一夜的时间，一不小心就露馅儿了。他忽然

黑丫头

眉头一皱，计上心来，伸出右手指含在口中用力嘟嘟一吹，霎时间，集市的东北方向发出"吭吭"的牲口叫声。小造祥欣喜若狂，他听出来了，这正是他训练出来的老白骡子的声音，他知道老白骡子就在离这里不远的地方，于是他又一次吹起了口哨。说时迟那时快，一眨眼工夫，两头骡子挣脱了缰绳跑到了小造祥跟前。老白骡子看到它的小伙伴后又是摇头又是摆尾，还用蹄子在地上刨坑。骡子毫发无损地回到了老王家，大少爷让伙房为"蒋先生"准备了一桌丰盛的午饭。

自从老白骡子失而复得，三里河村的乡亲凡是有家里丢了鸡、跑了猪的，都来找蒋先生掐算掐算，最终也都能找到。其实在村里的鸡呀、猪呀就是在街上跑，村里人不偷就跑不了。到后来，又有人来找蒋先生算命、看病。三里河村老王家来了个大神仙，可灵啦！就这样，一个小马夫一夜间变成了大名鼎鼎的活神仙。

人常说，好事不出门，坏事传千里。小造祥成"神仙"是好事，竟然也传得沸沸扬扬，来找小造祥算命、看病的人络绎不绝。王老太太看着每天街门早开晚关，五行八作什么人都有，担心坏人混进来丢东西，就找人到小造祥家打听。小造祥田营的叔叔家有一处小院没有人住，一切准备妥当之后，王老太太就在早饭后来到小造祥房里，笑眯眯地说："蒋先生，您看我这小庙供不下您这位大神仙，我昨天在您老家田营给您准备了一套房子，请您搬回老家去住，不知您意下如何？"小造祥听了王老太太的逐客令，笑呵呵地说："老夫人，俺在哪儿住都行。""那好，我给您拿一年的工钱，每年的三月初三去给您过生日打斋去。"王老太太高兴地说。

黑丫头听说小造祥要走了，跑到跟前说："小田哥，你不要走，你走了没人教我骑骡子了。"看着黑丫头恋恋不舍的眼神，小造祥一阵难过。回想

第一章 故乡三里河

起他十三岁刚进老王家时,王老太太嫌他能吃又不早起,"吃货""懒汉"成了老掌柜的随口语。这几年,只有一个对他好的人,那就是黑丫头。黑丫头把比她大几岁的小造祥叫小田哥,她见小造祥不敢多吃饭,就悄悄地把自己的零食火烧、饼干拿给小造祥,小造祥也爱这个小妹妹。今天,王老太太的逐客令让黑丫头很难受。小造祥对黑丫头的这句"小田哥"是不敢答应的,就假装不认识黑丫头,随机应变改用山东话说道:"小姑娘,你是哪家千金?为什么喊俺小田哥?俺不姓田,俺姓蒋,告诉你,俺的女儿比你大好几岁哩!"黑丫头好伤心啊,大声嚷着:"我过去都叫你小田哥,为什么今天你就姓蒋了呢?"小造祥用手摸着黑丫头的头顶说:"可惜了,太可惜了,如果你是男孩儿,俺就收你为干儿子,俺会把俺的技术都传给你的。"听了小造祥这话,王老太太说:"不是儿子,您就收我们的黑丫头当干女儿也行。"还没等小造祥回答,王老太太一把拉过黑丫头按倒在地:"赶快给你干爹磕头,谢谢干爹!"黑丫头被这场面弄得糊里糊涂,好好的小田哥,怎么就变成干爹了呢?她蒙了……小造祥拉着黑丫头的手说:"小丫头,你的命不好,干爹无法帮你,等长大了你会明白,做人难,做女人更难,不过,你是扁担开花两头红的命,等老来你会享福的!"

大少爷对这位蒋大仙很感兴趣,他问:"大仙,您家中的夫人和孩子能来吗?请您告诉我详细地址,我给您家写封信。"大少爷这是试探小造祥说的话是不是真的。这个问题小造祥可为难了,他那天去姥姥家,舅舅只告诉他蒋先生是山东菏泽人,具体地址他又编不上来,只好假装用手一掐算说:"今天时辰不好,俺明天再告诉你。"这天夜里,小造祥又溜出三里河村来到姥姥家,舅舅给他安排好了,他又回来睡觉。

第二天,小造祥把蒋先生的详细地址对王少康说了一遍,王大少爷立即

黑丫头

写了封信叫人送到县城邮局。信邮走没几天，一天中午，忽然有一位五十多岁的妇女和一个小伙子到老王家找蒋先生。大少爷一听说山东来人找亲戚，吓得他差一点儿尿了裤子。太神奇了，谁也不相信一个十七岁的"神童"会招来山东的亲戚。王少康为自己的荒唐举动后悔不迭，只好硬着头皮热情招待山东客人，他把蒋夫人母子安排在客厅喝水，随后又叫来了小造祥。

小造祥进门后见到这一男一女，心里已经知道是谁了。他对来人说："孩儿他娘，你咋来了？父母可好吧？这孩子是俺的小臭吧？他都这么高了，俺只顾忙着抢救伤病员，也顾不上回家看你们，别生气，过些日子不打仗太平了，俺就回乡了。"小造祥的一席话，把蒋夫人母子说得莫名其妙。冷静了片刻，这位蒋夫人说："王先生，您搞错了，这位小侄俺不认识，听他口音，倒也有点儿像俺家人，但是俺孩子他爹，今年五十了，俺这个儿子都快三十岁了，这个小侄还不到二十岁，这事儿太不靠谱了。"大少爷问："您家先生是不是姓蒋？""对。""您家先生是军人吗？""没错。""他现在还健在吗？""他自从当兵离家已有五年多了，过去总是半年、仨月给家写封信，可是自从去年三月以后再也没有来信了。"蒋夫人说着，不由地泪如雨下。小造祥说："孩儿他娘，谁欺负你了？告诉俺，俺给你收拾他。"大少爷看这阵势立刻说道："蒋夫人，请到上房坐一会儿，我有话要说。"蒋夫人随着大少爷到了上房，她听到小造祥找骡子的事，而且现在还会给人看病、算命，就说："谢谢王先生，但这完全是不可能的事，打扰了，俺们明天就走了。"

次日，蒋夫人临走时在小造祥房前烧了一堆纸钱，大声地喊着："老蒋，和俺们娘俩一块回家吧！"小造祥说："你们娘俩先回去吧，等仗打完了，俺就回去了。"老王家人都信以为真，唯有小造祥心里明白。

自从蒋夫人母子走后，来找小造祥看病算命的人更多了，人满为患，王少康也担心家里的门户安全，为了讨蒋先生的欢心，他找了个画匠按照小造祥的描述，给蒋先生画了一张高两米、宽一米的画像。画像上的军官身着灰色军装、披着大红斗篷、骑着高头白马、挥着大片刀，身后是一排穿军装的士兵。小造祥看着画像喜不自禁，心想，我将来如果真像这位大军官那该多好呀！这天吃过中午饭，小造祥在二老张的护送下回到了田营的叔叔家中。

过了些日子，小造祥来老王家看大少爷王少康，进门后就说："王先生，今天您千万不要出门，等到晚上六点钟俺走了，您再离家。"王少康问他："为什么？"他说："这是机密，不要打听，总之，你别出门！"王少康听了田造祥的话似信非信，他想，宁可信其有不可疑其无。果然上午宪兵队来抓王少康，理由就是他给八路军买过药、买过布，这可把王少康吓坏了。这伙人把老王家翻了个底朝天也没有抓到王少康。一个小头目说："奇了怪了，昨天晚上探子报告说王少康回家来了，怎么今天却又不见人影了，难道他会钻天术不成？兄弟们，再好好搜一遍，如果抓到王少康，先用石灰把他的眼搞瞎，他妈的，我就不信他会飞天上去！"宪兵队仔细地查找着每一个角落，就连茅房的尿桶也踢了个底儿朝天，一直到中午，宪兵队抓不到王少康，又回县城去了。

王少康跑了吗？没有。他听见有人来了，马上藏在了后院的高粱秆后面，当时，一个宪兵也搬开了几捆高粱秆，但什么也没发现。王少康就一动也不动地站在墙根儿，他上身穿着白袄，下身穿黑裤，就算是跟白灰墙面、青石头墙根儿一个颜色，细心人也能看见，可这宪兵为什么会看不见他呢？宪兵队走了，王少康从后院出来直奔客厅，见到小造祥就趴在地上磕了三个响头，千恩万谢地说："多亏蒋先生救命！"其实小造祥也惊出了一身冷汗。从这以后，老王家就把田造祥当成了活神仙，他家有什么事都要给蒋先生烧香、

黑丫头

磕头,特别是每年的三月初三,老王家都要备上礼品去给蒋先生过生日。

今年的三月初三,王少康不在家,所以王老太太就领着黑丫头,提些水果点心,步行去田营给蒋先生过生日。进了门,王老太太就叫黑丫头给干爹磕头、问好,然后又拿出了二锅头给蒋先生的画像供上。她烧了一炷香,说:"多谢蒋先生保佑我儿子,愿神灵保佑他出门在外平平安安!"中午了,蒋先生给前来祝寿的客人准备了午饭,开饭前蒋先生必须先动筷子。这时院子里已经摆好了两张大方桌,蒋先生坐在桌子正面,他端起斟满酒的杯子,说:"各位,请干了这杯酒!"蒋先生一口干了酒,大伙也跟着干了,旁边一个没有人坐的空位子上,酒杯里的酒也没有了,黑丫头觉得好奇怪。蒋先生见黑丫头看着他,就一把拉过她坐在身边的空位子上,并用筷子头蘸上酒喂她。又说了句:"再满上。"桌旁端着酒壶的两个人轮流给大家杯里倒酒,也给黑丫头面前的杯里倒满了酒。你说怪不怪,黑丫头也不喝,倒酒的还是一杯一杯地倒。午饭过后,客人们都回家了。

回到家的这天夜里,黑丫头怎么也睡不着觉,她在想,干爹他们喝酒,为什么自己面前的杯子没人喝但酒也少了,干爹为什么叫她坐在身边?一连串的问号,可她找不到答案。夜深了,黑丫头进入了梦乡……她梦到自己掉进三里河村的小河中,河水越来越大,她拼命地喊着:"干爹,快来救我!干爹,救命呀!"喊声把王老太太吵醒了:"黑丫头,半夜不好好睡觉叫喊什么?闻闻你身上的酒味,是不是你也喝醉了?""奶奶,我做了一个梦,咱家的人都被大水冲走了,我好害怕呀!""谁爱听你瞎说八道,快睡觉,明天去你舅爷家。"

黑丫头的舅爷是王老太太的亲弟弟,家在赵庄,他家祖辈是开缸房的。这位舅爷在北平还开有一处金店,他有两房夫人,大夫人没生孩子,二夫人生有三男二女。快到晌午,黑丫头和奶奶到了赵庄,刚刚迈进门槛就碰上了

第一章　故乡三里河

二舅奶奶抱着孩子往外走。她见了王老太太就问："姐，您咋这会儿来呢？我们要上北平了，没听人说吗，解放军要攻城了，赶紧回去找个地方避一避吧！"王老太太二话没说，领上黑丫头转身就往回走。

到了五月，家里只有黑丫头和王老太太了，翠莲带上长庆也逃到白庙亲戚家去了。这天夜里，果然是炮声连天，枪声不断，冲锋号吹得响彻天空，黑丫头和奶奶吓得躲在后院的柴草房里不敢出声。天亮了，炮声停了，王老太太不敢开街门，黑丫头又从南房后的水道口爬出去，跑到二大娘家问问为啥响炮。二大娘告诉她："国民党的兵让解放军给打跑了，县城解放了！"黑丫头问："什么叫解放？""解放就是从今以后不关城门了，国民党跑了就叫解放。"黑丫头一点儿也听不懂。小宝见黑丫头来了，就亲热地给妹妹找甜杏核吃，黑丫头把在干爹家见到没人端杯酒却少了的稀罕事讲给小宝听。他们正聊得起劲儿，宋大爷在门外喊："小宝，快出来，去高家牵上他家的毛驴到城里驮粮食去。"二大娘就说："你看小宝能行吗？""行！他都十八九了，这点事儿行，粮食有人给他往上装，就拉着毛驴看着米口袋别掉下来就行。"黑丫头听到宋大爷说去城里驮粮食，就说："宋大爷，我也拉上我家的老白骡子和小宝哥一块儿去行吗？"宋大爷想了想说："可以，不过你别瞎跑，跟好小宝。"小宝到高家牵上一头棕色的毛驴，又到老王家去找王老太太把骡子拉出门外，小宝把黑丫头扶上毛驴，兄妹俩和三里河村的一伙人奔向县城粮库。他们装上粮食驮到三里河村的村公所，然后再转装上大马车运走了。

到了六月，一天早上，"黑丫头，黑丫头，快起来，有大事了！"小宝敲着黑丫头屋子的窗户喊着。熟睡中的黑丫头被叫醒了，隔着窗户问道："小宝哥，什么事呀？""别问，快穿衣裳跟我走。"黑丫头觉得事情不妙，她急忙穿

· 035 ·

黑丫头

上衣服，趿拉上鞋就跟着小宝往大南房后面跑。王老太太还没穿好衣服，就问："黑丫头，早早地捣什么鬼哩？"黑丫头没有回答，她和小宝从水道口钻出去，飞也似地回到二大娘家里。

一上午，黑丫头心里七上八下，不知小宝搞什么名堂。快到中午了，黑丫头说："二大娘，我回家吃饭去吧，别叫我奶奶到处找我。"二大娘说："今天你哪儿也别去，就在我家，晚上你再回去。"黑丫头觉得二大娘有什么大事瞒着她，就不敢硬走。一会儿，二大娘被宋大爷叫出去了，黑丫头就悄悄地跟在二大娘身后。一会儿，二大娘去黑丫头家抱出来一大包东西，一直走到打谷场里放下，就站在场边的人群里了。

黑丫头远远地看见打谷场上摆满了大红柜、木箱子、被褥、衣服等乱七八糟的东西，好些东西都是她家的，摆在场里要干什么用？一会儿，村委会的刘二海大声宣布："乡亲们，今天是咱三里河村打倒地主王少康的斗争大会，现在我宣布：先分浮财，下午去地里量地、分地！"话还没说完，人们就开始鼓掌，然后大家就排着队领场里的东西，不知谁还在场外边放起了鞭炮，敲响了锣鼓，霎时间，说笑声、鞭炮声、锣鼓声响成一片……

黑丫头看了一会儿，想起来得赶快回家看看奶奶，结果她刚走到街门口，就看见有两个民兵站在门口，门关得严严实实，上面还交叉贴着白纸条，写着黑字盖着红印章。黑丫头吓坏了，她又返回到场边去找奶奶，恰好铁蛋娘看见她，就把王老太太被拴在场房子的事告诉了她，嘱咐道："黑丫头，你千万别过去，快回你二大娘家吧！"黑丫头正想着奶奶能不能吃上饭，"走，快回家，谁叫你跑出来的？"二大娘一把把她拉住了，黑丫头不敢说话，乖乖地跟着二大娘回了家。

第二天吃过早饭，二大娘领着黑丫头走进村里一处没有街门的破草房。

这处房院黑丫头不陌生，这是穷光棍老六元的院子，她和孩子们玩捉迷藏时经常藏到这儿。黑丫头见到了奶奶，她正坐在炕上抹眼泪儿呢。

老王家被扫地出门后，搬到了老六元家住。这回可算美了黑丫头，因为老六元家没有街门，这回她是想走就走、想回就回，她暗自高兴，从今以后再也不要回那王家大院去了。从这以后，黑丫头家每三天去村公所领一次口粮，开始是王老太太去领，村干部见是她就没有好脸色："老地主婆，你也有今天，拿口袋来！"骂她的人都是当年她不借给人家钱粮的穷人，这是报应呀！

有一天，王老太太来领米，正好碰到从外县讨吃要饭在三里河村落户的三裱匠家的，她现在是村里的妇女主任，见到王老太太拿着口袋来领米，就冷笑一声："老夫人，你家的碾子坏了，今天没米了。"王老太太低三下四地求告着说："她三婶子，我家实在没米下锅了，少给点吧！"三裱匠家的说："少来这个里格楞儿，你也知道没米不行呀！"老太太说："三妹子，行行好，别饿坏了黑丫头！""少来套近乎，你是地主婆，我是贫农，我要和你划清界限，不过看在小黑丫头人小还懂事的份上，今天先发给你点儿。"

记得还是几年前的大年三十晚上，三裱匠家的来老王家借粮，可这抠门的王老太太不管三裱匠家的怎么求她，就是不借，三裱匠家的最后没办法了，跪在地上给她磕了三个响头，王老太太才勉强借出了二斗米。现如今王老太太落在了她的手里，能有什么下场？半个月过去了，王老太太病了，她叫黑丫头去村公所领米，自己远远地跟在后边看着，一袋烟的工夫，黑丫头背着五升米回来了。自此以后，去村公所领米就成了黑丫头的任务。

土地改革以后，老王家中没了佣人，吃水都成了问题。一开始是王老太太和黑丫头两人抬半桶，可后来黑丫头嫌她奶奶小脚走得慢，每天用水壶一壶一壶往家提水。提了有半个多月后，她又觉得水壶盛水太少了，就试着自

黑丫头

己担水。由于她人小、个儿低，两只桶直接拴在了扁担上，这下她就可以挑两半桶水了。虽然是两半桶，可比壶好用，就这样，黑丫头每天挑三次水，家里的水缸总是满满当当。家里连柴火也没有了，黑丫头只得每天和村里的男孩子一起到地里打茬子、搂树叶，有时她一天拾的柴不够烧，就爬上柴草园里的树上去掰一点儿干树枝来烧。这样的日子放在别的十二岁的女孩儿身上也许无法忍受，可黑丫头不叫苦、不叫累，因为她从小受二大娘的影响，并且天不怕、地不怕，胆量超过了男孩子。

  土改以后，黑丫头家也分了十几亩地，但她家没有劳力。黑丫头家的地是和本村姚大爷家合伙种的，每年秋收下的粮食姚大爷家得七成，黑丫头家得三成。打下粮食以后必须先缴公粮，然后再卖余粮，缴公粮、卖余粮后必须签名盖章，证明已完成了任务。每次缴公粮、卖余粮，王老太太都把黑丫头带上，可是她祖孙二人谁也不会签名，都是请人代写了名字，然后再按个手印。黑丫头多么羡慕会写字的人呀！她想，我要是会写自己的名字就不用求人了，那该有多好呀！

第二章　上学延庆县

黑丫头

老天不负人愿，一九四八年九月的时候，村里的人就嚷嚷着办小学校的事。三里河村一共七十多户人家，需要上学的孩子也不过二十个，要在这里办学校是不成的，后来县里就决定由王庄、上水磨村、三里河村三个村合办一所小学，校址设在中间的上水磨村。十月的一天，村干部拿着大铁喇叭在街上喊着："乡亲们，谁家有孩子要上学，就到上水磨村刘德贵家去报名，报名限三天，过了三天就不收了。"

黑丫头听到这个消息后，别提有多高兴了，她跳着、蹦着叫奶奶送她去上学。王老太太说："不知道收不收丫头片子？"黑丫头说："咱们去看看，上水磨村又不远，不要我再回来。"

上午十点多，黑丫头跟着奶奶来到上水磨村报名，学校就在老师的家里。王老太太见到负责报名的老师，就问："先生，您这学校收不收丫头？""收，现在解放了，男女平等了，只要您的孩子没超过十八岁就可以报名。""谢谢先生，我孙女从小就淘气，她要不听话，您就打她。"王老太太说。"老人家，我们新社会讲民主，孩子不听话也不能打。您的孩子叫什么名字？今年几岁了？是哪个村的？""我孙女没有大名，因为她长得黑，大家都叫她黑丫头，属牛的，周岁十一了。"

"黑丫头？"那老师摘下眼镜，擦了擦又戴上，仔细地端详着眼前的这个黑丫头：一米三的个头儿，圆圆的小脸黝黑黝黑的，在这张稚气十足的脸上镶嵌着一对出神的大眼睛，头发像一个圆锅盖，又黑又亮；身上穿着黑蓝色的中式男装，脚上穿着一双露出大脚趾的男鞋，这个女孩儿看上去比男孩子还野气。

老师看了一会儿就问："孩子，你姓什么？""姓王。"黑丫头抢着回答。老师皱了皱眉头说："'王黑丫头'不太好，咱们中国人习惯了起名用一个字或两个字,这'王黑丫头'是三个字,听起来像日本人,我给她起个名字吧!"老师拍着额头想了想说:"黑丫头,可能你们家里喜欢这'黑'字,黑色属墨,丫头又是花,不如就叫'王墨菊'吧!墨菊是黑色的菊花,它是花中珍品,我看这孩子胆大泼辣,就叫她'墨菊'挺合适。"王老太太说:"先生,您觉得什么好叫,就叫她什么吧!"黑丫头听了老师给起的名字,高兴得跳起来喊:"我有名字啦!我有名字啦!"

报完名后王老太太回家了,黑丫头留下来。这时候农村的小学校一没有教室二没有操场,四十几个孩子都挤在老师家三间掏空的大南房里,东西两面有炕,孩子们都盘腿坐在炕上的小桌后面,你瞅瞅我,我看看你,都觉得稀罕。老师给安排了座位,发了课本,黑丫头双手抱着课本如获至宝,久久不愿松开。开学的第一堂课是入学教育,老师手里拿着一根小木棍,进来先点名,当他点到"王墨菊"时,没有人答"到"。学生们你看我、我看你的,不知道谁叫王墨菊。老师走到黑丫头前面说:"王墨菊,今后我上课点名,你就要举手喊'到'。"黑丫头满脸通红,她低下头说:"老师,我从小只知道叫黑丫头,今天您给我起名儿,我一时没记住。"老师说:"没关系,今后上课时不要走神,要注意听讲!"

这上水磨村小学的四十多个学生,最大的十七岁,最小的八岁,分成了三个班,年龄大的在三年级,年龄小的分在一年级,其余的是二年级,只有老师一个人轮着教。老师四十多岁,原来是上水磨村富农出身的商人。他家虽然成分高,但是人缘好,父辈号称刘善人,所以不管是战乱还是土地改革,他家都没有事。这次村里办小学校,村干部找他商量,他二话没说就答应了,贴了人又贴房。

每天早上,老师先给三年级的学生讲算术,二年级预习国语,一年级

黑丫头

画图画；第二节三年级写作业，二年级讲算术，一年级写大字；第三节三年级预习国语，二年级写作业，一年级讲算术；下午的两节课是唱歌、图画课，三个年级一块儿上。黑丫头个儿不算高，但按年龄分在了三年级，她不爱盘腿坐，总是跪在炕上、趴在小桌上写作业，老师也就一遍一遍地提醒她。下课了，孩子们在院子里丢手绢、跳房子、踢毽子、欻骨头子儿……学校的条件很差，但是孩子们快快乐乐。刘老师和蔼可亲，一说话满脸笑容，孩子们都很喜欢他，但也很怕他，因为他要求学生很严格，写字一笔一画都不能马虎，所以每次考试，上水磨村小学总是名列前茅。那时候的老师文化程度不高，每个月的薪酬折成五斗多小米，也不算高，却各门功课都能教，真是全才，奇才！

上学以后，黑丫头懂事多了，和奶奶的关系也缓和了许多。她很勤快，放学后担水、拾柴、挖野菜，替奶奶到村委会听会。

一九四九年一月，黑丫头的娘带着她的弟弟长庆回来了。多了两张嘴，家里的日子就更难了，地里收的粮食交完公粮以后就不够一年吃了，幸亏老王家在城里还有一处商铺，每月可以收五升米的房租来添补生活。

这是八月初一的下午，放学后，奶奶叫黑丫头去城里要房租。房客见是一个小丫头，态度非常不好。黑丫头说："大娘，我奶奶叫我来取回那五升小米，我家没米下锅了。"房客说："屁大点儿的玩意，回家叫你家大人来取！"黑丫头被骂得放声大哭，冲着房客就嚷："你凭什么骂我是玩意？你才不是玩意哩！你住我家的房就应该给房租，凭什么叫我们抱着金碗讨饭吃？"房客见黑丫头又哭又骂，心里想，跟个小孩子也辩不出个理来，于是边骂边动手给黑丫头装了五升小米："给你，快点儿滚蛋！"黑丫头背上口袋一边走一边嘟囔："狗眼看人低！怕交房租，有能耐你别住我家呀！"

第二章　上学延庆县

黑丫头背着米口袋出了城，刚刚走到北关，忽然天空中响起雷声，不一会儿铜钱大的雨点儿噼里啪啦地掉了下来。黑丫头怕淋湿小米，就蹲在一家人的街门道避雨。雨下了足足有半个钟头才停住，黑丫头背起小米继续往家走。快到家了，可是村南的小河沟挡住了归路——小河沟上的小石桥被洪水淹没，她不得不挽起裤子蹚着水过河。可洪水越涨越高，没过了她的裤腰带。她想："糟了，如果把米冲走，我娘、弟弟、奶奶就要挨饿了。"她急中生智，把米口袋顶在头上，一步一步往前挪。一个浪头打来，她差点儿掉下桥去，一着急就大喊："干爹，快来救我！"这一喊真灵验了，水里没有大浪了。

过了河沟，她看见娘正站在村头张望。翠莲现在深深地体会到：黑丫头在这个家里是不可少的。看到天将黑孩子还没回来，她急着来村头等女儿。翠莲回家以来，眼见女儿一天天长大、懂事，十几岁就担水、打柴、挑野菜，她的心软了，深深地自责，作为母亲她亏欠女儿太多了，所以这段时间她对女儿格外关心。黑丫头有空闲了，她就给女儿讲做女人应该知道的事情，告诉女儿不要吃别人给的东西，不要和不认识的人说话，特别重要的一点就是，不要叫男人看到尿尿的地方。娘说的这些话，黑丫头不全懂，她想，尿尿有什么好看的，还有人专门看人家尿尿？

一天放学后，黑丫头在二大娘家玩到了天黑才回家。当她走到老院子的街门口时，突然一只大手从背后伸过来捂住了她的嘴，并把她拖到门道的墙角，接着又有一只大手扒她的裤子。黑丫头猛然想起了娘的话，不要叫人家看尿尿的地方，她趁那个人不注意，顺手从墙旮旯抓了一把砂土用力一甩，正好撒在了那人的脸上。那人顾不得黑丫头了，只管一个劲儿地揉眼睛，黑丫头趁机一溜烟儿地跑回家去。回家后，黑丫头没敢把这事告诉娘和奶奶，可她知道了，大人们说的话是有用的。从此以后，她不敢黑夜在外面玩了，

黑丫头

和男孩子玩的时间也少了，娘的唠叨她也会耐心地听了。

十月快到了，老师早就告诉三、四年级的学生，让家长给准备一身新衣服，还要准备干粮。那时候最时兴的衣服是列宁服，黑丫头家里没钱，不能找裁缝做新衣服，可黑丫头娘心灵手巧，她给黑丫头千针万线地缝了一套列宁服，黑丫头穿在身上，谁也看不出这是手工活儿。十月一日上午，上水磨村小学三、四年级的孩子在老师的带领下去县城参加国庆节庆祝大会。

会场设在东城根火神庙场，有五亩地大，场南边是一座大戏台，延庆县城每年正月初三至十五都有戏班儿在这里唱戏，另外就是六月初六给龙王爷过生日也要在这里唱三天戏。场北边是火神庙和财神庙，场子的东、西都有石头砌成的台阶，方便人们坐下来看戏。

国庆节的会场与往日唱戏不同，四周都插满了五颜六色的旗子，大戏台的前台上挂着大条幅：热烈庆祝中华人民共和国成立大会。墙上是毛主席像，两边是两面五星红旗，戏台中间摆着一排桌子椅子，戏台前面是排着整齐队伍的解放军，两边是民兵，东西看台上站着手拿小旗的男男女女。快到中午了，只听到"砰、砰"的几声炮响，一个干部站在戏台中央大声喊道："今天是我们中华人民共和国成立的日子，现在升国旗、唱国歌。"于是就有四个解放军战士抬来一面五星红旗，用两根绳子拉到一根高高的杆子上，红旗迎风飘扬，鲜艳极了。

黑丫头十二岁了，第一次看见了国旗，第一次听到了国歌。升完旗后，那个干部又讲了一会儿话，然后他就带着大家喊："中华人民共和国万岁！毛主席万岁！中国共产党万岁！"口号响彻云霄，锣鼓喧天，红旗招展。人们一遍又一遍地高呼："中华人民共和国万岁！毛主席万岁！中国共产党万岁！"

随后，人们开始游行，队伍中还有秧歌、高跷表演，黑丫头跟着同学们一起喊口号，她多想再去秧歌队里扭一扭呀！游行结束了，同学们各回各家。黑丫头终生难忘这天的庆祝大会。晚上躺在床上，黑丫头把在白天看到的一遍又一遍地讲给娘和奶奶听，说得奶奶和娘都不耐烦了，她就像着了魔，一遍遍地念叨着五星红旗迎风飘扬，欢呼口号响彻云霄……

国庆节过后，上水磨村小学分开，各村自己办了，三里河村小学设在了黑丫头家的老宅子里。为了看管学校连带打扫卫生，村支书又叫王老太太一家搬回去住，黑丫头一家住在北房，西房是老师的办公室，东房和南房是两个年级的二十几个学生的教室。后院大正房失火以后就没有再翻盖，下了课学生就在土堆瓦砾和牲口圈里追着玩儿，老师还是一个人。

升入四年级以后，黑丫头的数学还行，就是拼音、字母每次考试总是六十多分，甚至不及格。她是不甘落后的性子，为此经常哭得双眼通红。有一天表叔来看奶奶，问起了黑丫头的书念得怎么样，黑丫头难为情，吞吞吐吐地不敢大声回答。她说："叔，拼音字母我怎么也记不住，您有窍门没有？"表叔说："学拼音有窍门，我告诉你记好了：ㄅ（b）字是马屁股，ㄆ（p）字是反文，ㄇ（m）字是两道门，匚（f）字更好记，门倒口朝西。"黑丫头一听才明白，学拼音并不难，她来了兴趣，又请教了表叔好多学习上的问题。

学校搬回自己家里，这可美坏了黑丫头，她不用为早上赶路而起早贪黑担水、拾柴了。她很勤快，每天用铁壶给老师烧开水，老师也经常表扬她爱劳动，因此黑丫头的学习劲头更高了，各门功课都在九十分以上。

一九五〇年秋季开学，黑丫头顺利升入了城关完全小学五年级，这是延庆县城唯一的一所完全小学，一至四年级的初小和五至六年级的高小都有。校址在北城墙根的龙王庙里，大门朝南开，进门后迎面的大殿是老师的办公室，东西两边的厢房是教室。在大殿的两侧各有一间配殿，一间里边放着几

黑丫头

个篮球和跳绳,还有大圆鼓、小圆鼓和拴着红绳子的小铜号,另一间是看门打铃工人住的地方。大殿后边是大操场,操场西边是大讲台,北边靠近城墙有一排小榆树。学校有一至六年级,每个年级两个班,黑丫头被分在五甲班。城关小学和上水磨村、三里河村小学不同,一是学校大,全校师生足有四五百人,二是各科有各科的老师。

星期一的早上,全校升国旗。上水磨村、三里河村的小学都没有这个仪式,黑丫头在国庆节那天见到过升国旗仪式,所以并不感到稀奇。讲台上的老师喊:"立正,升旗开始,奏国歌。"黑丫头不懂得行注目礼,而是好奇地东张西望。升旗结束了,老师找到了她:"王墨菊,今后升国旗时你要立正站好,两眼注视着国旗,听懂了吗?""老师,我懂了,下不为例。"黑丫头所在的五甲班的班主任是位姓冯的女老师,三十多岁,中等个儿,穿着朴素,教语文,一说话总是面带笑容,深受学生的喜爱,听说她还没结婚,对象是上海的大学生。

过了年,在农村就有人谣传着"中国要有大灾大难了,到时会黑暗七七四十九天"。黑丫头和她的小伙伴亲耳听到过这种传言,当时,他们三个孩子正要找二大娘,当路过小宝大伯家的屋门口时,就听到小宝的大娘在大声地讲着:"七七四十九,黑暗要来临,凡是加入咱们一贯道的人都会有真主保佑,你们今天回家后,每家都多多准备些香烛和黄纸,另外你们每天上香时后背上一定要插上这七色小旗,只要插上小旗就能躲过灾难。"这时有人问:"这七色小旗上哪儿去买?""别处买的都不灵验,只有从我佛堂买这供过的才灵验。""多少钱一把?""一元。""我的天呀!一元够我家一个月的油盐酱醋钱了,如果买七把小旗,我家半年就没有油吃了。""别废话,想买就买,我又没掏你的口袋硬叫你买,你再好好想一想,到时大难临头,你连命都保不住了，还提什么油盐哩！"黑丫头她们三人听了一会儿，见有人从屋里出来了，他们也就离开了。几个人边走边嘀咕："七元钱也太黑了点儿。"另一个说："七个小旗，七元钱，这不明摆着骗我们吗？"

另外一种谣言是：一到夜里会有人割女人的乳房，割男人的蛋蛋，特别是童男童女还要挖心取肝。这可把黑丫头的娘和奶奶吓坏了，她们从来不信一贯道，她家崇拜的是蒋先生，可是这个割蛋、挖心的传言她们是无法淡然面对了。最着急的是王老太太，她要保着唯一的孙子长庆的安全，所以每天傍晚叫黑丫头领着弟弟一块儿去城里的亲戚家过夜，第二天早上姐弟俩再回家，这样的避难生活她姐弟俩过了半年多。到了十月，小宝的大伯和大娘还有村里另外一家人都被抓走了，他们家的佛堂也被查封了。这次抓捕的主要是一贯道的坛主和其他头目，这些人大肆宣讲不吃荤、光吃素，进了监狱，有人每天专门教育他们，看他们谁能认识错误、悔过自新。

经过四十多天的教育，有的人觉悟了，就被释放了，可是有的人死心塌地地信仰一贯道，那就从重处理了。小宝的大娘就是死不回头的顽固分子，她坐在大牢里还给人们讲着什么七七四十九天黑暗呀、什么世界末日的邪说，后来被判极刑。这次的公审大会有两千多人参加，城关附近的小学校也参加了，大家高呼："坚决镇压反革命分子！无产阶级专政万岁！共产党万岁！毛主席万岁！"

七七四十九天黑暗的谣言不攻自破，孩子们又不怕被挖心肝了，黑丫头和她弟弟又可以平安地在自己家中睡觉了。王老太太不信一贯道，所以没有被抓，可她的牢狱之灾还是没能幸免。

年底，一天早上，王老太太被两个民兵用绳子捆上送进了县城公安局，到晚上还没回来。黑丫头放学后见奶奶不在，就问她娘："我奶奶哪儿去

黑丫头

了？"她娘说："你先别打听，这是给你奶奶包好的饭，你赶快揣在怀里给你奶奶送去。""往哪儿送？""城里公安局。"三里河村的一个十四岁的女孩子，哪能认得公安局呀？可是给奶奶送饭，这是必须干的活。

黑丫头将饭菜揣好就往县城里走了，到了县城见人就问："叔叔，请问公安局在哪条街？""大伯，上公安局往哪儿走？"经过几番打听，黑丫头找到了公安局。她不知道奶奶在哪个屋，见屋就进，见人就问，里面的人看着面前这个小丫头，人不大、胆子却不小，也觉得奇怪。有一个警察给她打开了东房门锁，黑丫头进门一看，这东房的窗户上连一点儿纸毛也没有，奶奶在炕上坐着，鼻涕流下来都冻成冰溜溜了。人常说腊七腊八、冻死俩仨，这十冬腊月，屋中没有一点儿火星，能不冻吗？王老太太看到孙女来给她送饭，不由得掉下了眼泪，这是感动的眼泪，也是后悔的眼泪。唉，如果当初把黑丫头扔在尿盆里淹死，今天谁来给她送饭呀？孙子还小，媳妇窝囊，那样她就只能挨饿了。

黑丫头见奶奶哭了，也流出了眼泪。心里想："奶奶得罪的人太多了，今天的这个下场也是自己找的。不管怎样，她毕竟是我的亲奶奶，我得管她。"于是黑丫头就一口一口地喂奶奶吃饭。吃过饭后，黑丫头问："奶奶，你为什么被关在这儿呢？"奶奶说："今天早上张茂启他爹把咱家祖坟上的小榆树砍了两棵，我找他说理，他骂我是地主婆，后来他就叫来了两个民兵把我送到这儿关起来了。"黑丫头说："奶奶，咱家那么多地、房子、东西都没了，今天就为这么两棵小榆树，您值得吗？都什么年头了，您咋还是那么抠门呢？"黑丫头人虽小，能说出这样的话来，王老太太很是震惊，她不再固执了："是我的错，我不该骂他，砍了两棵小树算个啥呀！是我还没改造好，今后我一定好好改造！""奶奶，您别和我说这些，您要对领导去讲，争取宽大处理!"

过了几天,村里的治保主任通知翠莲找人写份保证书,另外还必须有两个保人签字、按上手印,公安局才能放人。黑丫头刚五年级,翠莲也不会写,就找了村里的老师帮忙写了保证书,担保人一个是原来给老王家放羊的李大爷,另一个找了二大娘。黑丫头揣好了保证书,到县城公安局保奶奶去了。到了公安局,给看门的人看了盖了村里印章的保证书,就到了治安管理科,一个警察接过黑丫头手里的保证书,就给开了一张通知单。黑丫头拿好通知单、背起米口袋,来到大院最西边的一个小门洞,门口岗楼里站岗的警察问了问情况,让她进去了。过了一会儿,黑丫头的奶奶蔫头耷脑地跟着出来了。这下,她连说话都不敢大声了。

寒假开学,五甲班的班主任没来上课,学生们谁也不知道内情。后来,黑丫头无意中听别的老师谈论,班主任因为失恋而得了神经病。什么叫失恋?黑丫头不懂,后来她在帮算术老师收作业时悄悄地问:"老师,我们的班主任得的是什么病?什么叫失恋呀?"老师一怔:"你怎么知道的?不要乱说啊。""好,我不说。""你们班主任的对象和她是同乡,又是同学,后来考上了上海名牌大学,你们班主任每月的工资都供对象读大学了。过了几年才知道,人家早结婚了,你们班主任一直蒙在鼓里,连急带气,能不疯吗?"黑丫头听了算术老师的介绍,她的眼圈红了:"冯老师,多好的老师呀!谁来救救她呀!"

接替冯老师当班主任的是一位从部队转业的体育老师,一米八的大个子,喜欢对学生进行军事训练,要求全班学生每天早晨到校,然后一起到操场上跑步。这可苦了黑丫头,因为她家住在城外,所以每天必须得早起。有一天,娘给她缝鞋,迟到了五分钟,班主任就罚她在操场的北墙根儿站着。下操了,

黑丫头

大家都回教室了,黑丫头还在那儿站着。到了第三节课,黑丫头站着站着,着急想撒尿,可又不敢上厕所,怎么办?她四下张望,忽然想到了爬出墙外撒尿去,她毫不犹豫地"蹭蹭"几下就爬上了墙边的小榆树,然后抓住树杈跳到墙头上,又扑通一声从墙头跳到了墙外。尿完尿她想再回学校,可是这墙外没有小树,墙又没法把住,回不去了。她真后悔不该跳墙出来,又不敢从大门回去,没办法,黑丫头只好回家了。

到了家,黑丫头只管抹眼泪,娘问她为什么,她没有隐瞒,就把跳墙头的事说了。她娘说:"你都十三四了,太不懂事了,跳墙头摔断了腿怎么办?老师见不到你也会着急呀!走,跟我去学校向老师赔礼道歉去!"黑丫头跟着娘去学校找老师,她娘一边走一边给她讲:"一日为师,终身为父,你要尊敬老师,要懂仁义礼智信。"黑丫头听着似懂非懂。到学校了,黑丫头领着她娘找到了班主任,娘叫她给老师赔礼道歉:"老师,下次我不跑了。""跑了?你跑回家去了?"班主任早把罚她站墙根儿的事忘到九霄云外了:"下次再跑就开除你!"黑丫头点了点头:"知道了。"

打这以后,黑丫头觉得班主任处处挑自己的毛病,她本来个儿低,可班主任硬把她调到倒数第二排。前排的同学挡得她看不见黑板上的字,不得不站起来看,没想到又影响了身后的同学,于是后边的同学就拉她衣服喊她坐下,一会儿她又站起来看黑板,就这样和后桌的同学有了矛盾。后桌的同学想教训教训黑丫头,就把自己削铅笔的小足刀从桌柜缝里塞出去,刀尖正好对着黑丫头的后背。

事也凑巧,这天黑丫头请求老师给她调换了座位。上课了,换了座位的刘志军向后一靠,哎哟一声坐在地上,鲜血从他的背后一直流到了脚下。黑丫头可吓坏了,大声喊:"老师,快来呀!刘志军流血了。"老师跑过来一看也是手足无措，后排的几个大个儿男生七手八脚地过来帮忙，抬起刘志军就往教室外走。老师边走边喊："生活班长，快去报告教导主任。"教导主任组织老师抬着刘志军上县城医院。那个年代别说汽车，就连自行车也没有，小学校也没有医务室，刘志军被抬到医院，一路上流了好多血……黑丫头哭得好伤心，她始终认为刘志军是替自己受伤的。

放小足刀的学生被公安局带走了，校长和班主任受到了处分。这件事引起了很大震动，县文教科把全县老师集中起来开会学习，要求严格管理学生。

一九五一年暑假开学，黑丫头升入六年级，班主任换成了教算术的陈老师。她再也不敢逃学了。班主任看她学习用功、劳动积极，就把她调回了第二排。这次她更用功了，期末考试从班里二十多名进步到了十二名。她也更懂事了，还当上了学校少先队的中队长。

黑丫头六年级毕业了，这时的延庆县还没有初中，学生都在家里等待。一九五二年的十月，传来了好消息，延庆县也要办一所初中，学校就设在县城东面的火神庙里。十月五日，延庆县初级中学开学了，当时全县各个小学要念初中的孩子总共还不到一百人，分成了两个班，黑丫头分在了一班。

这天早上，她穿好白上衣、黑裤子、方口鞋到学校报名。接待她的班主任是位男老师，刚从北京师范专科学校毕业，分配到延庆县初级中学教算术，高高的个子，人很帅气，因为是北京人，所以普通话说得非常好听。教语文、地理、历史的老师都已年过半百，据说都是投降的国民党军官。

班主任篮球打得好，还会拉手风琴，所以深受学生特别是班里的女同学喜爱。黑丫头也很喜欢这位班主任，但是因为她人长得黝黑，穿得又土气，从不敢正眼看班主任，更不用说和班主任说话了。不过因为她劳动积极，功课也好，所以班主任总爱提名表扬她。

黑丫头

第二年,学校来了一个转业军人,担任学校团委会的书记兼教时事政治课。团委书记是延庆县四海那边山沟里的,十一岁就参加了游击队,虽然年轻但资历却很老,在学校里职务仅次于校长。团委书记喜欢和学生接触,讲自己打仗的故事,学生们听得津津有味。这年五月,延庆中学团委会成立,经过班主任推荐及团委书记的了解,班里品学兼优的学生都加入了中国共产主义青年团,黑丫头也光荣地成了一名共青团员。

升入初二,原来的班主任教物理课去了,代替他的是一位从蔚县调来的四十多岁的语文老师。黑丫头有点不习惯这位新来的班主任,因为他的嘴里有两颗大金牙,在黑丫头的眼里,凡是嘴里有金牙的人不是地主、富农就是国民党的大官或日本鬼子的汉奸。上课了,大金牙老师的口音有时听不懂,可讲课却是有声有色,学生们佩服他知识渊博。过了两周,黑丫头觉得语文老师的言谈举止非同一般,特别是看了老师给自己作文的评语,她彻底心服口服了。管他财主不财主,只要给我们上好课就是好老师。

半个学期过去了,黑丫头的朗读能力和写作能力得到了班主任的认可,老师见她对语文感兴趣,就把自己珍藏的《西游记》《三国演义》《水浒传》《石头记》(《红楼梦》)和《封神演义》五本古书送给她,黑丫头如获至宝。这些书大都是清朝的版本,里边没有标点符号,黑丫头用一个多月的时间把《石头记》《水浒传》和《西游记》读完了,可就是《三国演义》她百看不通,特别是书里的人名她都记不住,就别说内容了。黑丫头最爱看《石头记》,到了假期也反复地看。一次正读到"黛玉焚稿断痴情",她娘喊她吃饭,连叫了三次她也没听到,而且还不住地抹眼泪。她娘着急了,就骂她:"什么好书看上了连饭也顾不得吃,还要抹眼泪?"黑丫头见她娘生气了,就说:"娘,这部书太好了,太感人了,不信我念给你听。"于是黑丫头就绘声绘色地念了起来，这一念把娘也给念哭了。

几本古书把黑丫头和大金牙老师的感情拉近了，她一到星期天就把自己在河里采集到的水芹菜（南方也叫空心菜）、水芥菜送给老师吃。老师家里有四个孩子，生活也不富裕，可有时老师会留黑丫头在家里吃饭。渐渐地，黑丫头了解到这位老师姓袁，他家是蔚县代王城有名的中药世家，老师的夫人也是名门之后。有一次，黑丫头得病了，家里没钱请医吃药，这位袁夫人就给黑丫头家送来了犀牛角和人参。黑丫头娘感激不尽，就帮袁夫人缝缝洗洗。黑丫头是个有恩必报的直性子，过年攒下的压岁钱自己舍不得花，还给老师买了一瓶酒。每次去时，班主任也把她当成女儿一样看待，给她讲《弟子规》和《论语》，传授知识和做人的道理。

黑丫头和班主任成了忘年交，班里有的同学就羡慕了，特别是团支部书记张文英。为了争口气，张文英今天搞团员评比，明天搞诗歌朗诵。初中一班的团队活动得到了校长和团委书记的称赞，团委书记也爱找张文英谈话，每次去时张文英都会把黑丫头叫上，为了让她看看，你有班主任做主，我有团委书记撑腰，黑丫头哪里知道同学的用意呀。时间一长，这位年轻的团委书记让张文英着迷了，只要下了第六节课她就爱找借口拉上黑丫头往团委书记那儿跑。渐渐地，团委书记也觉察到了，这个女学生对他的感情有点儿不对劲儿，也就委婉地提醒了她。

张文英可不这样想，她初中毕业后被保送到宣化中学上高中，听说后来经常请假回来看望团委书记，还日思夜想害了病、退了学，病也一直没好。黑丫头得知以后，难过了好一阵儿，她在想，男大当婚，女大当嫁，可人的婚姻、家庭都不是人力可为的，那是命运的安排，愿文英能够寻找到她的真爱！

黑丫头

一九五三年暑假后开学，延庆中学搬到距离县城二十里的康庄区，距离火车站就二里多地。新学校没有县城的火神庙安全，这里原来是一处乱坟岗，四周没有围墙，中间是三排共六间教室，教室东边是三排男生宿舍，西边是三排女生宿舍。这里比延庆中学好的就是有个大操场，还有个医务室。刚来时没有电灯，学生上夜课和回宿舍都是点煤油灯，教室里的煤油灯是吊在房梁上的。学生的生活费是固定的，每人每月交七元伙食费，黑丫头需要靠当铁路工人的老姨、老舅资助。每天三顿饭，一周可以吃上两顿像小孩枕头一样大的馒头，还能吃一顿肉菜。上了初二以后，学校有了助学金，凡是生活比较困难的学生，凭着村里的证明每月能领到三元钱的伙食补贴，黑丫头吃饭的大问题终于解决了。

宿舍距离厕所比较远，学校就给每个宿舍发一个胶皮尿桶，每天早上由值日生抬着去厕所倒尿桶。一旦半夜跑肚拉稀可就惨了，厕所远，还没有灯。有一天夜里，二班的一名同学因为白天吃多了莜面拉肚子，没办法只好拉在宿舍门口。可巧这天晚上教导处检查宿舍，两位老师手里拿着手电筒只顾得往窗户上照，大声喊着："别说话了！"话音未落，一位老师"扑通"一声在台阶下滑倒了，另一位老师扶起他的时候发觉手上黏糊糊、臭烘烘。可把这两位老师气坏了，叫开宿舍门大声质问："这是谁干的？为什么往门口拉屎？"宿舍里的学生把头埋在被窝里一声不吭。两位老师骂了几句没人搭腔，他们也知道一个宿舍住着十六七个人，黑天半夜地找谁去，也就只好作罢。

第二天早上，这两位老师找到了二班的班主任，班主任说："我们这是两个班的混合宿舍，我一个人也不好追查一班的同学，二位再找找一班的班主任吧！"两位班主任把全宿舍的十六名学生都叫到了教导处，问谁谁也不承认，最后教导主任把大伙儿批评了一顿，这件事也就不了了之。但是，这种事能完全怪学生吗？如果厕所里有灯，离宿舍也近，拉肚子的学生还能往门口拉吗？

延庆中学新建校区没有围墙，白天野狗随时出没，听说夜间还有野狼穿院而过，所以学生们都不敢在夜里出屋。有一天夜里，一个同学忽然发烧，大喊肚子疼，还呕吐不止。同屋的几个同学急忙搀扶着她上医务室找医生，可当她们走到西二排的墙边时，远远地看到了一个白影忽隐忽现，来回"游动"，几个同学吓得连哭带喊："墙边有鬼了！"她们边喊边拉上病号同学往宿舍跑，那边的白影子也快速"飞"了过来。看到白影在追，同学们惊恐万状，顾不得搀扶病号了，拼命逃回了宿舍。

白影子追到宿舍门口大声说话了："怎么了？你们宿舍的人在喊什么？"这时宿舍长听出来了喊她们的是教动物课的白老师，连忙开门："白老师吗？""怎么连我也听不出来了？""对不起，白老师，天黑没看清。"白老师进了宿舍，大家就把带病号去医务室见到白影的事说了一遍。白老师说："宿舍长，谁有手电筒，打开看看我穿的是什么衣服。"大家这才恍然大悟，哎呀，原来那个白影子是白老师呀！这都是平时害怕夜里出屋瞎想的。一个同学就问："白老师，黑天半夜的您一个人在那儿摇摇晃晃地干什么呀？""我是趁夜深人静时在练太极拳哩！""噢！原来是这么一回事。"大家杯弓蛇影虚惊了一场。"谁难受了？走，我送去医务室！"

白老师来自张家口，那时刚成立的初级中学，一没图书馆二没实验室，老师做实验怎么办呢？化学、物理课用的仪器在办公室里放着，做实验就只有老师在讲课时演示，学生没有条件自己操作。上动物课的时候，白老师所用的标本大都是学生帮助采集的。白老师的宿舍就他一人住，所以学生采集来的蝴蝶呀、蜘蛛呀、小老鼠呀占满一地，有的还用酒精泡在瓶子里，宿舍像是标本室。

最近白老师要讲爬行类动物，就号召学生给他抓水蛇和青蛙。一个家住在下营的学生星期天回家拿来了一条全身绿色并带有黄、红金点儿的小蛇，他把放蛇的笼子摆在讲桌下边。音乐课上，老师坐下弹风琴时把笼子碰倒了，小蛇张嘴、伸舌，在笼子里乱爬，可把她吓坏了，"哇"的一声奔到院里，前排坐着的女生看到了小花蛇，也都尖叫着冲出了教室，屋里乱作一团。

音乐老师吓坏了、也气坏了，她去找班主任说蛇的事，这时，那捉蛇的学生刘志刚提着笼子来找班主任承认错误了。他看见音乐老师，就赶忙说："李老师，对不起，吓坏您了，都怪我不该把蛇放在讲桌下面，下节课是动物课，我想交给白老师，没想到惹祸了。"刘志刚一边说着一边伸手从笼子里把小花蛇抓了出来，这下音乐老师又大叫开了："快放回去！"刘志刚说："老师，这蛇没有毒，也不咬人，不信您来摸一摸！"刘志刚把小蛇在音乐老师面前来回摇着。看着浑身发抖的音乐老师，班主任生气了："刘志刚，快把那玩意儿给白老师，以后不许再抓了！"刘志刚一看这架势只好低声说："我知道了，对不起，老师。"从这以后，白老师的动物课上就很少有活物了。

延庆县唯一的中学为什么要建在荒郊野外呢？也许是因为这里地方大。当然这地方也有好处，老师不必担心学生外出逃课，因为跑出去没有地方可玩，也没地方买零食吃。学校没有图书馆，想看小说只能回县城去借，也没什么文体活动，看场电影必须等到节假日。有时，学校请来县电影队在大操场的树上挂好幕，放映一些影片，如《白毛女》《刘胡兰》等。那个年代的初中生，思想犹如一张白纸，他们只知道"听老师的话，好好学习，天天向上，长大了为人民服务"，男女同学间的感情也是纯洁的。

延庆中学搬过来第二年的五一前夕，学校举行运动会。黑丫头已经是十七岁的大姑娘了，参加了短跑和跳远比赛。二班的一个女同学跳远时，忽然肚子疼得坐在地上，裁判老师和几个同学把她扶到医务室。到了医务室，她疼得满地打滚，裤子渗出了血迹，医生赶快叫来班主任并告知了家长。后来才知道，这是女孩子经期剧烈运动所致，好长时间都难以恢复。这件事引起了学校的重视，从此以后，每年都有一位年长的女老师给女学生上一堂生理课。

那时候，初中的孩子大的十七八岁，最小的也有十三四岁了，正处在青春萌动时期，对于男生、女生之间的事情既好奇又似懂非懂，家长需要给孩子讲一些生理卫生知识，可又有多少家的大人能给孩子说呢。黑丫头的娘做到了，她告诉女儿要保护自己，洁身自爱，做一个完完整整、干干净净的少女！

第三章　教书到城关

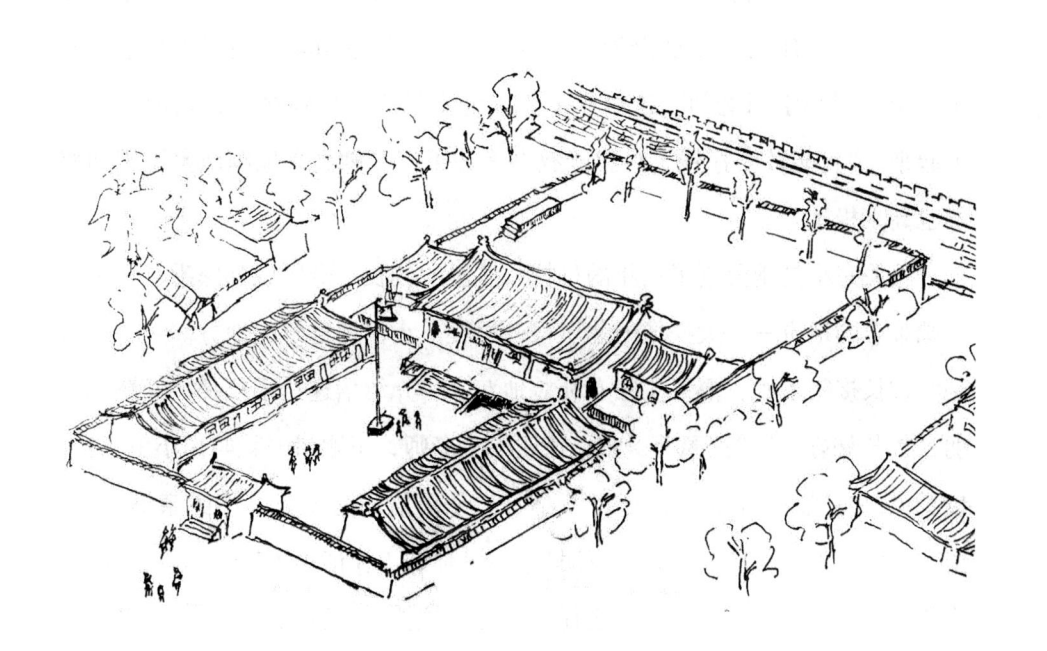

黑丫头

光阴似箭，黑丫头已经长成大姑娘了，三年初中学习结束，她没有被保送升高中。美好愿望落空了，只有回家到农业合作社参加劳动挣工分了。两年前，村里人把土地并起来组成合作社，社员们一起劳动，收获的粮食先交公粮，然后再按人口分配。到田里做工的男劳力每人每天十个工分，女劳力六个工分，黑丫头娘和奶奶每人五个工分，因为她俩是地主分子，又是软劳力。合作社按照工分多少计算，把卖余粮的钱再分给社员，社员们多劳多得、少劳少得、不劳不得，按劳取酬。黑丫头不用拾柴、搂草了，因为收完秋合作社按人头分粮食、秸秆，她家有柴烧了，也不用和奶奶去交公粮、卖余粮了。

回家没几天，黑丫头接到团县委的通知，让她去城关完全小学代课，同时接到通知的还有刘淑珍、张二平等十几个延庆中学的初三毕业生。黑丫头和一名康庄的同学被分配到了城关小学，其他同学分到赵庄小学、永宁小学。到小学当老师，这对黑丫头来说真是天上掉馅饼了，她激动得跳了起来："我能教书挣钱了！我能教书挣钱了！"她高兴地跑回家，娘和奶奶也高兴极了。

城关完小是她分别了三年的母校，这里的校长、老师她都熟悉，这里也有她难忘的地方——大操场的北墙根，她爬上小榆树逃学的地方。第一天报到时校长接待了她，黑丫头很有礼貌地双手将介绍信递给了校长，又鞠了个躬："校长您好！""王墨菊，哦，该叫你王老师，不顺口，就叫你小王吧！"校长高兴地说，"小王，面子可不小呀！介绍信还是团委书记的亲笔签字，信上说你曾多次被评为优秀共青团员，可见你的工作能力不会差的。这样吧，你先到二年级三班教语文当班主任。""行，校长，让我试试，有什么做得不好的，请您多指教！"黑丫头满心欢喜。

黑丫头以老师的身份踏进了二年级三班的教室，第一节课，她拿起教鞭滔滔不绝地给学生讲着《小学生守则》。1955年2月，国家刚刚发布《小学生守则》，对于培养学生的品德、习惯发挥了很大作用。黑丫头的语言表达能力强，每讲一条就能举出例子，她得到了学生的认可，初次登台上课成功！

一个初中刚刚毕业的学生就能登台教书，社会多么需要知识、需要人才呀！刚刚解放，国家就对教育进行了恢复、改造，开展了大规模的扫除青壮年文盲运动，村里还办起了冬校、夜校和识字班，每个县城都办起了中学。解放没几年，国家还很贫穷，旧时代没有留下更多的人才，新毕业的大学生又少得可怜，一些优秀的初中、高中毕业生就被安排留校任教或去小学代课。

当时小学老师的工资分级，每级相差几元钱，最低十一级，每月二十四块五。黑丫头代课满一个月，挣到十八元工资，已经不少了。她拿着这十八元钱没有欣喜若狂，而是静下心来想着这钱该怎样花。她首先想到的是二大娘，第二个是语文老师，第三是她的苦命娘亲，还有奶奶，就是少给也得给点儿吧。她算了一下，要是每人六元，自己一元也没了，不行，得留一元。所以，她决定拿五元钱给她娘买一身蓝花格布袄及黑裤子，又拿五元钱给老师买了两瓶好酒，两元钱给奶奶买了糕点，二大娘就直接给了钱。黑丫头娘见女儿给她买衣服，禁不住泪如雨下，她彻底醒悟了：我这个女儿是个宝贝！奶奶接过黑丫头买来的糕点愣住了，默默地低下了头……她压根儿没想到，自己竟能得上这个黑丫头的济呀！

随着年龄的增长，学校和村里就有人给黑丫头介绍对象，可她对这些事不感兴趣。她最讨厌的人就是本村的树林，他比黑丫头大三岁，十五岁时，

黑丫头

他娘就给他定了一个比他大五岁的媳妇。当时树林还在上小学,这新媳妇只不过是给他家增添了一个劳动力,两人根本谈不上夫妻恩爱。结婚三年了,媳妇也没有生孩子,树林快二十了,他在寻找着心仪的姑娘。本村的胖丫头有意,可她却不敢直接亲近树林,就找到了黑丫头替她传递了一张小纸条,可是这张纸条的下面却忘了写上胖丫头的名字。树林收到纸条后,还以为是黑丫头对他有意,所以一有空儿就往黑丫头家里跑,任凭黑丫头怎么解释也不行,最后还为这事儿结了梁子。黑丫头牢牢记住了娘的话:不要多和男人交往。她初中时读了《石头记》,知道点儿男女之间的爱情,所以她发誓,就是嫁到深山老林,也不会嫁到三里河村,对树林的追求厌恶至极。

一九五六年,新年过后,小学放寒假了,村里又在准备着排练过年的文娱节目。如今,黑丫头长大了,当然不能再扮演孙悟空扭秧歌了,她萌生了一个新的念头:排演小歌剧。她向村支书说了自己的想法:"王叔,各村都有秧歌队,如果咱们村再演就不新鲜了,而且也拿不了第一名。"支书问:"你说怎么办?""排演小歌剧。""你能行吗?""王叔,全县哪个村也没有小剧团,如果咱们先排,那肯定是独一份。"村支书是个转业军人,思想比较开放,而且也爱好文艺,拉的一手好二胡。他考虑了一会儿,说:"咱村有文化的人可不多,靠识字班学的那几个字还不行。这事就靠你了,你安排吧,需要什么告诉我,我来解决。"

黑丫头听了村支书的话后就着手安排。她先到县文化馆借剧本,选择了《刘巧儿》《小二黑结婚》《刘胡兰》《社长的女儿》《小放牛》《白毛女》等剧本,把这些剧本一一说给支书听。支书说:"大过年的,群众看节目为了喜庆,《白毛女》太苦了,《刘胡兰》太惨了,《小二黑结婚》《小女婿》大家都看过,那咱就演这《社长的女儿》吧！这是新剧本，大家没看过！"剧本定下来以后，黑丫头就没白日没黑夜地给各个演员抄写剧本上的台词。台词抄好了，可村里人文化最高的也就是初中程度，如果按照原剧本曲调去唱是行不通的，怎么办呢？黑丫头就把剧本中容易学的曲调选了几段，不管什么角色都用这几段曲谱，问题就解决了。可是乐队又成了问题，她想起了村支书能拉二胡，盲人卢大叔会拉二胡、吹唢呐，他虽然看不见外面的世界，但听觉比常人都强。

演员初步物色好了以后，她拿上台词找到了村支书，演职人员一开会，演员们一领台词，一台戏就正式准备了。黑丫头担任导演，并演了剧中的社长妈妈，这是演七十多岁的老太太，她想自己必须要演好，否则就没有资格评价别人。她下了苦功，每天跟在奶奶身后学走路和动作，学得活灵活现。弟弟也上五年级了，黑丫头安排他站在幕后给演员提词，经过半个月的排练，歌剧可以上演了。

三里河村没有戏台，黑丫头和村支书商量把戏台搭在常家大院，可演了三天以后，不只是三里河村的村民，初六那天连孟庄、赵庄、王庄和上水磨村的人都成群结队地来三里河村看戏了。村支书一看场地太小，第二天就拆了常家大院的台子，搬到了打谷场上。戏台地板是用板凳支起来的十六块门板，顶棚用木杆支起，上面盖上芦苇席，这样可以遮风挡雪。

小剧团火了，黑丫头又赶忙加排了《刘巧儿》《刘胡兰》《小放牛》三部戏，正月初十以后，县城里的人也来三里河村看戏了，这场面轰动了延庆县城里城外。正月十四，小剧团到赵庄去演了一场，正月十五到县城火神庙场的大戏台上露了一手，正月十六又去八里庄演了最后一场。最让黑丫头和全体演员感到高兴的，是正月十五在县城火神庙场的演出，因为这天县委宣

黑丫头

传部部长陪着县委书记也来看《刘胡兰》。戏演完了，各位领导还上台和大家握手祝贺，希望明年能看到小剧团更高水平的演出。黑丫头受到大伙的夸奖，真是高兴极了……

热闹的十五过去了，还有一周小学才开学，黑丫头正好抓紧时间参加农业社的劳动，给家里挣几个工分。正月十七这天，黑丫头扛着一把锄头和社员一块儿到村北地里打土坷垃。正干得起劲时，有人高喊："黑丫头，你看谁来啦！"黑丫头停下手中的榔头四下里张望，没有什么人呀！于是她问："谁叫我？""你的小女婿来了！"这时黑丫头听出喊她的是二狼猫，他正领着一伙淘气包围着村里的光棍老东顺要喜糖吃。这老东顺从小爹死娘嫁人，大伯把他拉扯大，他先天脑子迟钝，大家叫他傻东顺。

黑丫头一看这架势，分明是这伙调皮小子在捉弄老东顺，她一气之下提起锄头跑到老东顺身边骂道："哪个兔崽子嘴馋了，过来呀！"她这一骂，三个淘气小子扭头就溜。黑丫头就问："东顺哥，他们为什么向你要喜糖吃？"傻东顺结结巴巴地说道："昨天晚上，他们三个人说你——要和我结婚，当我——媳妇，我就信了，他们要——喜酒喝，我就给他们买了二锅头喝。"黑丫头听后肺都快气炸了，她冲着那三个淘气包小子骂着："嘴馋叫你娘给你炖肉吃，欺负没爹没娘的老东顺，就不怕天打雷轰吗？"

她越骂越气，农业社长陈家三爷恐怕事情闹大了，过来劝着："黑丫头，你骂几句出出气就行了。"他又把三个淘气小子叫过来说："你们三个骗东顺的酒喝还不够，今天还要吃喜糖，真不害臊，回头收工了，我就去告诉你们爹娘赔酒钱。"那三个小子一听害怕了："三爷，我们错了，您千万别找我们爹娘，我们骗东顺的酒钱，过会儿拿压岁钱还给他。"三爷一看三个孩子都老实了，又教训道："这么大了不好好念书，游手好闲，今后谁要再欺负东顺，我就把他送公安局去！""别，别，我们今后再也不敢了。"三个淘气小子撒丫子跑了。

二月初二龙抬头，中小学开学了，黑丫头正准备着去上课，教导主任对她说："临近的怀来县初级中学要招高中班了，今年暑假招生，小王，你看是留在本校教书还是去延庆中学补习？"补习，上高中，考大学，这一连串的想法在黑丫头脑子里闪现，她回答得很干脆："主任，我想去补习！因为这半年来，我觉得一个初中生教小学知识缺乏，我想继续深造，大学毕业了再回来教书，那时我带的班一定会给您争气！"主任说："好，那你明天就别上课了，今天抽空去总务处把二月的工资领上。"黑丫头领上工资后，已经到了上第七节课的时间了，这节课本该课外活动，可是她要走了，她要告别和她朝夕相处了半年的活泼可爱的小朋友了，因此她的心里极不平静，怎么和孩子们说呢？她多么舍不得这些小朋友啊！

从办公室走到教室总共也没有二十步，可是她的双腿像铸了铅一样沉重，走了足足有五六分钟。进了教室，她首先查点了人数，一个不少，然后恭恭敬敬地弯腰给学生行了一个礼，孩子们都大眼瞪小眼地相互观望，心想老师今天这是怎么了，为什么要先给我们敬礼？今天的礼怎么倒过来了？黑丫头当了半截子的班主任，今天就要撂挑子了，她从心里感到对不起这些孩子们，半年的接触，她和孩子们有了感情，怎么说走就走了呢？

她咬了咬嘴唇，慢腾腾地小声说："同学们，对不起，老师不能陪伴你们升入三年级了。"坐在第一排的小男孩李涛立即站起来问："老师，你要去哪里？"黑丫头的眼泪"唰"地一下流了出来，她哽咽着说："我明天要去延庆中学补习功课，暑假后考高中，等我大学毕业后，再到初中教你们！"学生们傻眼了，蜂拥而上围住了黑丫头："老师，我们不让你走。""老师，

黑丫头

你别走了！求求你教我们到小学毕业吧！""老师，别离开我们！"这揪心撕肺的哭喊声让黑丫头泪流不止。"好好学习，咱们……后会有期。"下课的铃声响了，她恋恋不舍地在每个孩子的额头上亲了一下，咬着牙走了。"老师你别走！老师你别走……"这哭喊声永远留在了黑丫头的耳边。

第四章　求学北沙城

黑丫头

一九五六年九月三日，黑丫头和延庆中学的伙伴坐上西去的火车奔向梦寐以求的高中——河北怀来中学。

河北怀来中学原名怀来初级中学，始建于一九五二年，校址设在河北省怀来县县城沙城镇。沙城是明朝修筑，分为西堡、中堡和东堡三个堡城，有人说沙城得名于"三城"的谐音。中堡、东堡相连，中堡与西堡之间有几股泉水自北向南缓缓流淌。这里自古以酿酒闻名，清朝康熙皇帝巡幸口外时，品尝了沙城烧酒连连称好，就命进宫献给太后，沙城烧酒自此名扬京城。中华人民共和国成立后，县城南边建起了沙城酒厂，论规模在北方数一数二。

怀来初级中学今年开始招收四个高中班，更名为怀来中学，高中的学生大多来自张家口的各个县，有二百三十多人。沙城火车站历史也很悠久。1909年，詹天佑主持修建的京张铁路通车，沙城就设了车站，现在这里成了京包铁路、丰沙铁路线上的一个中等站，运输繁忙，也为到怀来中学读书的外县学生提供了方便。

黑丫头和同学背着被褥、提着脸盆和书包下了火车，出站后，在人们的指点下，她们向沙城镇北门外走去。走了二里多路，远远地看到了一条弯弯曲曲的小溪，逆着溪水又往前走了一段，看到一座六边形的水池，南边雕刻着一个龙头，龙嘴里哗哗地流着泉水，龙头上面刻着"老龙潭"三个字。在这里还碰到了万全、怀安等地来的一些学生，她们从未见过地下往外冒水，顾不上一路劳累，争先恐后地奔了过去，放下手中的行李，捧起了清泉送到嘴里。啊！这里的水太甜了，对于那些没喝过泉水的人来说简直是天赐甘霖。

黑丫头却一点也不惊奇，因为她的家乡三里河村的水也这么甜。喝完水了，大家站起来向北一看，不约而同叫出声来："大佛！大佛！快看那尊大佛

第四章　求学北沙城

有多高呀！"一尊五米多高的佛像矗立在树荫下，也许是年深日久，佛像变成棕黑色了。问了旁边游玩的几个老人才知道，这是唐代的铜佛，原在老县城怀来城，后来因为修建官厅水库，去年刚刚搬到了沙城。佛像前面还有一块石碑，上面刻着"老龙潭"三个字。老龙潭往北是一条沙土路，一直通往怀来县北部及赤城县，往西有一条弯弯曲曲的小路通往怀来中学。

顺着小路走了有一百多米，就到了大门朝南门的怀来中学，青砖门垛，铁栅栏大门。大家既兴奋、又好奇地进了学校，一条不太平坦的沙土路向北延伸，两边是新栽的小杨树。再往里走是三排教室，教室两边是学生宿舍，最后边是大礼堂。这里的房子都包着屋檐，说是仿照苏联建的，冬天暖和。二、三排教室中间还有"工"字形的三排房子，听说是实验室和图书室。操场在最西面，墙根下有几棵紫穗槐，黑丫头参加过运动会，知道这操场跑道少说也有四百米，比延庆中学的操场还要大。

女生宿舍紧挨着操场，也是十六七个人睡的大通铺，北墙上还有两个小窗户，南北通透，报纸糊的顶棚上吊着一个电灯泡。厕所在操场的南北两头，每个宿舍也都有一个胶皮尿桶，白天就放在前排宿舍的后墙根。水房在东边男生宿舍的前面，有一个压水井，抓住铁柄压上几下就能接上半桶水，每个宿舍的值日生负责抬水。接热水就没那么快了，全校就两个热水嘴儿，不过师生都主动排队，何况学生都还习惯喝凉水，也很少有人用暖壶。

高中班是新建的，教师也是临时抽调的，有的是从初中提升的，有的是转业军人，还有的是从四川、福建来的支教老师。新高一有四个班，黑丫头分在了三班，班主任是从阳原县来的教地理的朱老师，个子高高的，瓜子脸，普通话说得不太标准，好多同学听不清楚。

第二天是星期二，早晨七点半，全校师生集中在操场上升国旗，国歌嘹

黑丫头

亮。十几个班黑压压的，有上千人吧。升完旗，值周老师向大家介绍了在主席台上站着的齐校长、朱副校长、李主任、团委段书记等几位领导，怀来中学的人好多呀，校长好高大啊。

这天的课基本是讲注意事项，第四节是社会科学课，黑丫头眼前一亮——夹着教案走上讲台的竟然是延庆中学的宋老师。太好了，宋老师也调来了！读初中时她还给黑丫头发过优秀团员奖状呢。上课铃响了，宋老师放下教案后，第一眼就看到了坐在第二排的黑丫头，她微笑着点了点头。下课以后，黑丫头站起来和宋老师打招呼，宋老师亲切地问："延庆中学来了几个同学？你们的宿舍挤不挤？"黑丫头一一回答，宋老师拍着黑丫头的头说："我家就在操场南边家属院第一排第三个门，有什么事儿来找我。"黑丫头感觉好温暖啊。后来才知道，宋老师的爱人就是学校的齐校长，博学多才，书法、绘画、文艺、体育样样精通。

由于黑丫头的中考成绩好，班主任提议她担任高中三班团支部的组织委员。高中课程多，老师也多：教汉语文学的于老师个子不高，水平可不低，听说在以前当过文书；教俄语的柳老师刚刚调来，可认真了；教物理的董老师大高个儿，男同学就喜欢跟他讨论问题；教体育的裴老师是四川人，短小精悍，踢得一脚好球，听说还去印度参加过比赛。黑丫头从小喜欢体育课，初中时参加过长跑比赛，裴老师对她也好，还介绍她参加了学校篮球队。

住校学生有时外出，上一趟街买学习、生活用品。县城也不大，西堡街两旁是住户，向东跨过石桥，进了城门洞是中堡街，有银行、图书馆、华民宅（文化用品店）。过了中间的城门洞是东堡街，路南有玉成明（酿酒缸坊）、县医院，路北有县委、县政府、沙城高小。中堡街、东堡街中间一条长火巷贯通南北城门，顺着南火巷直走出了长治门的门洞，紧挨着城墙根是一个露天电影院。南门口的东方红照相馆让人向往,学生毕业照相都要来这里。南门外的顺城街是商业街,街两边食堂、旅店、百货商场、理发、钉鞋、修表、配钥匙的门店、摊点应有尽有。那时,学生一个月的伙食费也就六七块钱,上街顶多是花五分钱买几个扎头的皮筋,两毛钱买一袋刷牙粉、几个白纸本,想照张相也舍不得那四毛钱。

不知不觉新年就要到了,各班在大礼堂表演节目庆祝元旦,齐校长和老师们表演话剧,齐校长扮演老干部,表演刷牙的动作真像呀!班里的节目也很精彩,初中的一名女同学演唱京剧《四郎探母》,高中一班表演采茶舞,高中三班表演话剧《原来是这样的人》,黑丫头扮演班长,因为她是延庆人,普通话说得好,以前也上台演过戏,所以演得活灵活现,引来了阵阵掌声。

人们常说女大十八变,这话一点儿也不假,黑丫头自从升入高中,比初中时漂亮了,走起路来两条大辫子来回摆动。元旦晚会以后,王墨菊的名字就在班里叫响了。可是人怕出名,几个男同学开始悄悄地和黑丫头套近乎,但是都遭到了拒绝。其实,黑丫头觉得高中三班有好多女生比她漂亮,功课也比她优秀。班级的节目得到了好评,也给班主任增了光,年终评比时朱老师得了头等奖,他对黑丫头也更热情了。黑丫头记着娘的话,一日为师,终身为父,更加尊敬老师们。

一九五七年,元旦过后,学校出现了流感,班里的同学几乎都病倒了,有的还回家养病了,学校被迫停了几天课。黑丫头从小上树下河,风里来雨里去的体质好,班里只有她和三个男生没有病。为了照顾病号,黑丫头每天早早起来倒尿桶,打扫卫生,然后再去食堂给病号打饭。食堂就在大礼堂,平时是分组吃饭,以前为节省时间,宿舍值日的同学到窗口用食堂的饭盆、

黑丫头

饭桶打来饭菜，再分给本组同学，八个人一组围着桌子端着碗站着吃。现在同学生病来不了食堂，黑丫头就给她们端回去，那时候的学生哪有饭盒呀，每次只能端两三个饭碗，可是病号多的时候一天有八九个，这样她就要来回跑好几趟了。

北方的一月天气最冷，这沙城真是风沙之城，有时还刮沙尘暴，大风吹起来的砂土有蚕豆大，打在人的脸上生疼。黑丫头怕饭凉了，就掀开棉袄的衣襟将饭碗揣在怀里。有时候重病号上厕所也得她扶着去，手冻僵了，脸冻红了，但她从未叫过苦。她是共青团员，就要起到带头作用，为同学服务。

一周以后，同学们都能上课了，可是一向坚强的黑丫头却病倒了。她发着高烧，不能买药打饭，同学们上课又抽不出时间来管她，她只能自己照顾自己了。十六个人的宿舍只有她一个人躺在大通铺上，这时她想家了，如果娘在身边该多好呀！

"啪、啪、啪"，敲窗户的声音打断她的沉思，"谁呀？什么事？"她大声问，"是我，给你送的稀粥放在窗台儿上了，赶快拿进去，别凉了。"黑丫头穿好鞋下地开门，一个男生的背影向东边去了。她仔细地看了看，哦！知道了，这是和她同班的入党积极分子吕文营，平时在食堂吃饭时，他就在旁边的那一组。黑丫头从窗台上端起了粥碗，热乎乎的。可巧班主任也来看她了，朱老师走进宿舍问："王墨菊，今天好点儿了吗？还发烧吗？""谢谢老师，我好多了，明天就能上课！"黑丫头心里暖暖的，多好的老师，多好的同学呀。

这时，宿舍的同学也回来了，给黑丫头买来了退烧药。黑丫头端起了吕文营送来的稀粥喝了一口，虽然粥有点儿凉了，可她却感到无比温暖。吕文营为什么要给黑丫头送饭呢？原来他嫌女生吃饭太慢，吃完了再给黑丫头端回去就凉了,他最先吃完,就趁热儿把粥给端回来了。

期末考试开始了,黑丫头身体刚好,勉强能参加各科考试。最后一门制图考试是根据平时的作业成绩来计算的,黑丫头因病耽误了几次作业,就找学习小组长吕文营给她讲解,最终制图总评得了四分。当时学校教学仿照苏联凯洛夫的"五步教学法",成绩也是仿照苏联按五分制计分,四分就相当于百分制的八十分了。

黑丫头被吕文营的两次帮助感动了,这吕文营是怀来中学初中毕业后保送升入高中的优秀学生,全年级才两个。现在还是学校党支部培养的入党积极分子,他的家庭出身好,哥哥又是军官,手腕上总是戴着哥哥给他的手表,那时候老师们戴手表的都很少。他戴表是为了学习时节省时间,平时生活很简朴,一身褪了色的旧军装常年不离身。吕文营性格内向,不善言谈,而且说话比较冲,是全班有名的倔骡子,在班里很少有人和他来往,女同学都称他是新社会的人、旧社会的脸。吕文营不但学习优秀,而且喜欢打篮球、下象棋,偶尔还唱上两句山西梆子。这次的元旦晚会,他在化学老师的指导下表演了小魔术,还和王墨菊同台演出了话剧《原来是这样的人》,王墨菊扮演班长,吕文营穿一件白大褂扮演医生。他给王墨菊补作业、送稀饭,完全是出于一个入党积极分子的责任感。

一月十三日,放寒假了,近处的同学都走了,就剩下几个路远的和外县等火车的同学在教室里收拾东西,黑丫头见到吕文营就说:"放假有空儿到我们延庆去玩,我家门口有条小河冬天不冻冰,河水还冒热气哩,我娘做的春饼可好吃了。"她说这话时满含感激。说者无意,听者有心,这个有心人就是吕文营的同乡,也是他初中、高中的同学刘翠英,她也在旁边听见了。

刘翠英个头儿不高,比吕文营大两岁,上了高中以后就从心眼儿里喜欢

黑丫头

上了他，大家伙儿也都知道，只是吕文营这头倔骡子不理不睬。有一次，吕文营玩双杠时不小心把衣袖挂破了个大口子，刘翠英连忙跑过去："没事吧？摔伤了没有？要不去医务室上点儿药，以免感染了。"吕文营却淡淡地抛下两个字："没事。"转身就走。刘翠英又跑回宿舍，拿上针线来给吕文营缝衣袖，可这位牛气的吕二公子早就无影无踪了。刘翠英看看自己手里的针线，真是又恨又爱。

吕文营越是雷打不动，刘翠英对他的爱意越是王八吃秤砣——铁了心。她琢磨着，班里这么多女生，说不定吕文营会对谁动了心思，我得及早向他挑明心意。有一个星期六的晚上，学校在大操场放映电影《上甘岭》，快散场的时候，刘翠英对吕文营说："嗨，吕先生，你出来一下，我有话要对你说。"那吕文营站在原地一声没吭，犹如泥塑。刘翠英恨得简直是牙根发麻，然而她还不死心，过了一会儿她又伸手拉了拉吕文营的衣襟："哎！我叫你出来一下，你听见没有？"谁知倔骡子脾气的吕文营非但没动身，反而一甩衣襟，嚷道："人天人地的，你这是干什么呀？"刘翠英简直是无地自容，她气急败坏地踢了吕文营一脚离开了操场，旁边的人看着她都莫名其妙。回到教室，她在吕文营的字典里写上："惹眼蝇子打不败，称心人儿总不在，吕文营你坏！坏！坏！"

更让刘翠英生气的是，升入高中以来，吕文营和同桌都很少说话，但却给外县来的王墨菊送饭、补作业，她的这坛子山西老陈醋早已发酵了，当听到黑丫头邀请吕文营去延庆玩，她用力一摔教室的门，甩下一句："显什么？我们老龙潭的水冬天也不冻冰！"教室里的几个同学都愣住了……

三月一日，新学期开始了。这天早晨，黑丫头去班里值日，她拿着教室的钥匙打开门后惊呆了——黑板上写着一行歪歪扭扭的大字："王墨菊对吕文营使美人计"。她盯着黑板出了一身冷汗,这是谁干的?她百思不得其解。听到有脚步声,她拿起板擦快速地把黑板上的字擦掉了。

值日的同学都来了,大家七手八脚地把教室打扫得干干净净。上早读课时,黑丫头坐在自己的座位上呆若木鸡,她苦思冥想是谁写的?自己和吕文营没有什么事呀?下课铃响了,她还是纹丝不动。语文老师走进教室她仍然瞪着双眼发呆,直到班长喊:"起立!老师好!"她才醒悟过来。噢,我明白了,可能是他,黑丫头培养的入团积极分子张怀顺。

这个张怀顺是大兴县人,放假回家他和黑丫头乘坐同一趟火车,黑丫头到康庄站下车,他到北京站换车才能回家。康庄站到了,黑丫头下车时对他说:"有空儿到我们家来玩,我们家的小河水冬天也不冻冰!"张怀顺想歪了,假期里给黑丫头写信,可没有收到一封回信,他能不恨黑丫头吗?所以呀,开学后,张怀顺见到黑丫头,心想,这口气必须得出,就在晚自习后悄悄地在黑板上写下这行字,怕别人认出笔迹,故意用左手写。黑丫头也在深深地自责:"黑丫头呀黑丫头,你为什么总把娘的教导忘在脑后呢?娘说了不要和男孩子过分接近,你为什么不听呢?随便邀请男同学,这事全怪你自己,幸亏今天来得早,这黑板上的字别人不知道。"从此,黑丫头更加严格要求自己。

一九五七年开春,学校组织植树劳动,离家近的同学从家里扛来铁锹、镬头,挑来了箩筐,校长、老师和学生齐动手。沙城果然名不虚传,树坑里挖出来的尽是石头、砂子,一个树坑就得换上两筐肥土,黑丫头她们这些外县来的同学就用宿舍的水桶、脸盆接水浇树。把教室后面的杂草清理干净,种上了国槐,路两旁补栽上了钻天杨,校园生机勃勃。

学校的树栽完了,各班又轮流到全国战斗英雄董存瑞的家乡——南山堡

黑丫头

参加植树。大家背上行李，扛起铁锹，排好长队，举着校旗，浩浩荡荡出了校门。从老龙潭一直向北走，路过永安村、义合堡、二堡子好几个村子，一路上歌声不断。"这就是我们小北川了，怀来北部是山川，自古就是兵家必争之地。明朝怀来境内发生过有名的土木堡之变，蒙古军队就是抄这边的近道截击明军的。"一直不爱说话的倔骡子吕文营指着这些山沟打开了话匣子，"后来为了加强防御，屯军筑堡，你们看看这些村名儿就能想象到。我家还在北边的陈家铺……"大家有说有笑，两个多钟头的路程一点儿也不觉得累。

　　光秃秃的丘陵沟壑纵横，百十户人家的南山堡就藏在里面。同学们几个人一组住在农户家里，白天上山栽树，渴了就喝远处沟里提来的水，晚上摸黑睡觉，听一听董存瑞的故事。一九四八年五月二十五日，董存瑞在解放隆化的战斗中舍身炸碉堡，献出了十九岁的生命。中华人民共和国成立后，被追认为全国战斗英雄，朱德委员长还写下了"舍身为国，永垂不朽"的题词。明年就是烈士牺牲十周年，能为英雄家乡做点儿贡献，大家都觉得很光荣。每天大伙吃的是农户做的小米饭、玉米糊糊和咸菜，有时端上点儿熟胡椒，几筷子就抢光了。后来听说董存瑞的妹妹就在初中20班，班里来植树的时候，她还从祠堂里拿来贡品馒头分给在自己家住的同学……这个班劳动几天，再换成下一个班，渐渐地，英雄家乡的山坡上种满了杨树、枣树和杏树，就像是董存瑞的精神在这里生了根。到了一九五八年成立人民公社时，南山堡所在的二堡子乡被命名为存瑞人民公社，还为沙城中学赠送了一面锦旗，上面绣着"绿化先锋"。

　　一九五七年四月，开始整顿学风。刚开始的时候，大家的积极性很高，争先恐后地发言检讨自己的缺点与不足。这次又该黑丫头发言了，她检讨着自己的学习态度不够端正,上课时没有专心听讲,值日有时不太认真等她认为不合格的表现。说完以后,刘翠英发言了:"王墨菊的检查不够深刻!也不全面。"团支部书记带头鼓掌,鼓励大家要大胆检讨,但是没有人再站起来发言了。班主任看着没人发言,就指着延庆中学来的武小云说:"你和王墨菊是同乡,发表一下你的意见。"武小云迟疑了,心想如果我不发言,班主任会说我立场不稳,可是黑丫头没有什么可说的呀,她想了好一会儿,小声说:"王墨菊看不起我们贫下中农子女,比如——比如她经常叫咱班的残疾同学闫小玲——老拐。"

听了小云的发言,黑丫头啼笑皆非,闫小玲是自己打小一起长大的同学、同乡,自己怎么会看不起她呢?这武小云的一句话也勾起了黑丫头的回忆。闫小玲是延庆县城人,她家姐妹二人,而黑丫头没有姐妹,所以她和小玲相处如同姐妹,每到星期六,城里的春英、翠仙、玉春、文英和小玲五个人经常到黑丫头家玩。特别是春夏之交,她们喜欢吃黑丫头从树上摘下来的榆钱儿和酸杏儿,爱玩黑丫头从水里捞出来的小泥鳅。玩累了,黑丫头娘还要给她们做上一顿小米干饭炒苦苣菜,闫小玲特别爱吃的是凉拌水芹菜,这样的饭菜在县城里是吃不到的。同学们的每次聚会都少不了闫小玲,大家对她都很关心,因为她从小得了小儿麻痹症,右手、右腿很不利落。然而她却十分坚强,学会了用左手写字,她走路一拐一拐的,所以大家总爱叫她老拐。这是从小就叫惯了的名字,怎么是看不起呢?黑丫头想不通,不知道自己错在哪里,她太伤心了。下课铃响了,班主任站起身来说:"今天的会开得很好,但是大家的发言还不够热烈,希望下次同学们都要踊跃发言。"黑丫头泪如泉涌,强忍着没有哭出声来……

晚饭时,黑丫头没有心思吃饭。上晚自习了,她无精打采地走进了教室,

黑丫头

在自己的座位上写着什么，然后又撕下来，她眼含泪水走出了教室。这些举动被同一排的吕文营看得清清楚楚，吕文营虽然倔强、不善言谈，但是非常细心，当看到黑丫头撕下日记泪流满面地离开教室后，他多了个心眼，今天班里整风对她打击不小，女孩子心眼儿小，万一想不开可能会发生意外。于是他叫上同乡梁光明："老梁，出来一下跟我走一趟！""你这神经兮兮的出什么事了？""闲话少问，快走！"吕文营拉着梁光明走出了教室，远远地看到一个黑影正往操场方向走去，他俩就不远不近地跟着。黑影到了操场西墙根的紫穗槐下哭了起来，一会儿哭声停止了，黑影又抓住树干用力摇动，不顾树皮上的毛刺扎手。二人一看不妙就大声喊："谁在操场上转悠不上自习？赶快回班！"黑影听见有人喊，把手收了回去，顺着操场的西墙根回到了女生宿舍。二人见黑影回到宿舍，又赶快回班里把闫小玲叫出来说明了情况，闫小玲急匆匆地回宿舍去了。

　　闫小玲回到宿舍，见到黑丫头正趴在床铺上哭呢，急忙上前安慰："墨菊，你我从小一起长大，我还不了解你吗？别管别人说什么，我不会怪你，想开点儿！"哭了一阵儿，黑丫头镇定下来，反问自己："你干坏事了？你说别人的坏话了？没有！那你为什么想不开呢？难道你就不想想别人会怎样评价你吗？高中三班的王墨菊害怕犯错误！你太愚蠢了！你要用事实来证明你的清白！"她又想到了刚才喊她的人，那个声音她很熟悉，正是班里的倔骡子吕文营，原来是他一直在关心着自己啊！

　　第二天，黑丫头没去上课，她去找宋老师，宋老师见她两眼红肿，忙问："王墨菊，有什么事？为什么没去上课？"黑丫头哽咽了："宋老师，在延庆中学您是看着我入团的吧？""是呀！怎么了？""昨天，有人说我是混入共青团的投机分子，在延庆中学时，您曾多次给我颁发过优秀团员的奖状，我不明白自己为什么是投机分子？"宋老师这才明白了，就开导黑丫头："讨论嘛，有时过点儿火也正常，不要哭了，回去上课吧！"一向严厉的宋老师信任这个坚强的学生，但并没有觉察到黑丫头内心正承受着巨大的痛苦。黑丫头感到了无比的孤独与无助，没办法，只好硬着头皮回班上课。下课了，吕文营递给她一张小纸条："天无绝人之路，终有柳暗花明"。她看后迅速将纸条撕碎扔掉了，她没敢和吕文营说话，只是投去感激的目光。

下了晚自习，黑丫头把自己的日记递给了吕文营，说："看后请不要告诉别人。"吕文营没有吭声，把日记塞进课桌。黑丫头为什么要让吕文营看日记呢？因为她想让吕文营知道她不是忘恩负义的人，她在日记中写下了一百个"谢谢你"，另外她还写到了张怀顺在黑板上写"美人计"的缘由。

黑丫头本想事情就这样过去了，可是没想到在学校引起了轰动。班主任、团委书记连着找黑丫头谈话，她觉得几位任课老师的眼光也是异样的，同学们更是不敢靠近她了。黑丫头又想起了家里的遭遇，才真正感到了害怕……万般无奈的时候，教几何的马老师给她判作业时送了八个字："三十六计，走为上计。"看了这八字箴言，黑丫头把心一横，下定决心转学。

一九五七年九月，黑丫头从怀来中学转到离老姨家不远的宣化沙岭子中学……

一九五八年，怀来中学改名为怀来第一中学，贯彻教育与生产劳动相结合的方针，试行半工半读制，师生半天学习、半天劳动，勤工俭学。学校在东边建起了生物园地，还有七间温室，在北边办起了养殖，养起了猪、鸡、兔、鸽子，还成立了理发、缝纫、钉鞋等劳动小组。师生定期到校外参加劳动，到官厅林场植树，到沙城农业社修水渠，到榆林屯农业社挖积肥坑，到沙城铁厂砸煤、筛灰的同学还获得了"黑李逵""白毛女"的称号。一边学习一边劳动，师生在思想上也发生了变化，当时社会上流传着顺口溜："怀中学生三件宝，书本、钢笔、大洋镐，人人能文又能武，学习生产样样好"。

一九五九年开春，距离高考还有三个月了，高中三班的批判对象转移到了吕文营身上。理由是吕文营同情地主子女，证据是他和地主子女有书信来往。书信来往的消息是刘翠英向梁光明透露的，而梁光明看到吕文营在日记中为棋友物理老师、汉语文学老师鸣不平，就报告了班主任，另外，他报告吕文营在日记中同情王墨菊，批评班级不该以私人恩怨整一个无辜的女同学。班主任听了火往上撞，就把吕文营的情况向学校党支部做了汇报，下一场风暴正在酝酿。

又是星期一的第七节课，班会仍然是班主任主持："同学们，今天是咱们三班的一次重要会议，大家发言要踊跃，立场要坚定！"梁光明首先站起来说："吕文营，我们已经掌握了你和地主子女王墨菊来往密切的证据，你要深刻检查自己的思想，和王墨菊划清界限！和右派老师划清界限！"那吕文营是贫下中农出身，哥哥又是革命军人，他怒从心头起，噌的一下从自己的桌子里拿出来两本日记摔在地上，大声说："你们看吧！这是我和王墨菊通信的全部记录！"班长连忙将日记捡起来交给班主任。班主任接过日记翻看了几页问："吕文营，你在日记中写道这污蔑共产党员之徒指的是谁？"吕文营一拍桌子，大声说道："是他！是他们！"他二目圆睁，像一头惹恼了的犟牛，怒吼着指向了张怀顺、梁光明。他继续说："我就不信一个黄毛丫头敢来和我们的共产党作对，她长了几个脑袋？我们的共产党怕过谁？同学们，擦亮你们的眼睛，小心被人蒙骗了！"班主任一看会场气氛紧张，恐怕不好收场，就站起来说："今天暂时休会，吕文营你跟我来一下。"

班主任好说歹说，倔骡子吕文营就是不回头。班主任就把这个情况向学校党支部马书记汇报。马书记把吕文营叫到自己的办公室，耐心地开导："吕文营，年轻人容易冲动，只要你和王墨菊脱离关系，你的问题可以从宽处理。"可这倔强的吕文营并不领情，反而昂首挺胸地大声说："我不承认我有错误，我和董老师、于老师就是下下棋，讨论讨论国家大事。王墨菊是我们小组的成员，作为一个预备党员，关心群众是我应尽的职责，你们只相信一面之词，这不公平！"吕文营"砰"地一摔门，出了办公室。支部书记气得半天说不出话来……

几天后，一张开除吕文营和一个初中学生的公告贴在了校园墙上，刘翠英在人群中又笑又哭，自己曾经喜欢的人落到如此地步，她又解恨、又伤心。还有一个人泪流满面，这就是培养吕文营入党的支部委员、学生会主席何佩琏，她原来是吕文营初中六班的同学，不但人长得好看，学习成绩也优秀。两人同时被保送升入高中，何佩琏文科好，预备考北大，而吕文营理科好，想考清华。升入高中以后，何佩琏分在了二班，他们的接触少了，但是她唯恐吕文营在政治上落后，所以就把他当成了入党培养的对象。开始知道三班的情况以后，何佩琏曾找过吕文营谈话，可这倔骡子却反驳道："如果你也不相信我，那我就无话可说了！"由于日记风波越闹越大，何佩琏再也没敢找吕文营，她知道这个吕文营最爱钻牛角尖儿，认准的理儿十八套马车也拉不回来。今天看了开除吕文营的公告，她真的要崩溃了，眼前一黑，晕了过去……

第二天，吕文营被两个学生会干部送回老家草庙子公社陈家铺大队进行劳动改造。可惜了这个高才生，眼看着就要高考，大学梦彻底破碎了……几个月后，何佩琏考入南开大学，这对两小无猜的同窗好友就再无缘相见。

黑丫头

　　吕文营回家后，没敢把学校处分他的事情告诉爹娘，因为他怕双目失明的母亲再流泪，母亲因为天天思念参军的大儿子，哭瞎了眼睛。别看老太太眼睛看不见，可是顶级的聪明，她想，还没到放假儿子回来干什么？吕文营还没等母亲开口就说："娘，我毕业了，学校准备保送我升大学，让我先回家等通知。"她娘信以为真，就没再追问。

　　到了晚上，一家人坐在炕上，他娘先开口了："二小子，娘有一件事想和你商量商量。""什么事，娘，您说吧。"他爹说："上次你大哥回家探亲时，说现在部队上可以带家属了，他想把你大嫂接走，可是又怕你娘没人照顾了，我们就想给你找个媳妇，照顾你娘，可又想着你正在念书，没敢告诉你。今天你回来了，和你说说，如果你有意，明天就告诉你嫂子，叫她领着你看看，同意就给你们办事，不同意就算没说。"

　　吕文营听后没吭声，他犯难了。自己目前万念俱灰，哪有心思管男欢女爱的事，但如果说不同意，那大嫂就不能随军和大哥团聚了。但是他又一想，自己已经回乡务农了，有知识、有文化的姑娘有谁会嫁给我呢？走到哪儿说哪儿吧。可是这媒人介绍的人素不相识，没有感情还要结成连理，太难了。也许，这就是命啊！

　　给吕文营说对象的事，还得从他大哥放假探亲回来说起。一九五九年春天，吕文营的大哥已经是部队的副团长了，可以随军带家属。因此，他在探家时就把想要带走媳妇的事和爹娘说了。当时大哥也很为难，这次带家属的名额只有一个，如果不带就得等下批，如果带走媳妇，那家中双目失明的老娘亲就没人侍候了。可又说了，媳妇是十五岁过门的童养媳，大哥订婚没过半年就参加了抗日游击队，留下了小媳妇和公婆度日。媳妇今年三十二岁了，连个孩子还没有，再让她独守空房于心何忍呀？

到了晚上，大哥和媳妇商量，媳妇出主意："嗨，给二弟娶个媳妇替我侍候娘不就行了吗？""哎！这倒是个两全其美的办法，我明天就去和娘商量。"第二天，大哥就把想要带走媳妇并且给二弟订媳妇的事对娘说了，娘听后说："那敢情是好事，儿呀，你都三十多岁的人了还没有孩子，娘早就心疼得不行了，你别管娘，把媳妇带走吧！"爹说："给老二说对象是好事，可就怕你那倔骡子兄弟不同意。"他娘说："先别管二小子同意不同意，趁你回来明天就给你兄弟先张罗一个，等老二暑假回来再做决定。"

　　第二天，大哥去当（dàng）家子的二嫂家串门，顺便就把想给吕文营找对象的事说了。无巧不成书，可巧二嫂的老妹子二花也正托人四处打听想找对象，二花比吕文营大两岁。这位二嫂是个急性子，说办就办，中午吃过饭，她就一路小跑回到娘家站营子大队。进门后她娘就问："你风风火火地跑来有什么事？"二嫂说："娘，我们家老六爷子的二儿子，今年高中毕业了，上午他大哥在我们家说要给二弟找对象，我想老妹也不小了，这老六爷子家条件可好了，三间大瓦房，老爷子在生产队当队长，大儿子是军官，三儿子是煤矿工人。有点不称心的就是他娘是个瞎子，不过这老太太不佣人侍候，自己的事儿都能自己干。"二嫂的娘一听就同意了："这个茬儿敢情好，陈家铺离咱家二里地，而且你和他家还是当（dàng）家儿，你老妹子有你照顾我也放心。"二嫂的父亲说："别光听大女儿说，趁今天有空儿，咱们几口儿上他家瞧瞧去。"

　　下午两点多，二花和爹娘一块儿到了陈家铺大队。进村后二嫂子就说："爹，你们先在我家等一会儿，我去老六爷子家告诉他们一声儿。"不一会儿，二嫂回来了，叫一家人过去看看家，见见两位老人。一家人走进了老六爷子家，吕文营的大哥大嫂接待了他们，家是相中了。文营大哥又拿出文营的相片给

黑丫头

二花看，二花先让娘看，最后三个人都看了，合计了一下就说："我们是没什么意见，就看你们了。"文营爹娘也挺满意，张罗着给二花一家人准备饭菜。开饭了，文营娘拿出了二十元钱说："闺女，先给你这见面钱回去买件衣服，等下次来再好好招待你。"吃过饭，二花一家三口告辞了。

二花边走边唱，心里比吃了蜜还甜。姐姐给她找的这个对象是没得挑了，首先是成分好，又是军属，还是有文化的高中生，另外他的弟弟是工人，两个姐姐也是工人，这家肯定殷实，等我过门后把家一当，要吃有吃、要穿有穿！回到家以后，二花天天数着指头算着七月放假，好和那称心如意的小伙子结婚。都说欢乐闻天短、愁恨怨更长，那二花苦苦等了一个多月，真是度日如年。

四月的这天清早，二花一开门看见院中大杏树上落着一对花喜鹊，"叽叽喳喳"叫个不停，她心中一动，心想人常说："早报喜，晚报财，中午一叫客人来。现在刚好是早晨，我家会有什么喜呢？是不是我的对象回来了。不对，他娘说等七月放暑假才见面，这会儿离放暑假还有一个多月哩！"这时，正好她大姐风风火火地跑来了，一伸手拉住二花说："走，赶紧回屋打扮打扮，我给你介绍的那个对象昨天回来了。"二花眼前一亮，惊喜地问姐姐："是真的吗？""是真的，我听他爹说他回来等通知，他被保送升大学了！""升大学，那他还会娶我吗？""别管那么多，当初是他大哥找到咱们家门上的，这回他要先打退堂鼓，我看他也不好收这个场。行了，咱别聊了，先去他家见面再说。"

二花听姐姐一说，当然是心花怒放了，她进屋里梳洗打扮，上身穿了一件白底儿红花的半袖衫，下身穿一条灰色条纹裤子。穿好后，她对着镜子照了照，觉得小花袄不好看，脱下来又换上另一件蓝花的，结果还是不满意。

· 084 ·

第四章 求学北沙城

又脱下来换一件纯白的更觉得不对，相亲是大喜事，不能穿白的呀，于是她又脱下白的换上红花的上衣。就这样，一件上衣她脱下、穿上足有半个钟头。这二花人长得漂亮，一米七的个头，粉白的瓜子脸上嵌着一对水汪汪的大眼睛，张口一笑露出一排雪白的小牙，笑声犹如银铃般悦耳。像二花这模样儿的姑娘，在小北川还是不多见的。"花儿，别臭美了，时间不早了，咱快走吧！"姐姐在旁边催促着。

二花和爹娘跟着姐姐很快就来到了陈家铺大队，路过供销社时，二花说："姐，我去买个发卡，你和爹娘先在家里等我一会儿。""行，快点啊！"走进供销社的大门，只见有几个妇女在一起窃窃私语，其中一个低声说："南巷老六爷子的二小子退学了，昨天有两个人给送回来了。"另一个说："我看见了，那两个人还去了咱大队找到书记，给了书记一张纸条。"一会儿又有人说："听说那吕文营被送回家是因为乱搞男女关系被学校开除了……"二花不相信自己的耳朵，可"吕文营"这三个字她听得清清楚楚。这可能是真事，要不然还不到放假他怎么就先回来了呢？

二花再也没有心思买发卡了，她飞快地追上姐姐。心想，这吕文营的家庭条件虽然不错，可是我绝不能嫁给一个不正派的人呀，那样一辈子也抬不起头来了。算了，我今天见了吕文营就直接和他挑明这事不成，免得人们说三道四。二花姐领着他们仨人到了吕文营家，进门后文营娘热情招待，过了一会儿，二花就问："吕文营，没放假为什么你先回来了？"那吕文营在娘的面前说了谎话，这会儿他是有口难言，停了一会儿，他对二花说："我的情况可能你也知道了，愿意你就留下，不愿意就你走你的阳关道、我过我的独木桥，我俩是各不相扰。"那二花看了一眼面无表情的吕文营，心里想，真是头倔驴，虎死也不倒架子。二花姐问吕文营："二兄弟，你俩儿好好谈谈，嫂子急着想吃你们的喜糖哩！"吕文营说："二嫂，多谢你费心，这事别问我，先问问你妹妹吧！"说完他站起身来先出去了。二花还没等她姐说话，就站起身拉了姐姐一把说："姐，咱先走吧，回家再说！"……

夜深了，吕文营在被窝里悄悄落泪了。人常说，男儿有泪不轻弹，只因未到伤心处。在学校批评会上他没有哭，不让参加高考他没有哭，今天二花拒绝了婚事，他伤心了，因为这是对他人格的践踏……第二天，吕文营的眼睛又红又肿，他怕爹看见，就用凉水一遍遍地冲洗着脸。自此以后的半个多月，吕文营不敢出家门，他怕村里人的白眼，他怕给爹娘丢人现眼！他不知道自己今后将要如何生活。一个月过去了，原本不爱说话的吕文营更像一根哑木头了，天蒙蒙亮出去，摸黑回家，这样就可以少见到乡亲们。上地里他拼命地干活，害怕自己闲下来，只有没完没了的劳动才能转移无边的苦闷。两只手上长满了血泡，他也不住手，泡拧破了，像抓着两把圪针，疼得钻心，他反而感到一丝轻松，这样才能支撑着他过日子……

八月底，快到学校开学的时间了，吕文营忽然想起来，该给王墨菊写封信，问问她是否参加了高考，近来的情况如何，另外，他想把自己被学校处分回家不准参加高考的事儿告诉王墨菊。这件事儿他本不想叫王墨菊知道，但后来一想，这纸里包不住火，早晚她会知道，以王墨菊的性格，那时肯定要恨自己不告诉她，别再惹出来麻烦。他边写边掉眼泪，泪水把信纸都湿透了。信写好了，可是他没有勇气发出去，只好又把写好的信揣在兜里。秋天到了，他和爹一块儿到山上去给牲口割草，还是早出晚归。回到家，一屁股坐下来，手也伸不展，浑身的骨头像是全掉了……这真是：昨日温室一君子，今朝山中砍柴郎。事业爱情都受挫，仰天长叹好冤枉！

再说黑丫头，她转学到宣化沙岭子中学。被分到了高中一班，班主任是

第四章 求学北沙城

位女老师，三十多岁，张北口音，学生有时听不懂，不过人挺热情，爱和学生谈古论今，所以深受学生爱戴。班主任未婚，住在学校的单身宿舍，住校女生在周末都爱到她宿舍玩，她经常把大伙逗得前仰后合。黑丫头刚转来时，不敢和班主任接近，有一次她病了，班主任在自己的宿舍里给她煮了一碗热腾腾的挂面汤，黑丫头感动得泪流满面，好久没有感受过这样的温暖了。从此，她有什么心里话都会和班主任说，仿佛又回到了原来初中一班时的岁月。

黑丫头的生活平静了，家里也平静了。这年的冬天，她爹王少康在外面待不下去，就回家投案自首了，因为他只干过一个月的敌伪户籍员，没有人命官司，只是成分是地主，所以公安局就从宽处理，没有追究他的刑事责任，遣送回村劳动改造，一家人也团聚了。到了一九五八年的十月，延庆县划归了北京市管辖，不过人们想，只要吃饱饭、过好日子，归哪里管都行。

沙岭子中学的党支部书记是二等残疾军人，头部受过伤，到现在还是一根头发也不长，因此他常年不离帽子。这位书记也爱好运动，打篮球是他的强项，经常带上学校篮球队到张家口专区各个学校比赛。黑丫头参加了学校的田径队和篮球队，并且成了球队主力。一次，书记带领着球队去张家口三中比赛，场上局势一边倒，书记非常满意。到了晚上，他自己掏腰包买票邀请队员到庆丰剧场看戏，这天演的是京剧《杨家将》，可把黑丫头乐坏了。散场了，书记和大伙儿边走边聊，他一个个地问大家毕业后的志愿，"王墨菊，你毕业后准备报考什么学校？""刘书记，我爱好体育，我也爱教师这个工作，所以我想报考师范院校。"刘书记听后连连点头："好，好，毕业后还来咱们学校当体育老师。"听了刘书记的话，黑丫头暗自欣喜。这时，她不由得想起了怀来中学的生活，想起了她的恩人吕文营，两个多月没有他的消息了。第二天，队员们回到学校，黑丫头给她的救命恩人写

黑丫头

了信。一周、两周、三周过去了,也没见吕文营的回信,她又写了第二封信,仍然是石沉大海、杳无音信。

一九五九年元旦到了,这也是高三学生在学校过的最后一个新年。黑丫头念念不忘怀来中学的生活,又发挥她的特长,和高三各班的同学联合排练了话剧《原来你是这样的人》,剧中的班主任、班长、医生……一个个角色又出现了,却物是人非。这次的演出非常成功,台下的掌声经久不息,书记更是高兴得合不拢嘴,演出结束后他和演员们一一握手,走到黑丫头跟前说:"好学生,你们是党培养出来的优秀青年!"晚会结束了,黑丫头的心里却酸酸的,她在想原来的同学,他们也在准备参加高考吧,恩人吕文营怎么样了呢……打扫完舞台已经很晚了,刚回到了宿舍,大家就风暴般地鼓起掌来:"欢迎咱们的大明星入场!"同学们早已准备好了蛋糕和汽水。这是她们中学时代的最后一个元旦了,所以要好好庆祝庆祝。黑丫头看了看大家就摆了摆手说:"小声点,别影响别人休息。""怕什么?明天又不上课!"大家吃着蛋糕,喝着汽水,痛痛快快地迎接新的一年……

接下来的日子,大家开始了紧张地考前学习、复习。这年的高考在七月二十三日结束,同学们都收拾东西回家等通知书。临走时,黑丫头仍然没有忘记那句话:"有空到我们延庆来玩儿,我家的小河水可甜了,冬暖夏凉,就是寒冬腊月也会冒着热腾腾的水汽!"她热情地邀请大家。一本本留言册上,大家争相写下了家里的地址和对同学深深的祝福。

二十四日的早上,黑丫头和几个高三毕业的同学坐上了向东开往北京方向的火车。火车停靠沙城站时,她站起身来盯着车厢门口,多想碰上一个延庆的同乡同学啊。终于看到了走在人群最后面的同乡闫小玲,黑丫头老远就大声喊:"闫小玲,我来帮你拿东西。"她两手拨开人群挤到了车厢门口,从闫小玲手里接过背包，拉着她走到了自己的座位前。久别重逢的感觉好亲切啊，黑丫头叫小玲坐在座位上，自己站在小玲身边紧紧地拉住她的手。好久没见面了，俩人的话儿怎么也说不完……

快到康庄站了，黑丫头问："小玲，有人来接你吗？""有，我姨夫来接。"眼看就要分手了，黑丫头最想问的人还没有问，她鼓了鼓勇气说："小玲，吕文营的情况怎样？""怎么？他没给你写信吗？"小玲问，黑丫头摇了摇头。这下可打开了小玲的话匣子，她一口气把吕文营对班主任摔日记、对支部书记摔门、和右派老师划不清界限、最后被学校开除回家的事都原原本本地说了。黑丫头愣住了，脸一阵儿白一阵儿红，泪珠在眼里打转，她把脸转向了窗外。火车进站了，小玲跟着姨夫走了，黑丫头一个人在站台上一动也不动。"旅客们，赶快出站了，站台的门要关闭了！"这一声喊才把黑丫头从沉思中拉了回来，她背起行李一步一步走向站外……

回到家，黑丫头愣愣地坐着，娘怎么问也不说话。她在深深地自责，吕文营是因为帮助自己被打成右派的，他落难了，自己连一句问候都没有，这还是人吗？可是她又想到前些日子，自己曾给他连写过好几封信，都没有回信，他是否后悔救了我这个地主子女呢？黑丫头想了一夜也没有理出个头绪。天快亮了，她又提起笔来准备给救命恩人写信，可是又把笔放下了，该写什么？吕文营没有写信告诉我，也可能是不想让我知道这件事，黑丫头左右为难。犹豫了一会儿，她还是拿起笔来写下了：

文营同学：

一切都好？毕业了，有空来我们延庆玩儿吧……

黑丫头

她拿着信看了看，又把信纸撕了个粉碎，自言自语："这叫什么信！人家都不给你写信，自己却是一封封地给人家写，干什么呀？"她思索了两天两夜，终于在第三天下定决心给吕文营写了一封信。

文营同学：

我在火车上碰到了一位同学，得知了你的遭遇，我如万箭穿心。罪责都在我，是我牵连了你，假如没有我的出现也不会给你带来这么大的不幸，在此深表愧疚。你的大恩大德我无以回报，请允许我在此向你再说一次"谢谢！"文营同学，请放宽心，还记得你写给我的字条吗？车到山前必有路，船到桥头自然直。望你多多保重，请记住留得青山在，不怕没柴烧。我在此盼望你早日柳暗花明！

千古罪人：王墨菊
1959 年 7 月 26 日

七月底，吕文营收到了王墨菊的信，一阵心酸，一阵欣慰，他把信放在了柜底儿。很快，中秋节快到了，大哥回家准备把媳妇一块儿接走，他想，放假了弟弟也一定会回来，到时候弟弟订了婚，自己走得就会放心些。可事不如人愿，他回家一看，弟弟已经被学校开除回家，二花也退掉了婚事，真是恨铁不成钢。这天晚上，他把文营叫到爹娘跟前："老二，你太让哥失望了，咱家祖辈都是扛大锄、榜大地的，好不容易盼着你能升个大学给祖宗长脸，给爹娘争气。你知道我在部队上没有文化多么苦恼，我不抽烟，不喝酒，就准备供你上大学，你为什么不珍惜自己的前途呢？你搞对象找谁不行，为什么偏要搞个地主子女？老二，你想想，为了一个地主子女丢掉了前途值得吗？"大哥说完，起身回自己屋里了，这时的吕文营一言不发，两手抱头等着挨训。大嫂因为二花退婚，没人替她侍候婆婆，也只能留在家里，成天没有好气。

大哥休假的时间到了，临行时他对吕文营说："老二，你听我的，咱是哥们儿，不听我的，咱俩是阶级敌人。"吕文营原本希望大哥能理解他，然而听到的却是一次次的命令。这时的他忍无可忍，站起身大声怒吼："你少来教训我，我又不吃你的，不喝你的，你的媳妇你带走，我的娘我侍候！我们俩是风马牛不相及，今后你走你的，我过我的！"他大哥气得一跺脚："说话算数！"自此以后，弟兄二人四十年没有来往，就连母亲去世，大哥也没有回家。

吕文营现在体会到什么叫作众叛亲离，为了挣工分、挣饭吃，他在农忙时每天到生产队割谷子、砍高粱，抢着去山里砍大柴、背豆子。他的手磨出了老茧，指尖裂开了口子，往外淌血，他不叫一声苦、不喊一声累。他从不休息，拿着镰刀砍着大柴发泄胸中的闷气，这样心里才好受些。大哥一个人走了，嫂子对他当然没有好脸色了，动不动就指桑骂槐。文营不好和她一个女人家计较，有时憋急了真想大哭一场，满腹的苦衷向谁诉说啊？这时，他想到王墨菊曾连来过好几封信，自己一直也没回信，今天正好下着小雨，不能下地了，他提笔把王墨菊转学后发生的一切写下来……

一九五九年八月，王墨菊收到了两封信，一封是河北师范学院体育系的录取通知书，一封是救命恩人吕文营的手笔。她拿着通知书高兴地跳了起来，自小梦寐以求的愿望终于实现了，她把通知书贴在心口、贴在脸上，泪水流个不停……她要感谢刘书记给了她参加高考的机会，情不自禁大喊一声："刘书记！你是真正的共产党员！"

黑丫头

她又打开了第二封信：

老同学：

请原谅我没有及时给你回信，我很感谢你在惦记着我的生活及身体状况。这些事我本不想叫你知道，我知道你是一个多愁善感的人，所以没有及时回音。现在你已连来三信，我不得不把真情告诉你了……

吕文营就把自己如何被开除及二花退婚、兄弟反目、大嫂的白眼统统写在信上，因为是钢笔写的，所以写字时落在纸上的泪水把字湿得一片片模糊。黑丫头一边看信一边流泪，那泪珠滴在了纸上，纸快湿透了，她的手在发抖，她的心似刀剜。"恩人呀，你为了一个其貌不扬的黑丫头，失去了美丽的未婚妻。你为了一个地主子女，葬送了大好前程，舍弃了一母同胞的亲兄弟，你为什么要这样？"黑丫头泣不成声，怎么办？一封是通往美好前程的通知书，一封是恩人的悲惨告情书，究竟该如何面对？她没有别的主意，就会哭！哭！哭！她几乎是哭了一夜，也没有把这两封信的内容告诉娘。

第二天，黑丫头要去干爹那儿讨个主意，娘给她拿了几个鸡蛋。见到蒋先生，黑丫头说了那两封信的事，问："干爹，这个同学为了救我回家了，前途完了，兄弟反目了，连媳妇也散了。要是自己想不开，再出个什么意外，那就太惨了。干爹，我该怎么办呢？"蒋先生喝了一口茶，说："孩子，这是你的命里注定的，因为你个儿低、眼小，中运不好，少运坎坷，老运福到。不管你和谁结婚都要饱受艰辛，可是到老年就会幸福来临。这件事我已点明，你自己做决定吧！"离开了干爹家，她在回家的路上反复思考。到家了，她想给吕文营写封信，对他说：你为我抛弃了前程，抛弃了长兄，我王墨菊愿与你同甘共苦、回乡务农,我愿为你侍奉爹娘!但是她又想,那吕文营在信中只是说他的经历,没有对自己有一丝一毫的感情,倘若贸然表白,被他拒绝了怎么办?我必须见他一面,看看他的态度再说。

决心下定了,第二天早晨,黑丫头对她娘说:"娘,我要去学校看看通知书到了没有。"她说走就走,从延庆出发步行二十里地到了康庄站,下午两点半,她登上西去的火车,四点多在沙城站下了火车。走出车站,触景生情,她想到了自己在怀来中学读高中的那一年难忘的生活,真是百味杂陈。她听吕文营说起过,他家在小北川的陈家铺村,高中三班去南山堡植树时往北走过。陈家铺在哪儿?有多远?她不知道。她想,小北川就在沙城的北边,没有上不去的山,我就一直向北走,一定要见到我的恩人。

黑丫头顺着老龙潭往北的大路走了快有一个小时,到了永安村,见到一位老人就问:"大爷,咱这村离陈家铺还有多远?""远着哩,到陈家铺大队还有二十多里路,过了前边的义合堡、二堡子、头二营,王家楼下一个村就是陈家铺了。""谢谢大爷!"黑丫头想起来了,高一植树时全班同学走到二堡子就用了两个多小时,再抬头看看西下的太阳,她心里犯愁了,天黑了,一个人怎么办?半路上遇到坏人怎么办?要不然先返回沙城住一夜,明天再去。可她又一想,自己已经走出了十多里路,再返回沙城,天不也是要黑的吗?她加快了脚步,继续向前。

太阳离着山尖儿不远了,黑丫头又累又渴。走着走着,她听到身后有马蹄的声响,一位五十多岁的大爷赶着马车从后面跟了上来。啊!这就是救命的稻草,不等马车走到身边,她就连忙叫道:"大爷,您是往陈家铺方向去的吗?""是啊!你有啥事吗?""大爷,我是去陈家铺看我姨的,您能捎带我一段路吗?""吁——"赶马车的大爷瞧着就善良,他看了看黑丫头就停

黑丫头

下了马车,把个草垫子放在一边车辕上,"行,上来吧!"黑丫头双手合十给大爷鞠了一躬:"谢天谢地,我又碰到了一位救命恩人,大爷谢谢您!世上还是好人多呀!"大爷胳膊在空中一轮:"得儿——"马车轻快地跑起来。坐上了车,黑丫头才感觉腿疼了。

马儿打着响鼻,蹄子在土路上"得得"地敲打着。天渐渐暗下来了,朦朦胧胧的月亮照出两边泼墨似地庄稼。黑丫头饿得肚子直叫,她掏出了带来的火烧,递给赶车的大爷:"大爷,您尝尝,这是我们老家的小吃延庆火烧。"大爷说:"留着自己吃吧,你也饿了,我快到家了。""大爷,您尝尝吧!我中午吃多了不饿。大爷,您家是哪个村?""王家楼,前面就到了。""王家楼离陈家铺还有多远?""不远了,还有三里多地了。"黑丫头这下犯难了,眼看着夜幕降临,这路上别说是人,就连狗的影子也没有,她想问路都没有人,这可怎么办?她沉思了一会儿,心想,宁可碰了别叫误了,我求求赶车的大爷多送我一段行不行。她鼓了鼓勇气,咽了一口吐沫说:"大爷,您看天快黑了,我一个姑娘家不敢走夜路,您能不能辛苦点儿,多送我一段。"大爷说:"哎,看你姑娘是个好孩子,叫你一人走怕有什么意外。这样吧,我就为人为到底、送人送到家吧。"黑丫头一听这话,连忙趴在车上给大爷磕头:"谢谢大爷,我到家后一定叫我姨去您家致谢!""别,别,用不着,出门在外,谁也会有个为难着窄的时候。"

"喔,喔,吁——"说话之间,王家楼到了,赶车大爷叫住了辕马说:"你先下车在这儿等着我,我先送回车、喂上牲口,一会儿就出来。"黑丫头点点头:"好,大爷您去吧,我在这儿等着您!""驾,驾——"大爷赶着车走了,黑丫头的心里倒打起鼓来了,大爷要是不出来了咋办呀?他不会把我一个人丢下不管了吧?正在提心吊胆,一个提着马灯的黑影从村里出来了,不一会儿就到了黑丫头身边,"走吧!有半个钟头就到了。"大爷果然来了。

　　大爷提着马灯在前边走着,黑丫头紧跟其后,走了有二十多分钟,老人说:"快到了,你认识你姨家吗?""大爷,我还是小时候和我娘一块儿来过,我不记得姨家门了。"她自己顺口编了谎话,脸上一阵阵地发烧,心里"咚咚"地打鼓。老人又问:"那你姨夫叫什么名字?""我表哥叫吕文营。"大爷听后就不再问了。刚一进村,正好碰到一位大娘出门,黑丫头走上前去问:"大娘,请问您吕文营家往哪走?""吕文营?"大娘凑近马灯打量她几眼,"你找吕文营?南巷子的第一个门就是。""谢谢大娘。"黑丫头的心里算是踏实了些。赶车大爷陪着她找到了南巷子,黑丫头说:"大爷,您进家歇会儿,吃了饭再走吧!""不用了,我还得赶紧回去,别叫家里人惦记。""谢谢大爷,您是我的大恩人!""说啥呀?三里五村乡里乡亲的,你快进去吧,我走了。"

　　黑丫头目送大爷走远了,才返身到了吕文营家的门口,她的心怦怦直跳。院门没有关,院子也不大,东房屋里有亮光,黑丫头挪着步子进了院,轻轻地敲了敲屋门,"谁呀?"她听出来了,这是偃骡子的声音,他在家里。"开门,是我。"吕文营不相信自己的耳朵,黑天半夜的哪来的女人叫门呢?"谁呀?"他又问了一遍。"是我!"黑丫头提高了声音。怪了,这是王墨菊的声音,她在延庆怎么会来呢?吕文营正犹豫不决,又是一阵"啪啪"的拍门声。"吕文营,是我,我是延庆的王墨菊!"这回,吕文营可不敢怠慢了,他一个箭步冲到外屋拉开了门闩,啊!真的是王墨菊站在了面前,他真想一把抱住她,但是伸出去的手又缩了回来,他接过了黑丫头手中的书包,惊奇地端详着她:"我的天!你这是从哪儿来的?天上掉下来的,还是地里钻出来的?""都不是,我是步行过了永安村,碰到王家楼的一位大爷,坐他的

黑丫头

马车来的。"吕文营惊呆了，他瞪圆两眼看着面前这风尘仆仆远道而来的老同学，是惊？是喜？还是忧伤？他不知道，只是像呆头鹅一样傻傻地盯着王墨菊……

过了好一会儿，吕文营才说："快进屋，饿坏了吧？我来给你做饭。"他把黑丫头领进屋介绍给爹娘："这是我高中认识的同学王墨菊。"黑丫头忙向二位老人问好："大爷、大娘好！""你叫什么？"吕文营问，"我叫大爷、大娘呀！"黑丫头回答。吕文营接着说："你愿意叫爹娘吗？如果愿意你就喊一声爹、娘吧！"这突如其来的要求让黑丫头措手不及，不叫吧，怕伤了吕文营的心，叫吧，这是从哪儿说起呢。这时老太太发话了："叫什么都一样，来，闺女，快上炕坐，你先歇歇，我去做饭。""随便吃点儿就行，娘，您别太辛苦了。"老太太听见了这闺女喊她"娘"，她睁了睁眼热泪哗地一下流了出来，双手摩挲着黑丫头的手，连忙答应："哎！哎——"老太太多想看看这喊她娘的人是啥模样呀！可是她看不见，虽然看不见，但是她也能感觉到这将是她以后的儿媳妇。看着和蔼可亲的老人，黑丫头感到踏实而温暖……

老太太下地做饭去了，不大一会儿，一碗鸡蛋炒小米饭、一盘炒山药饼子端了上来。这山药饼子在延庆叫山药坨子，黑丫头最爱吃了。文营爹笑容满面："多吃点儿，闺女，我们这山沟里没有啥稀罕的，现在大家吃食堂，饭菜就更简单了，这碗小米饭是我打回来给你娘吃的，她吃不了，你别嫌剩饭，快吃吧。"黑丫头狼吞虎咽，她确实是饿了，早晨八点出门到现在滴水未进，山药饼子是啥味儿都来不及品尝。她夹了一大口山药饼子送在了嘴里，却怎么也咬不动，吐出来一看，原来是一条切碎的笼布。她拿着碎笼布正要往炉坑里扔，吕文营看到忙说："对不起，这山药饼是我娘切的，她的眼睛看不见有十多年了。"黑丫头打了一个愣神儿，怎么，这老人是双目失明！

· 096 ·

吕文营看透了黑丫头的心思,"别担心,我娘虽然看不见,但生活完全可以自理,还能给我们做饭,不用你操心。"

黑丫头吃过饭,帮着文营娘去洗碗,老人一个劲儿推让,"不用,你新来乍到摸不着锅灶,我去洗吧!"文营家三间房,就一间能住人,文营大嫂自丈夫走后就去住娘家一直未回,南间房锁了,来了客人,只能去别家借宿。今天太晚了,文营爹就说:"我去队房子住去,你们娘仨在家吧!"老太太洗涮完后,坐在炕上问了些黑丫头家里的情况,黑丫头边说边端详,老人慈眉善目、慢条斯理,坐在炕上好似一尊菩萨……

老太太和黑丫头聊了一会儿,就该休息了。文营给娘铺好被子说:"娘,您先睡,我们再说会儿话。"文营娘躺下了,屋里静了下来。"你参加高考了吗?"文营开口问道。"参加了。""怎么,你们学校不限制地主子女参加高考?""不限制,那你呢?""别提了,这里审查家庭出身。"黑丫头心跳加快,她想,如果文营要是问到我高考的情况,该如何回答?告诉他,我已经拿上大学的通知书了,他又会怎么想?还是不告诉他的好。也怪,他俩的谈话通宵达旦,吕文营始终没有问起过黑丫头高考录取的情况……

第二天早上,黑丫头才看清楚,陈家铺有百十来户人家,南北一条街,东西三条巷子,吕文营家在南巷子口一个四合院里,三间正房和西房被叔叔家占着,他和爹娘住在东房北间,大嫂住南间,南房堆放农具杂物。

黑丫头想回一趟沙岭子中学,吕文营没有挽留,从生产队借了头小毛驴,把黑丫头送到沙城火车站。火车进站了,黑丫头和吕文营握紧了手:"早点回去吧!后会有期!"吕文营一双磨出老茧的手抓住了这个从天上掉下来的黑丫头,久久不忍心放开。开车的信号铃响了,黑丫头从车窗伸出手慢慢摆动:"再见,多多保重!等着我!"吕文营看到她的眼中含着泪花……

黑丫头

沙岭子车站到了，黑丫头下车后直奔学校找刘书记，见到刘书记的第一句话就是："刘书记，我让您失望了，我不能去师院念书去了。""为什么？"黑丫头丝毫没有隐瞒，把她和吕文营的情况说了一遍。刘书记迟疑了一下说："你的情况我也知道一些，因为你刚转来时，我看了你的档案，研究了你的情况，才决定接收你，今天你这报恩的决定有些可惜了。""刘书记，我请求您给我介绍一个代课的工作，我喜欢当老师。""你可想好了，以后要后悔。你当真不去上大学了？再好好想想！""我想好了，刘书记，请您帮帮我，给我找一份工作吧！""你先回去，让我想想再告诉你。"刘书记说不出的惋惜。"谢谢刘书记！"黑丫头飞快地离开了这个让她实现了大学梦想的沙岭子中学。

一九五九年的九月十二日，黑丫头接到刘书记寄来的信，通知她到张家口煤机厂上班。接到通知后，她立即到煤机厂报到，当时厂里人事科分配她到动力科当会计，她不好意思地向人事科长请求："科长，我性格活泼，不喜欢当会计，有没有别的工作？"人事科长问："你爱干什么工作？""我喜欢当老师！""好，明天你先去红专大学进修，结业了再分配。"

黑丫头在张家口红专大学学习了三个多月的政治课，被分配到煤机厂子弟中学当俄语教师。工厂几乎每天要向市领导报喜、庆功，黑丫头因为普通话好一些，经常代表工厂宣读喜报。另外她还参加了厂里的篮球队，这可救了她，因为篮球队员的伙食定量是每人每月三十六斤，而一般的科室人员是三十斤，当时一般居民每月定量是男的二十七斤，女的二十四斤，重体力劳动的四十五斤。食堂卖的是大蚕豆面、高粱面饼子，大米、白面只有重病号才能尝一点儿。别看人们吃不饱，可都在拼命地干工作。黑丫头为自己能进篮球队感到幸运，起码能比别人每天多吃二两粮食。

当上了老师，黑丫头的心情仍然沉重，她原本想自己上班多挣几个工资，一是养活娘亲，二是想给吕文营寄上几块钱。可事不随心，工资太少了，每月只有二十七元，而当时的胡萝卜一斤就卖三元钱，这二十七元勉强能够自己的饭费。她想，如果吕文营也来张家口上班，两人在一起的收入或许比一个人要好过一些，于是她找到工厂人事科给吕文营联系工作。人事科的领导认识黑丫头，因为她经常代表工厂去市里报喜，二话没说就答应了。黑丫头立刻把这个好消息写信告诉了吕文营，可一周以后，吕文营在回信中拒绝了黑丫头的邀请："家中的老娘需要人照顾，大嫂现在去娘家住，根本不管老娘，所以不能离家。"黑丫头大失所望，想起自己为了能照顾他，连上大学的机会都放弃了，如今却是这样的结局，究竟是为了什么？她伤心了，连着哭了好几个晚上。从这以后，黑丫头有半年多没有给吕文营写信……

一九六〇年的暑假到了，吕文营来张家口大姐家，到煤机中学找到了黑丫头。见了面，黑丫头劈头就问："你为什么不来张家口上班？""我怕来了给你带来不必要的麻烦，再说了，娘确实需要我照顾，墨菊妹，请理解我！"吕文营诚恳地解释。黑丫头无话可说，对这个倔骡子又恨又爱。

寒假快到了，吕文营家中农活不太紧了，他把娘送到大姐家去住。大姐、姐夫都是制烟厂的工人，大姐家有三个孩子，一家人挤在一个大炕上很不方便。吕文营就和黑丫头商量："墨菊妹，这么长时间相处，你也了解了，我就是这样，家就是这样，要是不嫌弃，咱们就结婚吧！"黑丫头吃了一惊，尽管相处了几年，但提到结婚，她觉得还是那样的遥远和陌生。"我姐家房子太窄，我来又不太方便，结婚后租间房，我也好有个落脚处……""这个我理解，但结婚的事……我还得和我娘商量商量再做决定。"黑丫头吞吞吐吐地回答，说不出是紧张、还是高兴。"这事由你来定，我明天就回去了，请想着那个深山沟里的傻小子！"吕文营认真地说。第二天，吕文营就回老家了。

黑丫头送走吕文营后，翻来覆去彻夜无眠。她想，结婚是终身大事，必须要慎重行事，得和娘商量好了再办。可她的脑海里又出现了另外一个念头：你王墨菊是一个张家口的中学教员，而吕文营是一个深山沟里的农业社员，这两个员能坐在同一条船上吗？别人会怎么看你王墨菊？黑丫头对自己荒唐的举动有些懊悔了，到现在是进退两难。过了一周，她又接到吕文营的来信："菊妹，我看到你听到'结婚'二字有些为难，我不勉强，但我有一个请求：今后不管你和谁结婚，请你送给我一样纪念物——赠给我一个儿子……"看到这话，黑丫头愣住了，随即沉浸在爱河之中，眼下只有结婚一条路可走了。她反复地对自己说："王墨菊，如果没有吕文营帮助你，哪有今天的中学俄语教师？知恩不报枉为人也！"她打消了懊悔的念头，想起干爹的话，"你和谁结婚也要受苦"，与其那样，还不如和吕文营结婚哩，我王墨菊不是忘恩负义之人，不管别人怎么看，我都要和他结婚！

放寒假了，黑丫头把自己处上了对象并且想结婚的事告诉了娘，娘说："你们是新社会的人了，不像我们全靠媒妁之言、父母之命。我就被这包办婚姻害苦了，娘盼着你过上好日子，你自己看着办吧！"这时，她奶奶说话了："我看你这对象不合适，你在张家口当教员，他在山沟种大地，他养你还是你养他？你别像你表姑，找了个吃饱蹲的废物。"黑丫头反问："我表姑的对象是她自己找的吗？"奶奶没吭声，过了一会儿，又说："黑丫头，你自己可想好了，如果你嫁个讨吃鬼，这王家的炕头是不允许他来坐的！""奶奶，都是什么社会了，您还是嫌贫爱富的，我告诉您，这对象是我自己找的，今后我就是讨吃拉棍，也绝不会踏进你王家半步！"奶奶一生气，拍了拍屁股出去了。奶奶的话不受听，可都是明摆着的理儿呀，黑丫头心乱如麻。她想自己一时冲动，风风火火地跑到别人家里认婆婆，而今怎么能反悔呢？自己如果那样做，不就证明了张怀顺说的"使美人计"吗！可真要是和吕文营结婚，别说奶奶，就是二舅、老舅、老姨……所有的亲戚朋友都会笑掉大牙的！这时的她真是六神无主。怎么办？怎么办？黑丫头心如油煎。

第二天，黑丫头又去找干爹，干爹说："苦命的孩子，你嫁给谁也享不上福，只有等待！苦尽甜会来！等待着将来你的儿孙孝顺、老来有靠，那时你的铁树就会开花的！"黑丫头明白了干爹的意思。是呀，那个年代的年轻人找对象的条件是：一工二干三教员，四等军人要当官。就这四等人选而言，一个地主家出身的穷丫头，谁也不会想和你结成连理的。算了，认命去吧！她做了最后的决定：和穷山沟的农业社员结婚！她请干爹择了个吉日，就回到了家里。

回家以后，她把去干爹家商量要和吕文营结婚的事说给娘听："娘，我听我干爹的意见，我和谁结婚也不会幸福，与其那样，还不如和吕文营在一起哩。古人说衣服是新的好，人是旧的好，娘，我心已决，就是上刀山下火海我也认了。"黑丫头娘听了闺女一番话，不由得热泪夺眶："孩子，你要结婚，咱家连块儿盖头也买不起，太委屈你了。""娘，都新社会了，谁还用盖头呀！没关系，我干爹说过，我这棵铁树迟早会开花的！"黑丫头就把她和娘商量同意结婚的事写信告诉了吕文营。

第五章 耕耘陈家铺

黑丫头

一九六一年的一月，农历腊月十八，黑丫头在父亲和弟弟的陪同下乘火车来到了沙城火车站。

出站后，她一眼就看到了站在出站口向她招手的吕文营，她把手中的暖壶和洗脸盆交给吕文营后，介绍道："这是我父亲，这是我弟弟。"吕文营很有礼貌地问候："父亲好，小弟好！"吕文营有些奇怪，因为自他认识黑丫头，并没有听她说过父亲，而今天的这位父亲是怎么回事呢？也难怪，黑丫头的父亲逃亡后，一直到一九五七年投案自首，回生产队劳动改造才回家。他这次回家后，可比原来老实多了，平时连个大话都不敢说，家里来个客人打招呼他都摆摆手，所以黑丫头和她娘商量结婚的事，他始终一言不发。今天叫他来送闺女，开始还死活不敢答应，后来是黑丫头找了大队书记和公安员给他请了假，才敢离开家。黑丫头为什么要父亲来送亲呢？因为按照家乡的规矩，结婚送亲必须要两个人，成双成对儿图吉利，另外还要的是当家主事人。该结婚了，家里连她嫁到哪里、嫁给什么人都还不知道呢，所以她就动员父亲出马，这样也省得惊动别人。

黑丫头和父亲、弟弟坐上了吕文营从生产队借来的马车，文营解开缰绳，松开了磨杠，一扬鞭子，"驾——"他们上路了。那三个人原本就不爱说话，黑丫头思潮翻滚，也不知道该说什么，一路上就听得辕马的响鼻和蹄掌踏在地上的"哒哒"声，时不时有"嘚，嘚""哦，哦"文营吆喝辕马的声音。下午五点多钟，马车到了草庙子公社陈家铺大队南巷子的家门口。进了门，黑丫头感慨万千，这三间小东房就是我的归宿了。她抬头观望，家里怎么连一个'喜'字也没有呢？外屋正面墙上贴着毛主席像，下面摆着灶王爷的神龛，也没有一个'喜'字，她的心里挺不是滋味，就问文营："你家为什么连一个'喜'字也没有呀？""这里，这里没有卖红纸的，字'喜'是假喜，心喜是真喜，难道今天你不欢喜吗？"文营小声说。说实话，这时的黑丫头真的说不出是什么滋味。

吃过晚饭，两家人坐在炕上互相说了些客气话，黑丫头爹说："这年代什么也买不到，只有一个脸盆，还是她老姨以前买的，没用过，一把暖壶，是她舅的礼物，我给闺女的嫁妆太寒酸了。"文营娘说："都一样，现在大家都吃食堂，我们连一顿好饭也没有，亲家，咱们互相包容吧，只要两个孩子顺心就好！"

第二天清早，婚礼在小东房的外屋举行，知客（司仪）是文营的大姐夫，他是张家口制烟厂的工人，在场的还有文营的父母、嫂子和黑丫头的父亲、弟弟，除此之外再也没有其他的亲戚朋友了。大姐夫喊了一声："婚礼开始，请新人！"黑丫头上身穿了一件小红花的粗布棉袄，下身穿着一件半新半旧的黑棉裤。那个年代主要的生活用品都是统一凭票证购买，黑丫头一个人的布票只有五尺，还不够一个棉袄，家里五口人的布票给她准备了一床新被子，就没有新棉裤了。黑丫头说，穿什么衣服都可以，房宽地、宽不如心宽。吕文营更没有新衣服，向弟弟借了一件学生蓝制服，罩住了旧棉袄，裤子和鞋更不用说，全是旧的。吕文营和黑丫头从里屋出来，站在灶王爷供桌前给毛主席像恭恭敬敬地鞠了三个躬，然后给双方老人鞠躬，最后是送入向叔叔家借的一间正房，算是洞房。

中午开饭了，黑丫头的运气还算可以，可巧这天碰上生产队的食堂给每个社员发了十个黄米糕，吕文营家四口人分到四十个黄米糕，刚好招待黑丫头一家三口和大姐夫。饭桌上只有一盘大萝卜腌菜和一盘雪里蕻芥菜，就这个席面，黑丫头也感到了莫大的满足，因为她在张家口上了一年班，也没见到过一个黄米糕。晚饭吃的是擀面条，这还是文营娘开的病号条从公社供销

黑丫头

社买的二斤白面，面汤是咸芥菜，那个年代能吃上一顿白面也算在天堂了。古人说，"饥饿糟糠甜如蜜，不饿喝蜜也不甜"，这话一点儿也不假，黑丫头也不知道面条是什么味儿，一眨眼一大碗就进了肚里。

晚饭后，大家闲聊了一会儿，天就渐渐黑了下来。一轮半明半暗的月亮忽隐忽现，几缕黑云飘飘悠悠，天上的月光和洞房中的煤油灯光映照着。这时的黑丫头有喜有忧，喜的是终于找到了一个忠厚老实的正人君子，实现了报答恩人的愿望。愁的是万一怀孕、生子，自己二十七元的工资只能买九斤胡萝卜，哪有多余的钱来养活孩子呢？古人说，人生的喜事莫不过是洞房花烛夜、金榜题名时。黑丫头痛惜她的金榜题名时永远不可能有了，而这洞房花烛夜却是小煤油灯下的忧伤……

吕文营进来了，"累了吧！我去给你打水，你洗洗脚，暖和暖和。""不用，让我自己来，洗脚盆在哪？""没有洗脚盆，我们这儿的人都常年不洗脚。""哦！那就算了。"吕文营知道，他们上学时每天下晚自习后都要洗洗脚，可在这小山沟里，水都是从十六丈深的井中打上来的，人吃水都有困难，哪有洗脚的水哩，所以也就用不着洗脚盆了。黑丫头上炕坐下，看着炕上铺好的红花被子，文营说："这被面是在煤矿上班的弟弟准备自己结婚用的，现在送给咱们先用了。"黑丫头不吭声了。吕文营看出了她在犹豫，就倒了一碗白开水说："来，喝碗水吧！古人讲究结婚喝交杯酒，咱家没酒，就让我以洁白无瑕的白开水，敬你这远道而来的新娘子吧！"

黑丫头思绪万千，泪水像珍珠落地一样噼里啪啦地落在了文营的手上。文营给她擦了擦眼泪，说："是不是嫁给我这山沟农夫后悔了？如果后悔现在还来得及，你还是黄花大闺女，明天咱就去公社办离婚手续。""你胡说什么呀！"黑丫头捶了他一下说："人家这是高兴的眼泪。"文营说："高兴就

第五章 耕耘陈家铺

喝一口水吧！别人结婚喝交杯酒，咱俩儿就喝交杯水吧！哎，我说你忘没忘我给你送稀粥啊？那时候迫于大男子主义没敢进你们宿舍，就把稀粥放在了窗台上，今天我用双手把一杯干干净净的清水送到你的嘴边，喝一口吧！"吕文营的这一番话勾起了黑丫头甜蜜而痛苦的回忆……她抹了一把眼泪说："如果不是你给我去送那碗粥，你就不会归入山林，如果没有那碗粥，也就不会有今天的交杯水！"

吕文营也是感慨万千，他的心在隐隐作痛，平时不善言谈的他又和黑丫头讲起了日记风波，当讲到何佩琏晕倒时，他的眼中饱含泪花儿。他从开学的第一眼见面说到今日的结婚，他从二花的退婚说到了大哥的反目绝情，两个人伤心地抱头痛哭。这一夜，他们没有同床共枕，只有追忆那痛苦不堪的岁月，只有流泪、流泪……这样的新婚之夜，世界上恐怕只有吕文营和黑丫头吧。

天亮了，黑丫头送走了父亲和小弟。第三天，她和文营到张家口新租的一间小屋度过了春节。

一九六一年六月的一天，黑丫头正在讲课，忽然一阵眩晕倒，在了讲台上，这可把学生们吓坏了，他们大呼小叫："王老师摔倒了，快来人呀！"隔壁的语文老师听见了，赶紧跑过来和学生把黑丫头送到了厂卫生室。经医生检查，黑丫头是由于怀孕缺乏营养，造成了低血糖，所以晕倒了。黑丫头醒来后，医生对她说："恭喜你王老师，你大喜了！""什么大喜？""你已经怀孕三个月了，现在一般的女孩儿在你这年纪连月经都不来了，你还能怀孕，这不就是大喜吗？"黑丫头听到这怀孕二字，惊出一身冷汗，她最怕生孩子，为什么偏偏就有了孩子？她急着对医生说："大夫，我不想要这个孩子，您看看是不是能给我打掉！""打掉？为什么呀？"医生问。"大夫，眼

黑丫头

下咱们国家困难,大人连肚子都填不饱,哪有条件养活孩子呢?再说了,我喜欢当老师,如果有了孩子拖后腿,我就教不好书了,大夫,我求求您,想想办法给我打掉吧!"医生说:"要做人工流产,必须有你爱人的签字;再说现在咱们国家的医疗水平还不高,别看是打掉一个胎儿,这也是一个大手术,你得去附属医院住院去;还有一点,如果你的第一胎就做了,恐怕会影响以后的生育能力。"听医生这么一讲,黑丫头可犯愁了:爱人在农村种地,活儿忙放在一边不说,就这住院费他也掏不起,再说不叫他当爸爸,恐怕他也不情愿。没办法,黑丫头休息了两天,又回校上课去了。从这以后,她退出了篮球队,口粮定量也就减少了,每天的八两口粮一人吃还不饱,况且还要供养肚子里的孩子。黑丫头的健康状况每况愈下,腿脚好似棉花,连走路都困难了。

一天下班回家,黑丫头看到前边不远处有一辆送大白菜的马车,她实在是饿,就一个人跟着马车往前走,眼巴巴地看着满车的白菜。"喔,喔——"车倌儿抽打边骡的时候,几片白菜帮儿掉了下来。和黑丫头同时走着的几个职工"哗"地一下冲上前来,争抢这几片白菜帮儿。黑丫头自知身怀有孕,也不敢上前去抢,但怀孕的人嘴馋,远远地看着那绿叶白帮儿,不由得流出了口水。她拍着肚子自言自语:"孩子,你来得太不是时候了,你害苦了妈妈,也害苦了自己。"怀孕期间,黑丫头没吃过一个鸡蛋,更不用说鸡鸭鱼肉了。

快要放暑假了,这天上午,校长把黑丫头叫到办公室说:"王老师,你先看看这篇人民日报社论,现在正处在困难时期,工农业生产都需要人才,特别是农业生产,更需要大批的干部下放到农村去,上山下乡去支援农业。我看你最近的身体状况很差,再坚持上课对你身体也不利,你在农村有爱人有家,咱们学校有两个下放指标,领导研究后决定,你和任老师下放回乡,

第五章　耕耘陈家铺

这是上级的通知，这是荣誉证书！"校长把一个红色的证书递给黑丫头，"另外，领导决定给你发三个月的工资，再享受一年的城市居民口粮指标，每月二十四斤。今天下午你就不要上课了，一会儿领导过来和你照一张留念的集体相片。"这个消息宛如五雷轰顶，黑丫头被炸蒙了。

古人说，福无双至、祸不单行，这话一点儿也不假。黑丫头站在校长的桌前一动不动，两眼发直。愣了一会儿，她拿起了通知说："校长，那我去和学生们告别一下。"校长说："那倒没有必要了，我知道你的人缘好，学生都很喜欢你，如果他们知道下学期你不教他们了，恐怕要哭天喊地闹个不停，孩子们还小，别伤害他们了！"这时候，黑丫头眼前浮现出在城关小学和孩子们告别的情景。耳边又想起了干爹的话："个儿低、眼小，中运不好"。哎，我的命，天注定！回农村吧，好在农村里有个人也需要你呀！黑丫头，认命吧！

一九六一年的九月，黑丫头回娘家住了一段时间后，就回到了陈家铺的家。她的回乡可乐坏了文营的大嫂，十月一日，文营的大嫂如愿以偿被军官丈夫接走了，照顾失明的婆婆这个重担就落在了黑丫头肩上。

年底，国家又提出了"三自一包，四大自由"（自留地、自由买卖、自负盈亏、包产到户），农民可以有点自留地，种点小农作物可以自由买卖，城市的一些小商贩也可以自由做买卖了。后来，公社的食堂也解散了，社员们又回自己家开火做饭了。黑丫头下放回乡，国家给了一年的口粮。她每天早早起来给丈夫做饭，农村的大锅直径超过一米，做菜、做饭、烧水都是用这一口锅，烧的是社员们从山里砍回来的柴火。别看这口大锅楞，可它却有奇用，烟火口和土炕相连，所以冬天的热炕头要比城里的铁床、木头床好多了。这里烧的柴也比黑丫头娘家的高粱叶子、玉米茬子有劲儿，陈家铺离山近，人们烧的柴都是从山里割回来的灌木枝条。有一种叫红眼圈的灌

黑丫头

木，沾火就着，可有一样坏处，就是全身长满了小刺，一不小心就会把手扎出血，所以烧的时候要用铁叉子叉着往灶膛里填。为了不误丈夫出工，黑丫头每天起早贪黑，挺着个大肚子做好一天三顿饭。

营养不良加上劳累过度，黑丫头还没到预产期就分娩了。一九六一年十一月的一个早晨，黑丫头起床后正抱着柴火准备点火，忽然觉得肚子有些疼痛，她把这事告诉了丈夫，文营说："你昨天吃的酸菜太多了，也可能没盖好被子着凉了，来，我给你倒杯热水喝喝就好了。"可是黑丫头的肚子疼得越发厉害了，这时婆婆说："二小子，你快去找老娘婆（接生员）来看看。"文营立即出去了，黑丫头的肚子一阵阵儿疼痛，她大汗淋漓，死去活来，双手抓紧炕沿儿，牙咬得"吱吱"作响。不一会儿，下身流出了一摊血水。她吓坏了，暗暗地叫着：老天爷，我曾经救过两个孩子的命，今天我有难了，老天爷，你不会不管吧！

那还是黑丫头刚到煤机厂子弟学校的时候，有一天中午，她在学校门口听到喊声："看门师傅，快来救救我。"掉头一看，一个大肚子妇女从厂门口进来直奔传达室，只见这个妇女脸色蜡黄、浑身发抖，气喘吁吁地喊着："师傅，快救救我！"看门师傅出来一看连连摆手："赶紧上医院！这是警卫室，可不是生孩子的地方。"说完把房门"砰"的一声关上了。黑丫头看了看这个大肚子妇女，身边连一个人也没有，喊叫声实在可怜，于是就走上前去说："来，我搀你去我们厂子的卫生室吧！"妇女说："好——好！"这个妇女有一米七的个头儿，黑丫头还不到一米六，搀扶不动，只有托着她的腋窝前行，她们一步步向前挪动。走出还不到十米，大肚子妇女说："不行了，不能走了，我要生了。"话音未落，就听见她裤子里发出了"哇！哇！"的婴儿哭声。这可把黑丫头吓坏了，她慌了手脚不知所措。妇女说："小妹子，你快——

把我放下。"黑丫头赶快把妇女扶在路边的一棵大杨树下，然后又把自己手中的报纸打开铺在了地上，妇女叫她帮着把裤腰带解开，然后慢慢地背靠大树往下蹲，黑丫头给她往下拉裤子。"扑通"一下，一个肉乎乎、血淋淋的小人儿掉在了报纸上，妇女说："小妹子，你帮我——把袄脱下来——盖在孩子身上。"黑丫头帮妇女把孩子盖好，一溜烟儿地冲刺跑到厂卫生室。

医生们都下班了，卫生室只剩下一个值班的，黑丫头上气儿不接下气儿："大夫，快——快去救人，传达室东边的大树下——有一个女的生了个孩子！"医生听了连连摇头："哎呀！这可不行，我不是妇产科医生，不会接生呀！再说了，咱这厂卫生室只为本厂工人服务，不对外服务呀！"看着值班医生不着急，黑丫头急了："大夫，我求求您辛苦一趟吧！我是咱们厂职工子弟中学的老师，明天我给您写一篇表扬稿报到厂宣传部去，大喇叭一广播多光荣呀！好大夫，救人一命胜造七级浮屠，您积了大德啦！"值班医生被黑丫头一阵儿劝说，答应救人："好吧，我去通知一下另外一个值班护士，带上担架去。"

值班医生和护士在黑丫头的带领下来到了大杨树下，医生很快从背的小药箱中拿出剪刀，"咔嚓"一下把小婴儿的肚脐带子剪断，又涂上了点儿碘酒，然后用纱布把孩子的肚脐缠好。她站起身来说："这位老师，你抱上孩子，我和护士把产妇抬到卫生室去！"当时黑丫头看着血淋淋、肉乎乎的一个小生命，束手无策，她还是个大姑娘，这样生孩子的场面从未见过。原来小的时候抱过弟弟长庆，也抱过二丫头，可刚出生的别人家的孩子她生怕给掐坏了。产妇看出了黑丫头为难，就说："小妹子，不用怕，你把我的袄裹在孩子身上，然后一手托住头、一手托起屁股就能抱起来了。"黑丫头只好按照产妇说的，小心地抱起了婴儿，跟着担架来到卫生室，她把孩子放到

黑丫头

产妇身旁，又给盖了盖被子，然后给产妇倒了一杯开水送到手里。这时产妇问道："小妹子，你是哪个车间的，叫什么名字？"黑丫头回答："大姐，您先别问我，我问您是哪个单位的？您家住哪里？有没有电话？我好给送个信，叫家人来照顾您……"黑丫头的脸上露出了灿烂的笑容。

来到煤机厂上班救的第二个人是子弟学校初中二班的一个学生。一九六一年五月初的一个周末，学校组织学生去东山坡上挖老蛙瓜，这老蛙瓜是山上长的一种葡萄茎科植物，它的叶子很像青蛙的爪子，所以叫它老蛙瓜。老蛙瓜的叶子不能吃，带刺，但它的根白胖胖的很像人参，能吃，还比较甜。学生们听说挖出的老蛙瓜能吃，都争先恐后地用小铁饭铲子挖呀挖，挖出根来也顾不得擦，连泥带土送进嘴里大口大口地嚼起来，几个老师也不例外，甜味牢牢地吸引着大家。

"啊！救命呀——"突然传来一声大叫，黑丫头循声望去：高高的陡坡上，有个女同学一手拽一棵荆条，一手抓着凸起的石头，一脚踩着陡坡上的石头边，一脚还在空中悬着。真险呀！坚持不住就会掉下山崖！黑丫头快速奔到学生身边，发现自己根本够不着，再往前身子也会悬空，她就俯身趴在地上，一手抓住身边一棵粗壮的荆条，另一只手一点儿一点儿往前伸。几个老师也跑过来，牢牢抱住黑丫头的腿，她这才死死抓住学生的手腕。亏得她劲头儿大，硬是拼命将学生拉上了山坡。一场危险避免了，黑丫头的脸被划破了，在场的老师和学生都吓出了一身冷汗。

想起自己救人的一幕幕，黑丫头忘记了疼痛。她的汗水湿透了衣服，头发好似水浇，她一声也没喊就把孩子顺利地生下来了……可是孩子没有哭一声，是个已经窒息了的婴儿，黑丫头害怕了。赶来的接生婆倒是有办法，提着孩子的一双小脚丫，将孩子头向下抖了抖，用手在孩子背上使劲地拍着，

第五章 耕耘陈家铺

拍了三四分钟，孩子"哇"的一声哭出来了，黑丫头为这不该降生的小生命而悬着的一颗心放了下来……

生孩子，坐月子，这是一个女人必受的苦刑。北方的妇女坐月子更苦，第一，不许出门活动，拉尿都在屋里；第二，严格限制吃喝，一个月只能喝小米稀粥，特别是在刚开始的前三天只能喝点儿稀米汤，等熬过十二天以后才能喝点儿粥；第三是坐月子不能洗头，更不用说洗澡了。北方的习俗，闺女生孩子，娘都要来帮着伺候月子，黑丫头娘也来了，带了五个鸡蛋，一个在路上磕破了，娘家更紧巴。待了不到半个月娘就走了，家里头还顾不过来呢，黑丫头也很知足了……

一个月的"监狱"生活终于熬到头了，黑丫头多想痛痛快快地洗个澡呀，然而这是不能实现的奢望。因为在这个小山村里，人们吃水都是从深井里用辘轳一小桶一小桶地搅上来的，灌满两大桶后再挑回家。离井近的半个钟头挑一担，住得远的快一个钟头才能挑一担回家，水太缺乏了，谁还敢洗澡呀！村里日常用水都有一定的规律：早晨的洗脸水是全家人一盆轮流着洗，洗完脸的水洗擦布或小件衣服，然后用来冲洗尿盆，最后浇了园子。夏季的单衣就等着雨水洗，如果不下雨就不洗了，拆洗被子和棉衣也指望老天爷在六七月给下两场大雨，这时候村边的大水坑积了水，家家户户赶紧拆洗棉衣被褥……

小北川的人们靠天吃饭，要是有一年天旱，村里的老人们就要给张罗着求雨。几个上了岁数的人顶着柳条圈轮流到龙王庙里跪着，代表全村请求龙王爷开恩。还要请出来龙王爷的塑像，由八个人光着脚抬上，敲锣打鼓游乡。沿途人们都得在自己家门口用黄土垫道，清水泼街，点香叩拜，好让龙王爷高兴。有时游得远了，能到三十里外的白龙潭。龙王爷开恩了，就会让值日

黑丫头

功曹就位，雷公、电母、风婆、雨师施法，普降甘霖……倘若龙王爷不肯开恩，这一年，人们的衣服就一直让汗油浸着，像磨刀布一样油亮油亮的，秋天的收成也跟着受影响。黑丫头想起了娘家里的小河，想起了读书、教书时的同学、老师……

自从下放回来，黑丫头从未洗过一次澡，没有穿过一双买的鞋，生活陷入了极端贫困，同学、朋友、亲戚几乎都断绝了来往。有时拿出上学、工作时的照片看看，她不明白，自己怎么会成了这样，不由得泪流满面……有一次，文营看见生气了，冲着她大声说："哭！哭！你就会哭，你不知道心疼自己的眼睛，你如果长期哭就会像咱娘一样把眼哭瞎了，到时候你瞎，娘看不见，你叫我怎么活下去？"黑丫头听出了丈夫是心疼她，于是她一狠心，抹着眼泪儿把过去的照片填进了灶膛……从此以后，城市的生活，儿时的欢乐与忧伤，她只有在梦中再见了……

孩子大点儿了，黑丫头和村里的乡亲们也渐渐熟识起来，干完家务活儿就抱上孩子到当家或是邻居家串门、聊天。她向村里的大婶、大嫂学做针线活儿，这做针线活对她来说好比赶鸭子上架，然而她不认输，白天学，夜晚练，一家人的冬棉夏单她全会做了。最难做的是婆婆的小尖鞋，可她一遍又一遍向邻居请教，最终学会了剪鞋样儿，缝做好看的小尖鞋，婆婆摸着自己的小脚高兴得合不拢嘴。

农村没有理发馆，男人头发长了都是用刀剃，青年女人梳辫子，老太太梳小圈头。黑丫头为了给文营和儿子推头，叫文营大姐给买了一把推子，一把剪子，丈夫的头发长了她来推，儿子的头发长了她来剪。村里的青年看到吕文营不再露着秃瓢光头了，都来找二婶子黑丫头推头，黑丫头在村里深受青年的尊重。

第五章 耕耘陈家铺

一九六三年，儿子两周岁了，黑丫头就想着上生产队和丈夫一块儿干点儿农活，多挣几个工分贴补家里，还能和社员们说说笑笑，她最怕寂寞了。可老天爷偏偏不同情她，这年她又怀孕了。到了年底，二儿子出生，这可忙坏了黑丫头，她要做一日三餐的饭菜，又要带好两个孩子，还要侍候双目失明的婆婆，她没白没黑地忙着，二十六岁的她竟像个四五十岁的人了……

孩子贪吃，大队供销社的水果糖一分钱一块儿，实在馋得不行了才舍得买。好在能够靠山吃山，生产队的果树下了果子能分几个，其余就是地里的苣菜、蒲公英，埝上的酸枣、梭瓜、甜草苗，坡上的山杏、榛子、刺木果、酸蜜蜜，都能解馋。秋天到队里收割过的田里遛秋，能找到半个葵花盘、一把豆子、几个玉米棒子……不像娘家村庄小河里有小鱼、土虾，这里的大人给孩子在炉火边烤蝈蝈、蚂蚱，用泥块包上家雀烧，就是解馋开荤了。

夏天，偶尔有来卖冰棍的，骑自行车带着木头箱子从沙城冰棍厂过来，怎么也得一个多小时，沿途还要停下来叫卖，到陈家铺转上几圈，箱子里裹着冰棍的厚棉被就快湿透了。"冰棍——败火，冰棍——"听到吆喝，孩子们就待不住了，可三分钱一根大人也舍不得买呀。有时孩子实在馋急了，听一声吆喝咽一下口水，眼巴巴地盯着冰棍箱子，黑丫头就拣化了快一半的买，三分钱两根。

冬天，有来爆玉米花的，家家户户放着玉米的锅盆排成一列，孩子们目不转睛地看着爆米花的老爷爷。他用小茶缸舀起玉米粒倒进一个铁葫芦里，关住盖子架到小炭炉上，一手拿住把手转动，一手拉动风箱，过几分钟，看看把手上的表盘，就知道该出炉了。只见那个爷爷一手抓住把手，一手用铁钩子勾起铁葫芦口儿，拎起来塞进一个铁丝编的口袋，这时候胆儿小的孩子就都跑开了。随着轰地一声巨响，盖子打开，烟气升腾，孩子们再抢着回来

黑丫头

看时，金灿灿、白花花的玉米花就爆好了……

平时家里来了客人，最好的菜是炒鸡蛋，或者是用三两黄豆贴五分钱端块儿豆腐，那还得看紧孩子别抓着给生吃了。大队就一家做豆腐的，九斤黄豆熬一锅渣，酸浆点开盛上两板，压实切成三十块，平常全村一天卖这一锅豆腐就足够了。

农村最热闹的就是过年，一年当中吃的、穿的、玩的就在这几天里能够改善。小北川家家都要淘黄米蒸糕，秋天打下来黍子，在大碾子上碾下皮就是黄米，粒大有黏性。过年时用水淘了晾干，在细碾上碾成面，一般人家一淘就是四五斗，太干了不筋道，太湿了粘碾子，淘不净吃上牙碜。每个生产队都有两盘碾子，淘多了驴拉着碾，少了就由人推着碾，有时候黑丫头领上儿子一块儿推碾，但要看好别让石轱辘压了手。

碾好的黄米面放在筐箩里加水搅拌，再用手搓成细小的面坷垃，高粱算子抹好油架在烧开的大锅上，一层一层撒上搅拌好的面坷垃上大火蒸，蒸上一会儿就行，掀开锅帽满屋子蒸汽弥漫……再盛到案板上，两手蘸上凉水趁热儿来回揣糕，黑丫头怕烫手，就只好用勺子头揣，但是没有用手揣得均匀劲道儿。黄灿灿、热腾腾的蒸糕用筐箩抬到炕上，一家人盘腿围坐在周围，先要往碗里盛一块儿，就着熟胡椒吃，也叫吃面性糕。接下来是捏糕，有实心的，有包红豆馅儿的、包糖馅儿的、包烂豆腐馅儿的，甜的捏成圆的，咸的捏成长的。家里人一边捏糕一边聊着村里的新鲜事，院子里不时传出欢笑声。

最后是炸糕，一般家里一年也就用上二斤麻油，到后来上交了葵花，一人一年才能供应一斤油。所以这用油炸过的东西就显得金贵。炸好的糕用笊篱捞出来，先要在门口窗台上放一个，敬天地祖宗，然后装在几个碗里给邻居、亲戚送去尝尝。接下来，人们就着咸菜或是蘸着糖边吃边干活，吃完了还忘不了把手上的油在头上抹来抹去……第二天装糕，把一盆一盆晾冷了的炸糕放到大缸里，没有炸过的"白糕"放在最底下。油炸糕就是小北川过年送人待客最好的东西，一直能吃到出了正月。

快到年根儿，就有卖窗花、杂货、冰糖葫芦的小贩走街串巷，磨剪子、戗菜刀、焊洋铁壶、换粉条子的拉长声吆喝响彻全村，人们习惯了围上看个稀罕儿。要是来个吹糖人的，更得里三层、外三层围个水泄不通。老人、孩子的新衣服缝好了，常年在外的人们回家了，腊月二十六到县城东堡街赶一赶年前的最后一个集，粜点儿小米，备齐年货。鞭炮声时不时响起，年味在人们对吃、穿、用、玩的期盼里，在合家欢乐中越来越浓。

大年初一，人们比着起早儿，大队旁边的龙王庙、西边的三官庙和南边的观音殿都点上了灯，人来人往的讲究上炷香、撞好运，孩子们跑来跑去挨家拜年。家家户户炕桌上摆好了自家蒸的花馍、炸的麻花和中果、江米条、酥饼、梅花糕。最好的点心就属槽子糕、芙蓉糕，一斤得六两粮票八毛钱。地里打的葵花籽、豆子炒熟了，供销社买的水果糖、高粱饴和埝上摘的酸枣摆好了，大人们总要给来家里拜年的孩子往衣兜里塞。孩子们兜里装不下了，就先跑回家掏出来再继续拜年，倘若有谁给上几毛压岁钱，那就欣喜若狂了。两毛钱一挂的小鞭都是拆开了一个一个放，点火时也能吸几口"红满天"香烟，供销社里一盒烟加一盒火柴，才卖一毛钱，两毛多的"官厅""大境门"，三毛多的"东风""大前门"舍不得用来点炮，带过滤嘴的"冬梅"抽不惯，也舍不得买，一盒七毛多呢。

社火也很热闹，秧歌、高跷、旱船、跑驴儿都有，陈家铺和附近的安营堡、二堡子还有转灯的习俗，正月十四晚上开始，转到正月十六。据说从清

黑丫头

朝就流传下了"九曲黄河灯",过了初九,村里的灯官就领着人们按照灯谱栽灯,用木杆和高粱秆扎成曲折迂回的"九街十八巷"通道,架好陶瓷灯碗,放上灯芯、裱上灯罩。到了正月十四晚上,陶瓷灯碗里倒上蓖麻油,点好三百六十五盏灯,代表一年三百六十五天,中间是最高的万年灯。高跷、秧歌队先进阵,在前面踩灯,人们就跟着在这迷魂阵里来回游走,祈求风调雨顺、多财多福。黑丫头娘家没有这个风俗,每年转灯时,她领上孩子,孩子手里挑着纸糊的灯笼,玩得可开心了,碰上好天气,就领上婆婆。要是碰上下雪就更好了,讲究是十五雪打灯、瑞雪兆丰年。转灯一转就是三个晚上,要转就得连着转够三年。

一九六五年是个大旱之年,前半年几乎没下一滴雨,这小北川的农民是靠天吃饭的,无雨就要挨饿。秋天生产队收获的黍子、豆子少得可怜,还有一点儿山药和胡萝卜,人均定量一年才一百八十斤(带皮粗粮)。庆幸的是前两年国家允许农民种点儿自留地,开点儿小片荒,这样就可以填补点儿口粮了。黑丫头家里也有几棵果树,一块儿小片荒。另外,这年农民可以养猪了,只是猪养大后不许私自宰杀,只能卖给公社供销社,自留地里种的山药、豆角,也可以挑到供销社去卖,这样农民手里也有几个小钱了。

怀来县有"花果之乡"的美誉,官厅湖南岸大古城的八棱海棠、石洞的彩苹果,北岸石片的黄杏、沙营子的葡萄全国知名。草庙子公社的特产是国光苹果,这里地处深山,背风向阳,昼夜温差大,果子糖分高。还没出正月,人们就忙着剪树、刮树、收拾园子,地边支起大锅,攒上锯下来的枯枝,把石灰、硫黄放在锅里,倒上水、熬成黄色儿稠汁,涂在树干、树枝刮掉的老皮疤癞上杀虫,涂在剪口上封闭,免得水分蒸发。

还有两家养蜂的,开了春,就把蜂箱搬到院子里背风向阳干燥的地方,

第五章 耕耘陈家铺

蜂箱巢门旁边用盘子盛好水。这边社员养的是意（意大利）蜂和山里的土蜂，春天采的是荆条花、果树花粉，夏天采葵花粉。黑丫头抱上孩子就爱看摇蜜：养蜂人先把蜜蜂用香熏得离开蜂箱，再戴上面网，打开蜂箱。里面是几张木头做的方形蜜斗，取出来把上面还爬着的蜜蜂用刷子掸到箱子外面，再把蜜斗往搅蜜机里一插，飞快地摇动把子，蜂蜜就不断地往桶里淌，远远围观的孩子口水就不由得往肚里咽……真要想吃蜜，孩子们还得冒险到野地里捅马蜂窝，有时被蜇得眼睛眯成一条缝，头上的包肿得老高，自个儿就撒泡尿，和上泥，抹头上消消毒，再捡起捅下来的蜂房塞到嘴里大嚼……

自从有了这"三自一包，四大自由"的政策，社员们可是乐坏了。

这年，村里来了一伙工作队，他们进村后都被安排到贫下中农家里住下，吃社员家的派饭（付给粮票）。工作队进村第二天就在王家楼大队召开了三个公社的社员大会，说是要清理多吃、多拿、多分、多占的大队干部。黑丫头一听就害怕了，一是从小到大遭受过的运动太多了；二是吕文营担任着第五小队的会计，给社员记工，统计生产队的收入、支出。工作队分社发动社员群众给大小队的干部提意见，检举、揭发问题。

第五小队的队长、会计被关在小学校的教室里审查，结果有的人害怕被整就交代贪污了一万多斤粮食，先被放了，其他人一看怕挨整，都说贪污了一万斤粮食。一个生产小队一年的收成也没有六七万斤，四个干部却说每人贪污了一万斤，剩下的两万斤要交公粮，还要给社员分口粮，一个小队少说也有二百来口人，每人口粮就二百斤（带皮粗粮），剩下还要留籽种，留牲畜的饲料，那么这两万多斤粮食自然就不够数了。干部挨整，家属们跟着倒霉，工作队动员她们和干部划清界限，检举、揭发。农村的家庭妇女谁也不敢发言，不管工作队怎么动员，大家都是一声不吭。工作队看看打不开局

黑丫头

面,就指定黑丫头发言。黑丫头不怕发言,她从大队的报纸上看到了批判"三自一包"的消息,知道工作队来搞清查是针对少数投机倒把、贪污盗窃的干部,不是针对生产队这些老实巴交的社员。于是,她就照着报纸上抄录的一些话念给工作队听,工作队也无话可说。所幸吕文营只是小队会计,不是党员,也没有多吃、多拿、多分、多占,所以没有查出问题。运动过去以后,文营跟黑丫头说起这事,黑丫头苦笑着说:"虚惊一场,咱俩是癞蛤蟆碰到了臭泥鳅,以后谁也别嫌谁臭了。"

后来,大队又让社员背《毛主席语录》,学习"老三篇"(《愚公移山》《为人民服务》《纪念白求恩》),黑丫头就更不怕了,因为她是高中毕业生,还在红专大学政治专业学习过。一九六九年,陈家铺大队响应上级号召,组织排演《白毛女》《红灯记》《沙家浜》等八部革命样板戏。村里的青年都报名了,吕文营和黑丫头有文化,大队让他们负责排练。黑丫头可高兴坏了,因为她从小就爱演戏、排练。也把这两口子忙坏了,因为样板戏和原来演的话剧不一样,和村里老人们演过的戏曲更不一样,陈家铺大队唱的是土山西梆子腔,说是晋剧曲调,又不合拍。黑丫头两口子白天忙了黑夜忙,终于排好了几部样板戏。大队演了公社演,公社演完县里又组织会演,就在县城东堡街县政府斜对面的大礼堂里。大礼堂还是在一九五八年怀来县和涿鹿县合并时盖的,有上下两层,能容纳一千多人,在张家口各个县里也是最好的。

那时候,全县二百七十多个大队,好多大队都有几个放衣服、道具的戏箱子,队队都有文艺队。戏台大多是之前留下来的,村里只要有庙,对面就有坐南朝北的戏台,原来每年给神仙唱大戏,现在是给社员、群众唱戏。每年正月十三开始,白天一场,晚上一场。陈家铺大队周边王家楼、站营子、东西洪站几个大队没有戏台,社员们就走山路赶来看戏。能拉会唱的老年人

第五章 耕耘陈家铺

一展身手，大姑娘、小伙子成了文艺骨干，中小学生也能在戏台上扮演角色，社员们的文化生活紧张活泼、健康向上。

这年正月十五晚上，陈家铺大队戏台上正演着《红灯记》，黑丫头扮演李奶奶，吕文营扮演日本鬼子头鸠山，看戏的群众人山人海。近处王家楼、站营子、甘泉庄，远处安营堡、二堡子、窑子头几个大队有天刚擦黑赶来的，也有为了看戏在亲戚家住下的，大人孩子叫好、学唱、说笑、打闹声不断……正看得起劲儿的时候，台上的"鸠山"突然大叫一声："上东巷子着火了，社员们快去救火！"观众还以为是演戏呢，哄堂大笑。把个吕文营急得一摔帽子大喊："我不是演戏，是咱们大队上东巷子着火了！"大家这才把目光转向了东北方向，果然火光冲天，人们慌了，"哗"地一下散了。只剩下外村路远的，看不成戏也不急着连夜赶山路回家……着火的是王志英家，他家的男人原本在县城当工人，因为停产就回家待着。他媳妇着急出来看戏，没穿大衣就叫他回去拿，谁知这个男人拙手笨脚，一不小心把灯火撒在衣服上，一场大火就烧起来了，所幸没有人伤着。这天黑夜，还有一家人住在村边，看戏时忘了锁房屋门，结果家里的大红柜被人给翻了，虽然没有丢什么东西，但想起来也让人后怕。因为看戏两家出事儿，陈家铺大队的过年活动提前收场。

出了正月，黑丫头想起来该去看看娘亲了，小儿子出生，娘还没见过面呢。她背上二斗小米，外边用半旧的皮袄包着，小儿子趴坐在上面，手里牵着大儿子。娘仨搭着生产队的马车到了沙城火车站，买上票到了检票口，检票员拦住了黑丫头，叫她出示《毛主席语录》，她说："同志，我忘带了！""没有带不准乘车！靠边站！"这时的黑丫头可真犯难了，她只好求告检票员："同志，求求你，看在我带着俩孩子走路不便的份上，您就放我们过去吧！如果您需要我背，这不难，请您出题，我背哪篇都行。"检票员打量着这个"背

黑丫头

一个、领一个"的农村妇女，心想这年头人们还敢瞎吹哩，就趁势说："好，那你就背一遍《愚公移山》吧！"这黑丫头接茬就大声背了起来，一字不差，而且手里领着的儿子都跟着背上了。检票员和周围的人都愣住了，吃惊地看着这娘仨……后边要进站的人催促着，检票员才一挥手："行了！看你带着俩孩子就让你进去，下不为例！"这娘仨进站了，两个检票员还在指指点点："这年头儿，真是啥事都有，啥人都有啊！"

下午，黑丫头带着孩子走进了三里河村，可她推开家里街门，却看到了三裱匠家的人，她很客气地叫了一声"三大娘好！"三裱匠家的说："黑丫头来了？你娘家不在这院住了。"黑丫头心里咯噔了一下。哦，记得上次土改封门，我家搬到老六元家住，如今又搬到哪去了呢？她就问："三大娘，我娘他们现在在哪儿住呀？""在你家后院。"黑丫头明白了，这是第二次扫地出门呀！她知道后院原来的正房起火烧没了，还有一间驴圈和一间小草房，她想，娘就可能被关进驴圈了。

黑丫头从后院的街门进到院里，大声地喊着："娘，快来帮我把孩子扶下来！"黑丫头娘听到了闺女的喊声，就从小南房的驴圈走了出来，娘的脸色苍白，原来头上的小圆圈盘头不见了，取而代之的是一头七长八短的秃毛发，男不男、女不女。黑丫头明白，挨过斗的人就会被剪头发，她真是恨得咬牙，但又有太多的心酸，眼泪一下就涌了出来。娘见到闺女回来了，泪水也止不住往下落，见到俩孩子，又赶忙背过身去擦掉，强笑着接过还没有见过面的小外孙子。黑丫头进小南房一看，父亲从炕上坐起身来，土炕很窄，勉强能挤下两个人。黑丫头就问娘："我奶奶哩？""不在了。""什么病？""去年秋天，你奶奶受不住了，就去跳河，被你弟媳妇看见了，拉上来，第五天头上就不在了。""埋在哪儿了？""也没有棺材，你父亲就给找了堆儿旧砖头，

第五章　耕耘陈家铺

在老坟地边上砌了个洞埋了。"黑丫头又哭了，奶奶虽然厉害，但是毕竟祖孙相依为命十几年。奶奶走了，她连个纸钱也没有给化，怎么能不伤心呢？她擦了擦眼泪又问："我弟他们呢？""在小西房住着哩。"

　　吃过饭，黑丫头去小西房看望弟媳妇，这个弟媳妇还是黑丫头从陈家铺给弟弟介绍来的。弟弟长庆在一九五八年初中毕业时考了全县第一名，因为家庭出身是地主，他就没有被高中录取，可娘又舍不得让一个刚才十六岁的孩子参加农业劳动。可巧这年延庆县归了北京市，黑丫头高中时放了暑假就带着弟弟去北京投奔老舅，想给长庆找一份学徒的手艺。到了北京，姐弟二人每天在大街上找招工人的广告，功夫不负有心人，第三天他们在电线杆子上看到了月坛公园有工厂招人的公告，姐弟二人和老舅就来到了月坛公园，果然有好多青年男女手里拿着介绍信都在等待报名。不一会儿，有一个人高喊着："北京量具刃具厂招工了。"大家都争先恐后地抢着排队，黑丫头把弟弟也推到长队中，过了半个小时，招工负责人把排队的人一个个打量了一遍，然后叫大家出示证明，检查完后就把大家带上了大客车。老舅一见外甥被车拉走，"唰"地一下脸色苍白，黑丫头的泪水也止不住流了下来，她想，如果要遇到了坏人把弟弟拉到青海的大沙漠去可怎么办呀，弟弟是我从娘手里领出来的，要是有个三长两短，我可怎么向娘交代呀！眼巴巴地看着汽车把弟弟拉走了，她和老舅无奈地回了家，这天他们没吃没喝，彻夜无眠。

　　到了第二天，更是一筹莫展。等到长庆笑嘻嘻地回来了，大家悬着的一颗心才落了下来。弟弟说他被北京量具刃具厂招录了，厂址在公主坟，是新建厂。黑丫头放心了，老舅也高兴了。老王家的女儿在老姨家不远处的学校念高中，儿子在北京距老舅不远处当工人，黑丫头娘感到了莫大的安慰。

　　后来，长庆的厂子精减工人，他也被下放回到三里河村大队当了农业社

黑丫头

员。黑丫头得知弟弟被下放了,想叫他学点儿医学,就给弟弟借了一套《黄帝内经》,可就是这套书给弟弟惹来了麻烦。三里河村的头头儿树林硬说弟弟想当皇帝,有政治野心,所以就带人抄了家,奶奶受不了就去跳河。树林原先喜欢黑丫头,被拒绝以后一直耿耿于怀,赶上报仇的机会来了,黑丫头一家人又被扫地出门了。

黑丫头走进弟弟住的小草房,弟媳躺在炕上支着的两块门板上,身边还有一个小孩儿。原来弟媳妇坐月子时正赶上抄家,她和长庆被赶到这间小草房。小草房里没有炕,亏得父亲王少康在外逃亡时学得一手泥匠活儿,父子二人才把驴圈和柴草房垒上炕,变成了住人的屋。弟媳妇生孩子呀,可这炕刚刚垒起来泥还没有干,弟弟只好向二大娘家借了两扇门板,这可怜的小生命就降生在了潮湿泥炕上支着的门板上了。弟媳妇叫了声:"姐来了……"就哭了。当时地主富农子女找对象很难,成分好的怕受牵连,成分坏的谁也不愿从灰坑再跳进火坑。黑丫头弟媳妇原来是在陈家铺经常和她一块儿玩的姑娘,大眼睛、双眼皮,皮肤白白净净,一对长长的大辫子,人又善良,很招人喜爱。一九六三年,她十八岁,弟弟二十一岁,黑丫头正好给弟弟介绍上。当时,黑丫头问她爹娘嫌不嫌自己娘家的地主成分,她爹原来给商人当过会计,人很老实,就说:"地主也是人,只要我闺女不受气就行。"就这样,弟媳妇说成了,黑丫头用二斗米和亲戚换了一个被面,又凑了点儿布票从供销社买了一身布料,给弟媳妇缝好,弟弟就这样娶了个媳妇。

弟弟回来了,黑丫头就问:"孩子的姥姥没有来?"弟弟这才一五一十地说起来。原来,那天长庆的老丈人来给孩子送小米和被褥,刚走到街门口,正巧被树林他们看见了,硬是不叫进家门。后来老丈人生气了,冲着他们大声说:"我是贫农,我女儿也是贫农,我来看闺女,你有什么权力不叫我进家,我女儿犯法了吗?"这几句话把树林问了个无言以对,只好说:"好,好,只许看一看,待会儿必须走人。"老人说:"现在天晚了,哪有火车可坐?你不叫我在女儿家住,那我去你家住,好歹咱们都是贫下中农呀!你看好不好?"这一问把树林难住了,他摆了摆手说:"那你明天一定要走,必须和老王家划清界限!"老人住了一夜,第二天走时女儿哭了,也不敢大声哭,只能悄悄地抹着眼泪儿。黑丫头听到这里,心里好不是滋味:"弟弟,这都是姐姐招来的祸水,小芳,姐对不起你,你跟着王家遭罪了。"黑丫头又问:"在咱家抄出什么东西了吗?""抄家时在东北屋炕沿底下挖出了一个破瓦罐,另外引起是非的就是我看的那套《黄帝内经》,他们硬说我想当皇帝,逼着爹问是不是,爹说那是医书,学医生看病用的书,后来他们就打了爹,还把书给烧了。"黑丫头苦笑了一声:"这些人没有文化,别怪他们,总有一天会过去……"

下午,黑丫头先去看看二大娘,这个比娘还亲的救命恩人也变得苍老了,原来高大的个子佝偻了好多……小宝哥参军在外面成了家,家里就剩下二大娘和宋大爷老两口了。从二大娘家出来,黑丫头上了爷爷、奶奶的坟地。老坟在村子北面向阳的小坡上,爷爷、二叔在这里长眠了有三十年,坟堆上满是茅草。奶奶来跟爷爷作伴儿了,家里有过那么多的房,那么多的地,这会儿是活着的住驴圈,死了的躺到砖头洞里,连口棺材都没有……黑丫头一头扑在黄土地上,放声大哭。她想起小的时候奶奶受过的苦,又想到自己一直也没有在她们身边尽孝……

一九七三年,国家提出了"工业学大庆,农业学大寨"的口号,在村里掀起了开荒山、砌河道的高潮,社员们都是起早贪黑地苦干、实干、拼命干。在城市,十六岁以上的青年必须到农村参加三年的农业生产劳动,这叫

黑丫头

知识青年上山下乡，陈家铺大队也来了宣化的十三个知识青年。这帮知青住在社员家里，吃集体食堂，三个稍大一点儿，其余的全是初中刚毕业。食堂吃的是小米、玉米面，一周吃上一顿白面。给食堂做饭的炊事员是村里找的，刚开始找了一个贫下中农，可她不会蒸馒头。后来大队书记又找黑丫头，问她愿不愿意去给知青做饭，黑丫头说："这可是责任活儿，十三口人的饮食安全十分重要，如果有别人，尽量别叫我去。"书记说："你在咱大队生活了这么多年，我相信你能把这份儿工作做好！""行，只要书记相信我，那我就来试试。"

黑丫头来给知青做饭了，人们一年到头难得吃上几顿白面，蒸馒头最难的是放碱，碱大发黄，碱小发酸。她就烤碱蛋，发过的面揉好以后先揪一小块儿放在灶里烤，碱小就加，碱大就多饧一会儿，通常要烤两次碱蛋。黑丫头当过老师，也在城里待过，所以和这帮小青年相处得非常融洽。她给知青唱样板戏，讲战斗英雄董存瑞的故事，有时还把自己家的莜面鱼儿、山药饼子和玉米面凉粉端给他们尝尝。知青很喜欢黑丫头，都亲切地称呼她二婶。有一次，一个知青就问："二婶，听你的口音不是本地人，你怎么就来到这个山沟里呢？"这句摘心刮肺的问话勾起了黑丫头痛苦的回忆，她叹了口气："唉！一言难尽呀！"她就把自己来到这山沟的经过简单地说了一遍，当她说到走投无路时，几个女知青落下了眼泪。有一个就说："二婶，你真行，这样的事儿如果放在我身上，我连一天也活不下去。"黑丫头笑了笑说："青年们，别怕苦，别怕难，记住车到山前必有路、船到桥头自然直，留得青山在、不怕没柴烧，你们都会有柳暗花明之日！"黑丫头的一席话引起了知青的一片掌声。

一九七四年的七月，黑丫头的娘去世了，享年了六十一岁。黑丫头不在跟前，没有去送娘，好在前两年她就给娘缝好了五道领的装老衣裳，买好了棺材，娘才体面地下葬了。她想念那苦命的娘，背着孩子在村外不知哭了多少次。九月，黑丫头的救命恩人二大娘也去世了，黑丫头对着天大哭："二大娘，您的救命之恩我无法报答了，我连一张纸钱也没给您烧，让我终生遗憾呀……"这边农村讲究每年清明、七月十五、十月初一给离世的老人上坟"送送衣服"，黑丫头一来是嫁出去的闺女，不回娘家上坟；二来离娘家远家里也走不开，只能是每年回去一趟住上两天，哭上一场……

一九七六年，这是个大灾大难之年。一月，周恩来总理与世长辞，鹅毛大雪铺天盖地，树枝被大雪压得低下了头。雪花又变成了雪水，一滴一滴落在了地上，好似悲伤的泪水。东北吉林还落下陨石和流星雨，老天爷都在流泪！人们哭干了眼泪，哭哑了嗓子，总理才七十多岁，怎么就会逝世了呢？社员们议论着。报纸上登出一篇《十里长街送总理》的文章，道出了全国人民的心声。七月，朱德委员长逝世。七月二十八日，唐山大地震四十万人死伤，这小山沟也是地动山摇，好多房屋裂开了缝。九月，伟大领袖毛主席逝世，华夏神州天塌地陷……

一九七八年，中央的口号不再是以阶级斗争为纲，而是以经济建设为中心，坚持四项基本原则，坚持改革开放。这一年，国家给右派分子平反，沙城中学教物理的董老师恢复了工作，学校也给吕文营补发了高中毕业证。文营攥着这张迟到的毕业证，欲哭无泪。二十年了，他的前途被毁，再也无法弥补……

改革开放的春风，也给黑丫头带来了转机。这年九月的一天，大队的喇叭喊："王墨菊，现在到大队部来一下。"黑丫头吓了一跳，没是没非的大队叫我干什么？她怀着忐忑不安的心情来到大队，进门后书记就说："王墨

黑丫头

菊,知道叫你是什么事吗?""不知道,反正不是坏事,因为我没有违法!"书记说:"明天去咱们大队的小学找李校长报到,当民办教师去!"黑丫头以为自己的耳朵出了毛病,听错了,她又问:"书记,你叫我去小学干什么去?""当老师,教书!你以前不是教过书吗?听清了没有?""听清了!"黑丫头顿时觉得眼前灯火齐明、光芒万丈,就差蹦起来了。她顾不上对书记说一个"谢"字,就像一阵风似地跑回了家。进门后,她首先把这事儿告诉婆婆:"娘,刚才大队叫我明天去小学教书,我中午、晚上都能给您做饭,只是晚吃一会儿,您看行不行?""去吧!孩子们都大了,没事别老惦记我,好好教书去吧!"

现在的黑丫头已经是三个孩子的妈妈了,大儿子念完村里的小学,赶上运动,他没能上初中,十三岁时就去乡镇企业的采石矿砸碎石去了;二儿子今年十五岁,每天步行到五里地外的草庙子公社中学念初中;小儿子八岁,在村里上一年级。

当老师、教书,是黑丫头从小就梦寐以求的事,第三次登上讲台,她的心情会是什么样的呢?欢天喜地?兴高采烈?都不足以形容她的心情,这一天,她嘴里不停地哼着歌儿。晚上,她兴奋得彻夜无眠,一会儿悄悄地叫醒丈夫说:"哎,我去教书,你千万多干点儿家务活儿,别叫娘渴着、饿着!""行了,行了,你快睡吧,我明天还要去上班哩!"这年的三月,文营被公社抽调去担任了采石矿的推销员,他也破天荒骑上了自行车。

第二天,天刚蒙蒙亮,黑丫头就起来做好早饭,给婆婆打好洗脸水,泡好茶水,一切收拾停当,她就跟着小儿子铭铭到小学校报到去了。小学校在大队旁边的龙王庙里,泥像搬走了,墙画抹住了,白灰抹平刷上墨汁就是黑板,桌凳各式各样,上体育课就到生产队闲置的打谷场里。家长们普遍文化不高，都想让孩子多念几年书，有个奔头。当时的小学实行五年制，农村小学还是包班制，一个老师什么都教。

学校领导派黑丫头教五年级毕业班。她接受了这个任务，心里有些发慌，因为从一九六一年下放回乡已经十几年了，整天洗衣、做饭、带孩子，自己还能教书吗？她感到迷茫。为此，黑丫头不分昼夜将初中及小学的知识复习了一遍，当复习到汉语拼音时，碰到了拦路虎，因为她学的是注音字母"ㄅㄆㄇㄈ"，而现在的拼音字母则是"ｂｐｍｆ"，她必须从头学起。于是她找出二儿子学习用的新版字典，把汉语拼音字母一个一个抄写下来做成卡片，时时刻刻都在背着这些拼音字母。有一次，到大队供销社买东西排队时，她拿着卡片"拨、泼、摸、佛"地大声念着，都忘记了往前走，排队的人们都在看着她笑，一个老太太才提醒她："吕文营家的，该你了，快走两步！"功到自然成，不到一周，黑丫头把所有的汉语拼音字母都掌握了，她的脸上露出了久违的笑容。她除了教好本门课，还利用课余时间向老师们借来了一至五年级的课本，整体复习了一遍。

这个时候，怀来县各个小学掀起了向祁仲马老师学习的热潮。中华人民共和国成立后，祁仲马老师被区委派到永定河谷的旧庄窝乡幽州村办学，他发动群众，把一座破庙改造成学校，坚持山区教育三十年，编写教材，总结教法，培养了三代文化人。幽州村率先在全县普及了初等教育，扫除了青壮年文盲。后来，祁老师和沙城中学的宋老师一起参加了全国文教群英会，当选为全国人大代表，听说还和周总理握过手。"……午后返校时河水猛涨，他就摸黑爬山，绕道九十多里地，次日凌晨赶回学校，保证了学生正常上课……"读着祁仲马老师的事迹介绍，黑丫头哭了："多好的老师啊，要是不来学校代课，哪能知道这些呢？"

黑丫头

一九七九年，黑丫头教的五年级学生毕业了，她又接上了一年级。这山沟的小学，一年级孩子没有上过幼儿班，有些家长还是在识字班认的那几个字，也没法教给孩子。上一年级时，老师先要考一考孩子，也就是数一数衣服上有几道扣子，伸出两手看看长了几个指头，有近一半的孩子入学时连十个指头都数不过来。黑丫头手把手教孩子们数数、算题、拼音、识字，她让家长把高粱秆剪成小段串起来给孩子学数数，问大队供销社要纸箱子剪成卡片，做拼音识字卡。有的孩子病了，她就亲手领给家长，有的孩子走不动了，她就给背回家去……由于她的耐心认真，这个班在公社统考中取得了好成绩。

这个时候的人们，人均收入在百元上下，各行各业的人们都想通过勤劳致富，过上好日子。一九八〇年四月，中共中央总书记胡耀邦还专程到怀来县视察，在县招待所举行的座谈会上，他鼓励大家要开动脑筋，一手抓粮食，一手抓多种经营，扶持林业、牧业副业、经济作物，提出了"三年一小变，六年一中变，十年一大变，每人收入五百元"的致富目标。全县上下人心大振，开展了致富大讨论。

工作顺心了，麻烦事来了。黑丫头年过八旬的婆婆行动不便，消化功能也随着减弱，老人只知道饿，吃起来没饱儿，但不知道什么时候要解手，经常往裤子里拉。开始是几天拉一次裤子，到后来一天拉几次裤子。庆幸的是家离学校不远，每节课下课她都要跑回家看看婆婆是否又拉裤子了。为了不让婆婆穿屎裤子，她给婆婆缝了三条薄棉裤，三条厚棉裤，老人冬穿厚，夏穿薄，六条裤子轮流拆洗。婆婆老了，吃不了硬东西，她就尽量做婆婆爱吃的烂糊饭菜，婆婆爱吃麻花，她就用刀把麻花切碎给婆婆吃。黑丫头对婆婆的孝心感动了大队干部和乡亲们，她被评为公社和县里的五好家庭代表。

婆婆的身体越来越弱了，离不开人侍候，黑丫头不得不告别了心爱的学生和学校，回家尽孝了。一九八一年，婆婆的病情加重了，文营通知了他的两个姐姐和小弟，并且给远在新疆的大哥连发了三封加急电报。可是大哥一直杳无音信，他为什么不回来呢？难道他还在计较二弟这个右派分子吗？他的老娘在病危的几天中嘴里常念叨的一句话就是："铭铭妈，都谁回来了？"黑丫头说："娘，大姐、二姐、三弟都回来了。"老人在临终之际念念不忘的是她最心疼的大儿子，很想在离世前再摸一摸大儿子的头。

老人带着遗憾和思念去世了。大哥不回来，文营就做主，他想，现在和二十年前爹走的时候不一样了，就决定不大操大办，只是按照单位集体的出殡仪式，给母亲做一个大花圈，家里人戴上黑袖章。何况大办丧事，他也没这个能力，家里刚盖了五间房，尽管是邻里左右出工出力，码地基的石头是就地取的，铺椽子的箔子是割来荆条编的，可是也借了不少外债。但是他的二姐却不依不饶，娘生前她很少尽过孝道，如今娘咽气了，她拿出二十五元，钱插纸做车马、童男、童女，还要让姐姐、弟弟挨家摊钱，雇吹鼓手大办丧事，想让村里人看看，这老六奶子的闺女、儿子有多孝顺。二姐的意见遭到文营两口子的反对，结果她大哭大闹，和文营争辩了几句，一拍屁股走了。因为老人的丧事，二姐和文营的关系也疏远了。

渐渐地，黑丫头放弃大学深造、投身偏僻山村、孝敬公公、婆婆及文明操办丧事的事迹就在公社传开了，后来县里又向地区推荐了这个在英雄家乡成长起来的典型……一九八二年的春天，黑丫头被评为全国五好家庭代表，《张家口日报》的记者以《塞外一枝传奇花》为题报道了她的事迹。随后，《河北日报》《中国农民报》陆续转载。

这年夏天，黑丫头到张家口地区参加表彰大会并发言，沙城中学的宋校长（原怀来中学的宋老师，现任学校副校长）也出席了这次会议。发言结束

黑丫头

后，宋校长握着她的手说："好样的，王墨菊，你不愧是我在延庆中学培养出来的好学生！"黑丫头怎么也想不到能在这里见到宋老师，感觉她还是那样高大、严厉，只不过岁月也在她的两鬓留下了白发。宋校长问道："王墨菊，现在你在村里干什么工作没有？"黑丫头低下了头："宋校长，对不起您，我辜负了您的期望，我现在在家务农，当社员。""哦？"宋校长感到吃惊，"那你能离开家吗？""能，婆婆已去世，孩子已长大，我可以离开。""那你来咱们学校代课吧，我相信你定能胜任初中教师的工作！"黑丫头望着宋校长严肃的表情，这不像是和她说客套话。"宋校长，谢谢您，我回家把地理、历史、语文复习复习，我理科不好，文科还行！"黑丫头激动得心怦怦直跳。"好，你等我的电话通知吧！对了，把你的通信地址告诉我。"宋校长掏出日记本记下了地址。黑丫头这下高兴了："宋校长，改革开放以后，我们小山沟的变化也大了，有了电灯、电话，村里也通了汽车，如果您找我就给我们大队打个电话，喇叭里一喊，我就能去接您的电话了！"

第六章　代课回沙中

黑丫头

一九八二年九月,党的第十二次全国代表大会在北京召开,提出了党在新的历史时期的总任务:"团结全国各族人民,自力更生,艰苦奋斗,逐步实现工业、农业、国防和科学技术四个现代化,把我国建设成为高度文明、高度民主的社会主义现代化强国。"教育优先发展的战略地位确立了。

乘着"十二大"的春风,黑丫头的二儿子考上了大专,圆了她和文营的梦想。黑丫头捧着儿子的录取通知书对天作揖:"感谢共产党,要是没有好政策,我的子孙后代都得待在山沟儿里!"小儿子铭铭也该上初中了,她又想到了大儿子,连高中也没读上,不由得内心隐隐作痛。不过大儿子肯吃苦,会拾掇果树,日子也好过,村里的一个姑娘还和大儿子交上了朋友,为黑丫头添了喜欢。这年十月,黑丫头接到了沙城中学宋校长通知去代课的电话。真是双喜临门,她背上行李准备第四次走上讲台。

去县城的路比原来宽了,二堡子至沙城的路段都铺上了柏油,县城的人也比原来多了。那个雕着龙头的六边形水池不见了,水池后面神秘的唐代铜佛也不见了,绿油油的菜地里,那股数百年流淌不息的龙潭泉水还在诉说着二十五年来的变化。怀来中学后来更名怀来第一中学,一九五九年起更名河北怀来沙城中学。黑丫头又踏进了曾经度过一年时光的高中母校,灰砖垛铁栅栏门没有变,一进门有了大影壁墙,用红漆写着"团结进取 勤奋务实"的校训。大路两边她们亲手栽下的小杨树已经有碗口粗了,枝叶婆娑,像是对这个第一届的高中学生招手欢迎,又像是对着这个陌生的农村妇女窃窃私语。校园中间的教室多了两排,东、西宿舍也多了几排,都是一式的苏式包檐房屋。操场比原来整齐了,西墙边的紫穗槐不见了,取而代之的是画着白线的跑道,没变的是后边的那座装载过太多记忆的大礼堂。

最前排教室的南面又建了一排办公室,朝北开门,也称大南房,门头上

第六章 代课回沙中

都钉着白底红字的小木牌。黑丫头在副校长室见到了宋校长，她负责学校的教学工作，还是那样干巴响脆："我的学生王墨菊来了，欢迎欢迎！这么快就来了。""宋校长，我来了。"黑丫头感到既亲切又局促。"你说说你，这么多年也不知道上哪儿去了，要不是开会碰上你，我估计咱们就更难见面了。"宋校长接着又说："高中的时候你说走就走了，不过现在来了就好。咱们学校正缺老师，我想你肯定行，这两天先熟悉熟悉，听听课。现在的老师、学生比原来多了，齐校长早就调走了，原来教你们俄语的柳老师是咱们校长。对了，我家搬到操场北边了，有空儿来家坐……"黑丫头一个劲儿地点头。

沙城中学仍然是每个年级四个班，初中、高中加上补习班一共有二十六个班，学生一千四百多人，教职工一百六十多人，班容量比以前大，初中每班六十多人，原来的朱校长还在。女生宿舍搬到了教室的东面，操场边上原来的女生宿舍成了男生宿舍，最南面还盖了两排房子的校办工厂。今年也恰巧是建校三十周年，刚在九月，还邀请现任怀来县委领导的原沙城中学齐校长对师生进行校史传承教育。现在全校贯彻教育部制定的《中学生守则》，又完善了许多规章制度。当初齐校长和团委段书记总结提出的"双边五认真"经验，曾经在全省重点高中会议上作为先进经验交流，拨乱反正以后，又在师生中恢复发展起来，成了学校的精神财富。和黑丫头同去代课的还有三个女同事，也都是沙城中学毕业的学生，大家共同感叹着学校的变化。

黑丫头回到母校，好几天心里都不能平静。一切就好像做梦一样，她既高兴又担忧。又一次进来，不同于以前，当初她来求学时还是个孩子，单纯的学校生活使她渐渐地把自己和学校、县城融在一起，家里人都变得淡漠了，只是寒、暑假回一趟。高中毕业后没上大学，短短地代课以后，命运又安排她回到了已经有些陌生的农村，当时对于一个有向往的年轻人来说，那种痛

黑丫头

苦是可想而知的。时间长了,她也就习惯了。这次又碰到了宋校长这样的贵人,能够再一次回母校,又勾起了她心底的一些念头……黑丫头总觉得幸运得有些茫然。和她一个宿舍的是教化学的杨老师,也刚工作两年,是一九七七年恢复高考那年考取的大专生,当时全国五百七十万人参加高考,录取率还不到百分之五,全县一共才考了九个。和念过大学的年轻教师在一起,黑丫头觉得自己都年轻了……

黑丫头被分配担任初一、初二年级地理课,每周十六节。宋校长听了一节课,又让她教初一、初二年级的历史课,这样一来,每周要上三十二节课。这下可忙坏了这个爱当老师的黑丫头,她上午两节、下午四节,初一、初二挨班转,可她心里高兴,从未喊过累。过了一个月,宋校长又让她暂时担任初三一班的班主任,因为原班主任要去天津看病。黑丫头心里有点儿害怕,这是个毕业班,如果有哪儿做得不对,学生、家长会如何看自己呢?为此她每说一句话、每做一件事都小心翼翼。

接任这个班才一周,实验室的老师找到了黑丫头:"王老师,你们班学生今天上物理实验课,有人拿走了五个小电动机上的线圈,麻烦你给找找。"黑丫头心想,真是头疼,刚当上班主任就碰到了这样的事,怎么办呢?她犯愁了,就问实验室老师:"这线圈是从哪儿买的?多少钱一个?""咱们学校工厂组装的,你问问他们吧。"实验室老师回答。黑丫头就到男生宿舍南面的校办工厂去打听,学校工厂在一九五八年就有了,后来还试制成功了晶体管,在怀来县还是首次。现在成了生产教学仪器的定点厂,在全省都有名气,学校物理实验室电学方面的仪器,好多都是校办工厂生产的。黑丫头算是开了眼界,沙城中学就是厉害呀!工厂师傅也很热情:"王老师,现在电子产品也不便宜,不过这几个线圈除了做实验也没有什么用处。"她又问了好几个班主任,心里有了主意:这是初三的学生,最小的也有十五六岁了,不能对他们发火,要动之以情、晓之以理,让他们自己把线圈交出来。

在自习课上,黑丫头对班里学生讲:"同学们,今天实验室的老师找到我,说咱们班上物理实验课有人拿了五个小线圈没还,我想咱们一班学生绝不会有意拿五个小线圈,肯定是下课铃响了,走得着急,忘了交了。这样吧,不管是谁忘了交了,下自习后把小线圈放在实验室门口的墙角,我不追问。"她用和蔼的目光扫视着学生,接着说:"如果没人放,明天我就得给实验室赔这五个线圈,线圈是咱们学校工厂生产的,虽然拿上也没什么用,可一个最少要二十元,那么五个就是一百多元。同学们,我是刚来的代课教师,一个月工资三十六块五,这一百多元我就是三个月别吃别喝也赔不了,我想可爱的一班朋友们绝不会为了五个小线圈眼看着老师挨饿。希望同学们帮帮忙,在此谢谢了!"黑丫头边说边给全班学生鞠了一躬。

这个办法真管用,下自习后,那五个小线圈在实验室门口出现了。这件事儿黑丫头处理得及时、巧妙,实验室老师很感动,就反映给了宋校长,宋校长听了很高兴:"王墨菊是我在延庆中学培养出来的学生,热心!认真!"

这一年年底,沙城中学朱校长、宋校长等十三位老师参加了在县教师进修学校举行的表彰会,县政府代表省政府为八十四位老教师颁发"三十年教龄纪念证书"。国家没有忘记这些默默工作的园丁,对教育越来越重视了。黑丫头也代表代课教师,参加了沙城中学"送旧迎新话未来"座谈会。朱校长作为建校创始人,和大家回顾了学校三十年来的变化:"这是从土木堡显忠祠走出来的怀来县第一所中学,当时就有八位老师,一间办公室也是食堂还是宿舍,一百五十名学生分散住在群众家里,照明全用煤油灯,教学设备

黑丫头

一无所有……群众都说这是又一次引起轰动的'土木之变'。在党的领导关怀下,我们办了初中又办高中,第二届毕业生就出了考上了清华大学的栗永茂同学。六十年代,沙城中学在社会上赢得了'南辛集、北沙城'的赞誉。"朱校长停了一下,接着说:"过去的十年,学校工作受到一定影响,我们要只争朝夕,把失去的补回来,让沙城中学的旗帜在全省高高飘扬!"现场掌声雷动。

柳校长语重心长地说:"党的十二大为全国指明了方向,也为教育指明了方向。教育的战略地位一经确定,就会迎来更多的关注和发展机遇,老师们,我们大显身手的时候到了!……"老师们也都争着说出了自己的体会,学校的领导和老师心连着心,共同谋划着学校的发展。黑丫头心潮澎湃,多好的形势啊!多好的学校啊!我要鼓足劲儿,把原来失去的补回来!

一九八三年,沙城中学成为河北省首批办好的重点中学之一。这一年,黑丫头接任初中七班的班主任,这个班有五十九名学生,领导子女占了一半。黑丫头接班以前,已经有两任班主任被学生气走了,所以这个班也号称少爷班。宋校长找到黑丫头简要地说了说情况:"王墨菊,情况就是这样,看你敢不敢承担这个重任?""敢!宋校长。"黑丫头不假思索地说,"我是您培养出来的学生,虽然我没有大专文凭,但是我热爱教育工作,请您放心,我就是豁出这条命来,也不辜负您的希望!"黑丫头心里想,我一不是党员二不是正式教员,一个代课的,干不好最败兴不就是再回家当农民吗?我王墨菊没怕过困难,这五十九个小姐、少爷就会把我难倒吗?干!一定要干好!我要把自己失去的人格、尊严,再从这里找回来,在沙城中学站住脚。

黑丫头找前两任班主任问了问班里的情况,然后就上任了。第一项工作是通过学生把班里的学生了解一遍,分出学习成绩较差纪律又差的、学习好纪律好的及中等的。她首先找学习较差、纪律差的学生谈心，和他们交朋友。这些孩子纪律松懈，可是讲义气，只要得到尊重，抛头颅、洒热血在所不惜。黑丫头认真倾听孩子们的心声，孩子们对她亲近了，她又逐个进行家访沟通："孩子的功课落下了，您着急，孩子着急，我也着急，这样吧，孩子好比是套马车，我在前边拉，您在后边推，这样孩子学习会有进步的。"这个班最差的是数学、物理和英语，为了帮孩子们把失去的时间找回来，黑丫头请任课老师每周补一节课，三位老师辛辛苦苦全力支持，黑丫头实在过意不去，就让学习班长用班费给每人买一块小挂镜，写上"初中七班敬赠"。有的学生在数学、物理课上走神看小说，黑丫头就抽空听课，学生们看到班主任坐在后边，就不敢做其他事了。又过了两周，班里上数学、物理课时，她就在教室外巡视，学生上课注意听讲的习惯逐渐形成了。

黑丫头组织学生在教室两边墙上张贴了激励上进的标语，把后墙装饰成学习园地，学生在这里可以自由发表对班级的意见。黑丫头的工作思路是多肯定、少批评，多发现学生的闪光点，只要有一点儿进步她都要在班会课上表扬。两个月下来，初中七班前进到年级第二名，成了先进班集体。黑丫头也被评为学校、县级先进工作者，出席园丁奖评比大会。黑丫头把喜悦藏在心里，她知道周围的模范有很多，听说同乡常庄子村的马桂叶老师被评为河北省"三八红旗手"，草庙子中心校学前班的老师还获得了全国"三八红旗手先进集体"锦旗……她只有埋头工作，弥补失去的一切！

这年高考，沙城中学也迎来了"红色七月"——高三学生赵党志考取了张家口地区理工科状元，升入北京大学！

一九八四年秋季开学，沙城中学柳校长调到张家口地区教育学院，教导处沈主任升任校长。黑丫头刚接了一个初一俄语班十七班，学生大部分来自

黑丫头

农村小学，朴实、善良，对什么都好奇。上音乐课，男生都抢着去给董老师抬脚踏风琴；上体育课，分不清篮球、足球就手脚并用；上了几天俄语课，见面就是"哈拉少"（俄语单词"好"的谐音），到校就是"袜子搁在鞋里面"（俄语单词"星期天"的谐音）；上生物实验课，见到显微镜就忍不住想摸摸，生物老师刚讲了裸子植物，学校院里几棵松树上的松塔就被摘完了；开学第一周，学校在县城人民影院包了场电影《少林寺》，学生们看完后，回到学校成天学着主演李连杰的样子"嗨——哈——嗨——哈——"比画个不停；学校团委号召为筹建董存瑞烈士塑像捐款，十七班的捐款年级最多……真是让人又爱又气。因为他们在农村小学的基础比较差，学习成绩比不过英语班的学生，但是这个班的学生听话，尊敬师长，热爱劳动，不怕苦不怕累。时间一长，黑丫头越来越喜爱他们了。

为了使学生尽快适应住校生活，黑丫头早上喊学生起床，伴着喇叭里"清晨听到公鸡叫喔喔，推开窗门迎接晨曦到……"的校园歌曲一起跑步、做操，晚自习看着学生按时做完作业。学生病了她领着就诊，做好面片汤送到宿舍，有的学生家庭困难，她就把自己孩子的衣服送给他们穿。当时社会治安不是很好，偶尔有校外青年混进学校男生宿舍来捣乱，但十七班的住宿学生就幸运多了，因为班主任就在男生宿舍后排住，平时转得勤快，也就安然无恙。

年底，沙城中学举行初一年级故事会，十七班、十八班、十九班、二十班的二百多名学生和老师齐聚在阶梯教室，各班的表现都很精彩。初中十七班推出了评书《岳飞传》，赢得了全场喝彩。说评书的学生叫小合，刚刚十三岁，别看他人小，口才那叫个棒，不但声音洪亮分毫不差，而且模仿的声音就像是刘兰芳本人在场，观众的掌声经久不息。因为那时的人们爱从广播上收听评书连播，对刘兰芳的声音非常熟悉。第二天，学校在大路旁边女生宿舍西墙上贴出了大红榜，小合获得第一名，十七班一炮打响。黑丫头从小喜欢文艺，摸着小合的头夸赞："好样的！等到了新年晚会，到大礼堂再说一遍，让全校的人都见识见识咱们小合！"然而快到新年的时候，沙城中学突然取消了每年在大礼堂举行的联欢会，班级的庆祝活动也一切从简——新上任的沈校长不幸在北京人民医院病故。

一九八五年春季开学，沙城中学调来一位姓陈的校长，他胖胖的，戴副眼镜，讲一口南方话，听说是上海复旦大学数学系毕业的。黑丫头这个历史老师又兼任了政治课老师，因为教十七班政治的袁老师应聘去了南方，一起去的还有六位老师。学校只好又聘请代课老师，一些老师还得超工作量上课。这件事在学校内外引起反响，老师们人心浮动，县里的领导、教育局的领导专程到学校召开教师座谈会。教育局宁局长说道："老师们，我们沙城中学是有着光荣传统的学校，现在学校出现了困难，大家更要发扬敬业精神，做好各自的工作！"县委常副书记鼓励大家："改革开放以来，各地的发展拉开了差距，尤其是南方办起了私立学校，利用高工资、高待遇吸引老师。怀来县委、县政府也会千方百计改善学校的条件，提高老师的待遇，减少大家的后顾之忧，请大家相信县委、县政府的决心，安心教书！……"老师们默不作声。过去了好长时间，这场风波才渐渐平息。

这一年，改革开放以来第一次全国教育工作会议在北京召开，提出了教育要遵循"面向现代化，面向世界，面向未来"的指导方针。会后发布了《中共中央关于教育体制改革的决定》，明确规定要改革现有体制，实施九年义务教育。怀来县响应上级号召，改善办学条件进入了新阶段。

沙城中学、保安中学和县幼儿园要建教学实验楼了。这可是大事，要知道那时候学校条件都差，全县三百多所学校，只有一半实现了"一无两有三配套"（无危房，有教室，有课桌，校门、操场、厕所配套），其余的还是用以前的古庙做教室上课，实验室、图书室就更不用提了。沙城中学的二层实验楼建在第一排办公室前面。学校要建楼房了！老师和学生奔走相告。初中十七班这些农村来的孩子就更好奇了，一天午休的时候，趁着看工地的老人不注意，一个宿舍的男生集体钻进了楼房下面的水暖管道。直到老人大声吆喝起来，十七个男生才爬出来一溜烟儿地窜回了宿舍……惊慌掩盖不住好奇，"这楼房好玩儿，地下还有洞。""就像我们村里的地道。""要盖好就更棒了！"……大家你一言、我一语嚷嚷得热火朝天，都忘记了班主任就在后排住。

下午，黑丫头把那个男生叫到宿舍外面，好一顿训，又领上两个宿舍长去建筑工地承认错误。工地负责人没有太多的责怪，只是动手把四周的丝网、木板加固了一遍，这帮孩子也就再也无法继续探索奥秘了。对于这件事，黑丫头又后怕、又心疼，他们要是在施工工地上有个好歹，怎么跟学校、家长交代，还得说是农村的孩子出门少，更得念好书、多长见识。临了，她撂下一句话："有劲儿没处使？咱们田径运动会上见！"

沙城中学历来重视德、智、体全面发展，六十年代，学校田径队就包揽过张家口地区中学生田径运动会初中男、女队和高中男、女队全部四个冠军，并代表张家口参加过河北省中学生运动会。从那时起，省、市的体校就常来学校选拔队员，每年五一前夕，学校都要举行田径运动会。这一年，初中十七班获得沙城中学第二十四届田径运动会初一年级团体总分第一名。说真的，有啥样儿的班主任就有啥样儿的学生，尤其是班里的小文、晓玉、娟娟几个女孩子，跑起来就像风似地，人送外号"摩托队"。黑丫头又从学生身上找到了自己以前参加田径队的身影，好激动啊！学生们领上暖壶、饭盒、毛巾这些奖品都来向班主任报喜，黑丫头太喜欢这些孩子了。十七班不但竞赛成绩好，还获得了精神文明奖，因为班级队列整齐，口号响亮，特别是比赛结束时，黑丫头带领班里的学生主动打扫操场，受到了组委会的表扬。

这年五月，一直关心黑丫头的宋校长也该退休了，她抓住黑丫头的手动情了："墨菊，你来代课才三年，就成绩斐然，我的眼光没有错，我相信你会做得更好！"黑丫头也很感动，从初中到高中，再到回母校代课，前前后后三十多年了，宋老师一直在关注着自己，她禁不住眼含热泪："谢谢您，宋校长，我王墨菊永远是您的学生，不会辜负您的期望！"三十年，竟然是一瞬间啊。其实宋校长住在学校院里，虽说退休了，天天也闲不住，尤其是见到不听话的学生，照样批评，她高高的个子让人发怵，学生背地里尊称"宋老太太"。宋校长退休以后，黑丫头更加懂得要珍惜每一天。

暑假里，沙城中学的校门拆除了，建起了高大宽敞的平顶门楼，顶上四周贴着金黄色瓷砖，墙上涂着浅灰色水砂石，外面还安上了天蓝色壁灯，可漂亮了。大门两边砖砌的围墙也拆除了，上半截砌成了镂空花墙，朴素典雅。县城的沙城酒厂、沙城铁厂、长城化工厂也帮助学校硬化了路面，安装了路灯。学校为了改善职工的住房条件，又新建了二十多间教师宿舍，还组织老师到河北承德、山东泰山旅游考察，丰富了老师们的文化生活。

这年，县城也变样了，老龙潭旧址上建起了五层的县委、县政府办公大楼，外面涂着土黄色水砂石，雄伟极了，楼前还专门修建了六边形的龙潭喷泉。对面是四层楼的华侨饭店，外墙贴着米黄色瓷砖，木框窗户都是双层的，要比东堡街大礼堂旁边的政府招待所气派多了。记得当时热映影片《少林寺》的主演李连杰到小北川拍外景，就曾经住在这里，惹得近半个县城的人到门

黑丫头

口围观……通往小北川的沙土路修成了分开上下行的柏油路，南起火车站人民旅馆，北接京张公路，取名龙潭路，中间还有了红绿灯岗亭。岗亭北面龙潭路东侧还建起了有东西两条街道、一百多个店铺的龙潭贸易市场，街上打着"龙潭大曲""沙城老窖""长城干红""长城干白"的招牌，提醒人们不要忘记这座六百年酒城的历史，就连中国的第一瓶干白葡萄酒都是几年前在这里诞生的。后来，县城陆续建起了百货大楼、贸易大楼、物资大楼、五交化大楼、中医院……龙潭路成了县城最繁华的地方。

九月十日，是新中国庆祝的第一个教师节，各地都为教师祝贺节日。怀来县委、县政府领导陪同张家口地区教育局慰问团，到沙城中学慰问，为朱校长、宋校长赠挂"辛勤园丁"荣誉匾，为八十高龄的裴老师赠挂的荣誉匾上写着"老当益壮"，运动员出身的老人笔直地一个鞠躬，引来现场的一片掌声。大家都很激动，切实感受到了政府对教师的关怀和重视。怀来县委、县政府领导又参加了学校的座谈会，听取建议，帮助解决教师住房、子女就业等实际问题。还在县城东堡街大礼堂召开表彰大会，代表省政府为全县二百多名老教师颁发"三十年教龄荣誉证书"。教师工资也实行了改革，全县一千四百多名老师平均每月涨了二十多元。"涨工资了！"老师们奔走相告。要知道两年前机构改革，大专毕业生每月工资四十七块五，本科毕业生每月工资也就四十九块五。国家优先发展教育，教师的地位空前提高。

秋季开学，初中二十班的班主任田老师到石家庄进修，班主任没人接。学校教导处许主任又找到了黑丫头，让她兼任班主任，这个担子可不轻，多少人连一个班的班主任都担任不了。为了不负重托，黑丫头每天早上五点半起床，收拾完自己的宿舍就在十七班、二十班之间来回跑。冬天到了，她早早地帮学生把炉火生旺，以防冻伤手脚；到了晚上自习，她要在两个班来回巡视；熄灯了，她要检查宿舍清点人数，尤其是检查炉火，以免炉筒子跑烟把一屋子学生呛着；夜深人静了，才能回自己的宿舍休息。她忙得像个陀螺，不管多苦、多累都挺过来了，一直坚持到田老师学习回来……

一九八六年春天，县城龙潭路与京张公路交会的十字路口建起了大花坛，花坛中央还要建董存瑞烈士的雕像，教导处通知每个班捐献盆花。那时候人们家里还很少养盆花，大街上也没有花店，只是县城顺城街转角楼前面有个卖小金鱼的，有时零星摆上几盆叫不出名字的花草。黑丫头在班里一动员，这些上了初二的学生大部分还是第一次听说"山影""玉树""洋绣球"……这些名字，二十几个跑校同学就从家里端来一盆"绣球"，一盆"韭菜莲"。学生们有办法，从龙潭贸易市场花几角钱买来了花盆，从树坑里挖来了盆土，问了生物老师如何分盆、扦插，很快就把那两盆花给分成了好几盆，又从地里挖来了野花种了十多盆……十七班不仅超额完成了学校布置的任务，教室窗台甚至学生家里都开始摆上了盆花。

五月二十五日，是董存瑞牺牲三十八周年纪念日，怀来县举行了盛大的烈士雕像落成仪式。从中央到地方的政府、机关、驻军、学校代表一万多人参加，全国政协副主席程子华为雕像揭幕。董存瑞烈士的汉白玉雕像矗立在花坛中央，左手托起炸药包，右手拉响导火索，双目圆睁，张口高呼，雕像底座上是中央军委副主席杨尚昆的题词："董存瑞烈士永垂不朽"，周围摆满了各色盆花……沙城中学派出了五百人的师生方阵，董存瑞生前的战友郅顺义、牺牲地承德市隆化中学师生特意来到方阵和师生交流。黑丫头向学生介绍，早在一九七七年，郅顺义团长和隆化中学师生就到过沙城中学参观。能参加这样的活动，大家都很激动。以后的二十年间，"存瑞像"

黑丫头

一度成为县城的标志性建筑，人们也在忙碌穿行的时候默默仰望这位家乡的英雄。

当时，云南、广西边境对越南的自卫反击战事持续，怀来县驻军炮团也奉命赴云南老山前线参战。县城龙潭路上，搭起了座凯旋门，学生们手持彩旗、彩带和花环，与广大群众夹道欢迎参战官兵，还跑到火车站，抢着让这些最可爱的人签名留念。黑丫头抓住这些难得的教育机会，鼓励大家努力学习，报效祖国。

一个好的班级离不开科任老师的团结协作，黑丫头就当好桥梁和纽带。十七班的任课老师也都很好，教几何的袁老师很有经验，同教代数的吴老师摸索出了"系统复习法"；教俄语的赵老师刚结婚，温柔可亲就像大姐姐；教语文的李老师特别负责任，教政治的吴老师幽默风趣，教物理的赵老师、教生物的梁老师学识渊博，教化学的荆老师、教地理的何老师对教材烂熟于心，教音乐的董老师嗓音嘹亮，教体育的张老师朴实无华……各科老师也常夸十七班学生懂事听话，班主任管理有方。

黑丫头教育学生注重因材施教，班里有一个男生爱学物理，其他各门功课几乎不及格，可物理每次考试就没下过九十分。黑丫头鼓励他把物理课学懂吃透，后来这个学生初中毕业后自学了无线电修理，当上了修理门市部的老板。本校老师的孩子小祁调皮好动，总是羡慕别人开汽车，黑丫头苦口婆心劝他要多学本事，小祁毕业后跟着别人学着跑了两年大板车，发展到自己开了煤炭公司……

说评书的小合有一段时间精神不振，黑丫头就连着找他谈话，又联系小合的家长到学校一趟。小合的爸爸是沙城酒厂的工人，就同小合的妈妈商量："要是领奖受表扬就由我去，这班主任找去谈话，还是由你这个当小学老师的妈妈去更合适,能说到一块儿。"到学校见了面一说起来,小合的妈妈是一九五六年怀来中学初中二十班的学生,也去南山堡植过树,小合的姐姐与铭铭的二哥是高中同学,黑丫头一下就觉得亲切了:"于老师,小合很聪明,评书说得棒,当几何科代表袁老师也夸他脑子好使,就是这一段儿上课总爱走神,和我们家铭铭一样,估计是青春期的缘故,有您这个当老师的妈妈,我就放心了。""王老师,孩子住校,多亏了遇到您这样负责任的班主任,我们当家长的有时关注不到,您就当成自己的孩子多管管他……"小合妈妈连连感谢班主任,答应要多关注孩子。不久,期末考试小合考了班里第三名,从心里感激班主任,黑丫头也更喜欢这个学生了。初中阶段要为正确的人生观、世界观的形成奠定基础,老师、家长的引导有多么重要呀!

这年,黑丫头带的十七班被评为张家口地区先进班集体,在全县初中班级里独一无二,师生五十三个人在沙城中学门口捧着奖状的合影,被作为校史资料永久收藏。黑丫头坐在学生中间,幸福地微笑着,像一朵绽放的野菊花,学生们张张笑脸更像是盛开的朵朵小花。师生也格外珍惜这份荣誉,十七班这个集体更加团结友爱,积极向上。

上了初三,有一天晚自习,学生们正安安静静地写着作业,突然"哐"的一声,教室北面窗户的玻璃被砖头打破了,坐在窗边的小光被磕下了半个门牙,好危险呀!黑丫头听到声响,还不知道有学生受伤,她的第一反应就是抓住肇事者,立即高声大喊:"同学们,跟我抓坏蛋!"班里的男生跟着冲了出去。别看黑丫头已经是五十岁的人了,可冲锋在前比学生还快(别忘了她年轻的时候是田径运动员)。几分钟后,几个混进学校的社会青年被师生围堵在学校大门的东边……这一刻,学生们对班主任佩服得五体投地。第二天，原来初中七班毕业的几个学生听说了这件事，就来看望班主任黑丫头，还领来了昨天肇事的两个小青年赔礼道歉……消息一传开，家长们也对这样的班主任更放心了。

一九八七年的夏天，初中十七班毕业了，小合他们二十多个学生考上了沙城中学高中，几个有城镇居民户口的学生考上了刚刚成立的怀来县劳动技工学校；十几个学生选择留级，等待明年再考；其余的学生不再读书，回家就业、务农。黑丫头和孩子们依依惜别，心里真是舍不得……她又接了下一个初三毕业班，在学校里的学生时常能碰到亲爱的王老师，尤其是住校的女生，和老班主任的联系一直不断。

学校的条件越来越好了，前两年，校办工厂购买了怀来县新保安畜牧兽医站站长高纯一发明的牛胃异物探测仪专利权，已经投产。实验楼二楼也有了微机室、语音室，安装了二十台电脑，高一的学生每周能上一节微机课。一楼阶梯教室吊装的六台大彩电，还能收看《怀来新闻》，因为在县城东沙河旁边的县电视台，矗立起了高高的调频塔……黑丫头对那些毕业后回家就业、务农的学生念念不忘，想起了初一时住宿男生钻实验楼水暖管道的事，那些毕业回家的孩子要是也能上一节微机课，不知会高兴成什么样呢，她多想让孩子们都上高中再学一学呀！当老师尤其是当班主任，有时候真的能影响学生的未来啊，和黑丫头同时来代课的几位老师先后被解聘了，而她一直被续聘，当过五个班的班主任。

一九八八年，全县的老师进行职称评定，和黑丫头同龄的老师能评上高级老师，起码也是一级老师，工资能涨到一百多元。代课老师没有职称，黑丫头不计较这些，天天能在学校工作就好。到了第二年，她的代课费也涨到了六十二块五，可是家里却发生了不幸——二十八岁的大儿子得了心脏病，住进北京协和医院。

乐极生悲这句古话没有说错，黑丫头自从来到沙城中学代课，可以说一路顺风，学校教职工大专、本科学历的大有人在，有能力的人多得是，而她这个高中毕业的代课教师却成了每次领奖台上不可缺少的人物，这是不是违反了常规？老天爷也嫌她太出风头。本来这几年乡里种果树收入都提高了，苹果都出口到了苏联，名字也叫成了"国光"，家里的日子一天比一天好过。但是大儿子住院给全家带来沉重的经济压力，更在精神上给了她当头一棒。为了自己心爱的教师职业，黑丫头没有陪在儿子病床前，只能利用周六、周日跑到北京去看上一眼。

大儿子在医院住了半年不见好转，两年后竟然去世了，还不满三十岁……扔下了媳妇和孩子，扔下了含辛茹苦的父母。老来丧子、白发人送黑发人是人间最痛苦的事情，黑丫头悲痛欲绝，几乎哭干了眼泪。她教了好几年政治课，但搞不清自己的人生、命运，她想起干爹说过，自己少运坎坷，中运不好。对于这些年的受苦、受累、受穷，她自己早就认了，也习惯了，可万万没有想到"中运不好"会是这样的。想着想着，黑丫头害怕了，只有拼命地工作！工作！把无尽的悲伤转移到没完没了的工作中，把对儿子的思念转移到视为己出的学生身上……

吕文营仿佛一下子跌入了古稀之年，原本就不爱说话的他，这时更加木讷，一头乌黑的头发逐渐变白、脱落。他不敢待在家里，一抬眼就会看见英俊挺拔的大儿子。后来经邻居介绍，他到北京外语学院打工，当了一名维修工人。他住在学校的仓库里，房顶上吊着一只十五瓦的小灯泡，每天下班后到大街上漫无目的地溜达。他怎么也想不通，为什么北京的医院都治不了儿子的病……

黑丫头

　　有一天，吕文营在学院门口碰到后勤处主任，正领着一名身穿白大褂的医生出校门，无意中听到主任介绍，这位医生姓江，祖传的中医针灸、按摩、推拿，能治不少疑难杂症，诊所就在学校附近。

　　从这以后，吕文营几乎每天下班后都要去江医生诊所坐坐，他敬仰这位文质彬彬、救死扶伤的医生。江医生得知吕文营的经历后也很同情他，就说："老吕，你喜欢不喜欢我干的这一行，如果喜欢，今后你有空儿就过来，我教你学学这点儿小医术，也好治病救人。"听江医生一讲，吕文营高兴地趴在地上磕了三个响头："谢谢江师傅，我一定好好向您学习医术，治病救人，我还要学习您的行善积德。"吕文营开始接触了中医，并深深地爱上了这个行业。为了学习理论，他买了好多有关中医推拿、按摩、针灸和诊断的书来自学，要知道，他可是当年怀来中学的高材生。同时，他还利用业余时间到北京中医学院进修班学习，这时的吕文营做梦都想用学到的本事治病救人，减轻像父亲、儿子那样的病人的痛苦。

　　一九八九年，黑丫头又担任了学校教育处干事，上千人的学校，教育处就一个主任、两名干事，工作繁重可想而知。黑丫头配合着军人出身的李主任没白没黑地全校巡查，给班主任、班干部、团干部开会，做学生的思想工作，检查环境区卫生。有时，她也到高中四十二班、三十九班，看看小光、小合、建军、晓玉、娟娟、小丽这些原来初中十七班、十九班的孩子。

　　一九九〇年九月，北京举办第十一届亚运会，大街上随处可见长城图案的会徽和憨态可掬的熊猫"盼盼"吉祥物，刘欢、韦唯演唱的宣传歌曲《亚洲雄风》更是传遍了大街小巷……这是中国首次承办亚运会，首个奥运冠军许海峰点燃了亚运圣火，中国代表队夺得了五分之三的金牌，举国欢腾，世界瞩目。在北京打工的吕文营状态也慢慢好转起来，中医推拿也越学越

第六章　代课回沙中

好了。

这年，原来十七班的小光、小合、建军、晓玉、小丽、小玲等几个学生高考落榜，黑丫头也很着急，鼓励他们补习："今年全国参加高考的学生二百八十多万，录取率百分之二十二，是近八年来最低的。不要紧，再坚持一年，失败是成功之母！咱们学校补习三年、五年的同学也有，要是压力大了，随时找我说说，只要坚持就能实现理想！"学生们默默点头，为了改变命运，只有插班补习。事非经过不知难啊，幸好孩子们有老班主任关怀。

一九九二年春节过后，吕文营离开北京外语学院，来到沙城中学妻子的宿舍。这天中午，黑丫头推开宿舍门大吃一惊："老吕，你怎么回来了？这大包小包的是什么东西？"文营神神秘秘地告诉妻子："这是几本有关中医知识的书。"他看黑丫头盯着提包发愣，于是就打开提包将书一本一本拿给妻子看。当他的手伸到妻子前面时，黑丫头瞪大了双眼："老吕，你的手是怎么搞的？你生了皮癣吗？怎么满手都是针眼。"文营大声说："你才生癣了，为什么不会说点儿吉利话？告诉你吧，我这是自己用针扎的。"随后他又挽起裤腿，黑丫头看到丈夫全身千疮百孔的针眼儿哭了。文营一摆手："你真像个林黛玉，不会别的本事，就会哭。"他笑了笑，从背包里掏出在北京中医学院考取的中医资格证书，递到妻子面前："王老师，您的学生吕文营毕业了，请分配工作！"黑丫头听了丈夫在北京学医的经过，这才破涕为笑："先分配今天中午的工作，你饿了，我先给你做饭！"

丈夫学了中医，是真是假？效果怎样？在黑丫头心中一直是个疑问。可巧这天，曾在十七班上学的高中补习生小玲胃疼得厉害，来问黑丫头："王老师，我的胃经常不舒服，去校医室看过两周了还不见好，您看是否应该去医院检查检查呢？""应该去！"黑丫头关心自己的学生。第二天是星期六，

黑丫头

黑丫头陪同小玲到县医院做了检查，结果是慢性胃炎。

小玲检查回来，吕文营发话了："听说你得了慢性胃炎，这个病我有个小方法可以治好。""什么方法？""吃点儿小中药，扎扎针，按摩按摩。""疼不疼呀！""不疼，现在就让你体验一下。"吕文营边说边拿出了他在北京学中医的证件，同时取出了针灸包盒："来，丫头，伸出你的左手来。"吕文营夹起一团酒精棉球，在小玲左手的合谷穴擦了几下，扎了一针，又在小腿的足三里扎了一针。扎完后他又给小玲按摩肩胛、后背、腹部的各个穴位，十几分钟以后，吕文营问："小丫头疼不疼？"小玲说："大爷，好受多了。您扎针我一开始害怕，后来发觉不疼，还很舒服。"

小玲没去住院，经过吕文营一周治疗后，她的胃疼症状减轻了。又过了一周，病好了，没花一分钱。黑丫头开始相信丈夫了。接着是初三年级李老师的爱人，得了肩周炎，经过吕文营的针灸、按摩后，没住院也好了。黑丫头爱人会治病而且不收费的消息，慢慢地在学校内外传开了。小儿子铭铭也迷上了爸爸的本事，有时间就跟着学上几招。

暑假开学，教师节就到了，怀来县的第八个教师节与众不同，由县政协常主席发起，已经离、退休的齐校长、朱校长和祁仲马老师等知名人士联名倡议，成立了"中小学幼儿园教师教育教学成果促进会"，奖励那些做出突出贡献的老师。九月五日，举行了首届颁奖大会，一等奖两千元，相当于一个老师全年工资的总和。沙城中学廉校长从老校长手中接过用大红纸包着的奖金，泪水在眼眶中打转，这不仅仅是奖金，更是老一辈教育工作者手中的接力棒，是全县三十二万人民对教师的厚望啊。全校老师都感到高兴，还记得几年前县委常副书记来学校召开座谈会时说过的话，这些年，老师的待遇确实在提高。尤其是常副书记后来当上了政协主席，就给怀来县教育办了这件大好事。颁奖会举行以后,《人民政协报》在头版头条向社会报道,全国各地来人、来函取经学艺,怀来尊师重教的风气深入人心。

过了教师节,就是沙城中学建校四十周年校庆了。张家口日报刊登了"校庆启事",怀来县政府的高县长担任校庆筹委会主任,整个学校都忙开了。教育处负责整理校友通讯录、布置会场和接待来宾。所有的标语、横幅都是李主任亲自书写,黑丫头跟着一起张贴、悬挂,一点也不能马虎。对照着历届毕业生的底册,黑丫头逐班联系,一个个熟悉的名字又出现在眼前……

九月二十七日,学校门口拉起了大红横幅"热烈庆祝沙城中学建校四十周年",门楼插上了彩旗,四个大红灯笼高高挂起,一进校门,假山喷泉飞珠溅玉。齐校长、朱校长、宋校长、柳校长都来了,广大校友荣归故里,叙旧话新,在新建的四层办公楼前合影留念。当初三班的刘翠英当上了研究员,二班的何佩琏成了大学教授,第二届六班考走的清华校友栗永茂成了航天测控专家……阔别几十年又回到母校,大家激动万分。黑丫头既是第一届的高中校友,也是在母校工作了十年的老师,又参加了校庆的筹备工作,对学校的一些情况比较熟悉。她招呼着远道而来的老师和校友,满含感激地介绍母校的发展变化。大家抚古思今,话总也说不完……

晚上,在大礼堂举行"摇篮颂"文艺晚会。深情的校歌响起:"长城脚下官厅湖畔,有一颗明珠闪烁着金色的光环。沙城中学美丽的校园,是我们成长的摇篮……"沙城中学廉校长陪同齐校长、柳校长分切校庆四十周年生日蛋糕,送给参加校庆的老师、校友代表,全场欢呼雷动。年逾古稀的老校长现场感言,那么慈祥;温柔可亲的语文老师朗诵《校园的树》,那么甜美;军区文工团的校友纵情歌唱,那么动人。传奇经历的齐校长,学者风范的朱校长,老当益壮的裴老师……他们的精神永远留在母校,几代人一片丹心浇

灌桃李，在这英雄的故乡书写着传奇。学校文艺队表演的歌伴舞《祝福沙中》上场了：师生手托着烛火，仿佛是建校时显忠祠内的几盏油灯，映照出今天闻名燕赵大地的重点学府。春秋四十载，沙城中学两万多名毕业生奔赴全国各地……台上载歌载舞，台下群情振奋，将庆祝晚会推向高潮。在校学生放声高歌，中年校友神情庄重，老年校友相拥而泣……今晚，注定无眠。

一九九三年春节过后，来沙城中学找吕文营看病的人越来越多，校长也来找他看病。一时间，西九排的一间十几平方米的小屋经常被围得水泄不通，吕文营一家三口连吃饭的时间也挤不出来，经常是泡方便面吃。吕文营不收费治病的消息传到了宣化，这年五月，宣化一个六十多岁的老太太请吕文营看病，这位老人甲亢感染至肺部，全身浮肿，两眼只剩了一道缝儿，原来穿37号鞋，现在穿43号还有点儿挤。老人在宣化、张家口医院住了两个多月不见好转，医院给家属下了病危通知书。老太太儿子的朋友是沙城酒厂的工人，他听说这里有个会治疑难杂症而且不收费的医生，就告诉了老太太。老太太和丈夫来看病了，吕文营开了一个民间的中药方，告诉老人需服三个星期中药，再针灸两周。老太太说："行，我有个请求，我们家有两间房，客厅卧室都很大，您到我家去住几天，这样就省得我每天找车来回跑了。"她丈夫也说："吕大夫，您姓吕，我姓李，听不详细我们是同姓，您叫吕文营，我叫李文魁，我们可能是兄弟。"吕文营说："您的盛情让我感动，等家人回来商量商量，我明天给您回话。"

第二天，宣化老太太又来了，吕文营把他同意去的事对老太太说了。第三天，老太太又领来两位患者，开着小车接走了吕文营。吕文营去了宣化，中医治疗疑难杂症的消息不胫而走。后来宣化商业医院聘请吕文营坐诊，他在医院每天收一人两元的挂号费，医院为了给职工谋福利，也支持吕文营看病不收费的做法。

　　吕文营这一去竟然留在了宣化。暑假里，黑丫头到宣化看望丈夫，吕文营太忙了，早上八点上班，到中午还是满屋病人，他连个做饭的空儿都没有，只能泡方便面。黑丫头心疼丈夫，但无论如何也放不下热爱的教师工作。为难之际，小儿子铭铭的孩子又急需人照顾，她这个当母亲的要是不管就没有人管了。黑丫头不禁想起了去世的大儿子，心都疼得厉害，这几年忙着工作，对儿孙们的关心太少了……过日子，怎么就这么难啊！没有别的选择，黑丫头只能狠了狠心，整个暑假住在宣化，一边照看孙子，一边照顾丈夫。

　　开学了，黑丫头经过了一个暑假的思考，不顾同事劝阻，又一次告别了自己热爱的教师工作，告别了让她找回青春的母校沙城中学……好长时间了，她一直都稀里糊涂，自己一个好端端的代课老师，怎么又成了家庭妇女……

　　一晃到了二〇〇〇年五月，黑丫头的小儿媳妇下岗了，在家闲着无聊，就去广东省肇庆市的二姨家探探路，看看是否能做点什么小买卖。想不到这一走竟然成了肉包子打狗——一去不回了，她已经在表嫂的公司上班了。这下可急坏了在沙城中学文印室工作的铭铭，他想媳妇，怕媳妇和他分道扬镳，吃不香，睡不着。每到休息日，他就去宣化看望父母和儿子，总是唉声叹气。放暑假了，他去广东看看媳妇，然而这一走，又是一去不回。

　　原来铭铭来到广东见到了媳妇小荣，小荣是坚决不回老家了，因为广东比北方开放，她每个月的工资一两千元，这要比老家多两三倍。没办法，铭铭住了两周准备回家。

　　这天中午，小荣表嫂娘家请他们吃饭，来到表嫂家后才发现，表嫂的父亲是一个患脑血栓而偏瘫的病人，铭铭问清楚老人的情况，突然萌生了一个念头，就对表嫂说："大叔的病，我爸爸能治，可惜离得太远了。"表嫂说：

黑丫头

"你爸爸是中医还是西医？""我爸爸是中医。""你为什么不和你爸爸学中医呢？""我也多少懂点儿，但我爸不放话，我不敢出手。""没关系，这儿离你爸还有五千多里地哩，你如果会就给你大叔治治。"

表嫂的这个请求让铭铭犯难了，治吧，自己虽然和爸爸学过一些手法，但是并没有真正实践过，也没有把握，不治吧，又怕对不起表嫂。他咬了咬牙，心想今天先给他治治看，就是没有效果也不丢人，反正我明天就要回北方老家去了。想到此，小铭按照爸爸教的手法给老人从头到脚按摩了一遍说："大叔，您抓抓手指。"呀！奇迹出现了，大叔的手指会动了，当时这一家人都高兴地鼓起掌来。表嫂赶紧又拿出了好酒好烟，铭铭说："嫂子，我不会喝酒，也不吸烟，更不玩牌。"表嫂更高兴了，她没想到这个北方来的妹夫会治病，还这么朴实。表嫂恳求铭铭明天先别走，再给他爸治几次。在表嫂的再三挽留下，铭铭又住了五天，每天给这位偏瘫的大叔按摩，奇迹又出现了，他竟然能站起来走几步路了。

这时的表嫂就更舍不得放铭铭回北方了，她给联系好了自己的同学当院长的"红十字会医院"，让铭铭留下来上班。铭铭说："我没有医生资格证书，不能进医院坐诊呀！"表嫂说："没关系，我同学的红十字会医院里有好几个是民间的医生，虽然他们不是国家正式医生，但他们也能诊治一些疑难杂症，另外这个医院是救死扶伤的慈善医院，工资不高但可以转手续正式注册。"铭铭听说在红十字会医院上班，心里拿不定主意，儿子该上学了，自己又是正式职工岗位，这个沙城中学文印室的岗位指标是妈妈拼死拼活代课、舍弃自己转正的机会专门为他挣到的。他对表嫂说："嫂子，我在北方有固定工作，我是劳动局直接招聘的职工。"表嫂说："这个你不必操心，我找单位联系，给你办一个工作调令，这样把你北方的各种关系都转过来就行了，保险、劳保什么也不缺。"铭铭一听就说："如果是这样倒也行，但是孩子和爸妈我是放心不下，老人都年龄大了，我担心没人照顾。"表嫂说："你父亲不也是医生吗？叫他老两口一齐都来南方，你们就可以合家团聚了！"表嫂的这个主意铭铭可从来没考虑过，他想了想说："那我和爸妈商量商量。"

在表嫂的诚心挽留下，铭铭答应留在了南方，他去了红十字会医院，院长特别看重这个民间医生，他给了铭铭一间诊室，门口牌子上写着"吕氏门诊"。铭铭的患者很多，大多是表嫂表哥以及表嫂爸爸单位的职工、家属，每天应接不暇。他真想让爸爸快来帮他一把，因此多次往宣化打电话，请爸爸来广东。接到小儿子的邀请电话，黑丫头半信半疑，儿子虽然在家和他父亲学过一些治病的方法，但并没有正式给人看过病，怎么一下子就会治病了呢？小儿子一直不会撒谎，并且也来了调令。没办法，她只能上了劳动局又上教育局，经过三天的东奔西跑，把铭铭的手续办全了。一封快件，小儿子铭铭舍弃了故土，落户广东了。

吕文营一见小儿子背井离乡去了广东，一着急突发了心脏病，他连自己也救不了，怎么再去救别人呢？黑丫头见丈夫有病，就带他去了宣化医院，结果医生说他没病；又去了张家口附属医院，结论仍然是没病。这可邪了，可是吕文营就是脉搏跳动时快时缓。那天夜里，黑丫头做了一个梦，干爹叫文营去帮忙给人看病，结果见面了又说："先回去吧，我这儿人手够了。"黑丫头醒来一想，干爹早就去世了，为什么还叫文营去帮忙？她吓出了一身冷汗，怪不得文营心律不齐呢。小儿子铭铭三番五次打电话叫吕文营去南方，他是坚决不去。这天夜里，五千里外的铭铭也做了一个梦，他梦到了一个老人交给他一把钥匙，叫他给看门子，铭铭说："老人家，我不认识您家，怎么看门呀？"老人说："有什么事问你爸爸，他是我徒弟。"说完老人飘然而

黑丫头

去。第二天,铭铭把梦中的情况打电话告诉了爸爸,他问这老人是谁。吕文营说:"那是梦!你执意要走中医治病这条路,我也不能挡你了。记住,要尊重中西医,不要贬低其他医生,严重病人不要停药,按摩只是辅助治疗!"

这年十一月,在小儿子的再三请求下,黑丫头老两口带着孙子搭上了南下的列车。铭铭在广东车站接到日思夜想的爸妈,第二天,吕文营就被小儿子领到了红十字会医院正式上班了。一个月过去了,吕文营对这个地方总也不适应,广东话也听不太懂,老是想家。

这天,一位肇庆市领导的夫人来看病,吕文营按摩时她大声喊叫:"太疼了!"吕文营听不懂她说的粤语,继续用力按摩。这位夫人实在受不住了,噌地一下站起来问:"你这是哪国的治病方法,我说我疼,你怎么还是用力按我?"吕文营听不懂她在说什么,还说:"老夫人,您别着急,今天晚上在睡觉前坐在床上盘脚,想想我的样子就行了。""什么?你叫我想你?晚上想你干什么?你耍流氓!我要告你耍流氓!"看着这位夫人叽里呱啦地比手画脚大声吵嚷,吕文营傻了。在场的三个年轻人赶忙把夫人的话"翻译"了一遍。吕文营气坏了,这是哪儿跟哪儿呀?从这以后,他就再也不去红十字会医院了。院长打电话,又叫铭铭劝他回来,然而倔骡子脾气的吕文营执意不肯。

在广东,黑丫头老两口每天早上出门溜达,回来做饭、吃饭,太无聊了。这所医院是慈善机构,职工工资不高,没有了收入,只能靠小儿媳来养活他们老两口,这一点儿他们实在无法接受。为了给儿子减轻负担,老两口就决定打道回府。

二〇〇一年六月,黑丫头老两口又踏上了返乡的火车。想起在南方待的几个月,老两口五味杂陈。出了沙城车站,二儿子来接他们,可当他们上了出租车，发现不是向北开回二街的家，而是向西开，黑丫头就问："儿子，你这是往哪儿拉我们呀？""去三街,我租的房子。""二街的房子呢？""卖了！我卖了平房，订了一栋楼房。"黑丫头傻眼了。离家时她千叮咛万嘱咐不许把二街的两间小平房卖掉，她把房产证、土地证都藏起来了。房产证的名字写的是儿子，可当时买房的钱却是她老两口多年积攒下的辛苦钱呀！为什么儿子不听话？为什么卖了房子连个招呼都不打？离开学校才几年工夫，家里怎么就这么多的不顺当……唉！卖就卖了吧，谁让是自己儿子呢！老两口心里有多少个不愿意，可是木已成舟，只得听天由命。

从南方回来一晃半年，老两口跟儿子住在一起，和同龄的老年人一样，成天转转逛逛，回家吃上三顿饭。可黑丫头忙惯了，总觉得不是滋味，有时路过沙城中学门口，说不出的心酸。要怨就怨自己吧，没有帮到儿子，倒成了儿子的负担，那么好的工作也没了，真是作孽呀！

可巧有一天，黑丫头在街上碰到了自己在沙城中学代课时的邻居岳老师，寒暄中得知她现在是学校的住宿部主任。黑丫头就随意问问："岳主任，能不能给我在学校找个扫卫生的活干干？"岳主任一听就诧异了："王老师，您都这么大岁数了，何苦呢？我做不了主，您明天去找杨校长联系一下。""好，谢谢！"第二天，黑丫头真的找到了杨校长，这位杨校长曾经和黑丫头在沙城中学住过一个宿舍，了解黑丫头的为人，当下就同意了。

二〇〇一年九月，六十三岁的黑丫头和老伴儿第三次踏进了沙城中学的大门。学校面貌焕然一新，校门口蹲着两个威武的石狮子，门楼上镌刻着原国家教委主任题写的校名，迎面的假山上喷泉飞溅。宽阔的水泥路通向校园深处，两边白杨钻天，柳条低垂。道路西边的"谐趣园"里，蘑菇凉亭矗立在草坪中央；东边的"惜时园"中，一股清水潺潺流淌，六角仿古凉亭飞檐

黑丫头

斗角，像是在和老朋友打招呼。再往里走，二层的实验楼、四层的办公楼掩映在绿树丛中，昔日的一排排教室、办公室早已渺无踪影，新建的教学楼、宿舍楼一座挨着一座。四层的新实验楼比原来的二层楼可大多了，听说顶上的电化教室能容纳好几百人开会、听课。楼前花园里的月季开得正盛，含苞欲放的蓓蕾好像十七八岁的青春少女，太漂亮了。黑丫头看着这一切，满眼的陌生……

原来学校东边的县政府搬走了，政府办公大楼成了学生宿舍，旁边还正在建设餐饮楼。这些年国家普及九年义务教育，舍得为教育花钱，学校的面貌真是翻天覆地啊！黑丫头忘不了学校西边的大操场，用炉渣和黄土垫过，压得平平整整，再也刮不起石子了，她真想上去痛痛快快地跑上两圈。后边的大礼堂还在，被周围的高楼遮挡着，显得低矮陈旧，但这里是她辉煌过的地方，当然也是她伤心过的地方……第三次踏进沙城中学，来当宿舍管理员，黑丫头有一种说不出的感觉。

学校里，原来的同事有好多还在，教过的学生也有几个当了老师，见到黑丫头觉得很亲切。杨校长安排黑丫头担任四号宿舍楼的管理员，这个工作她没有干过，但是她当过班主任，还在教育处工作过，所以她并不陌生。四号宿舍楼原来是县政府的办公大楼，共有五层，一至四楼每层三十六个宿舍，五楼二十六个宿舍，每个宿舍八个床位，原来住宿学生八百多人，管理员有三个人。现在已经住满初一、初二、高三和来自张家口各县区的高中补习学生，总计一千八百多人，并且还是男生、女生楼道中间隔开住在同一座楼里。现在管理员增加到六个人，卫生员增加到四个人。黑丫头上班了，首要任务是给各个宿舍的床位用红漆笔写上床号，学生"对号入床"，然后给住宿学生讲清楚管理条例。接下来就是早上喊学生起床，中午叫学生午休，夜晚催

第六章 代课回沙中

学生就寝，一日三次清点宿舍人数，检查内务整理，六十多岁的黑丫头每天上上下下不知要跑多少趟，可她不觉得累，她还觉得自己年轻，有力量……

住宿学生难管，一点儿也不假，一天晚上，黑丫头检查初中男宿舍120房间时没有缺人。第二天早上，她再检查时却有三个空被窝，而且被窝用衣服伪装得很像有人在蒙头睡觉。中午，她找到了这三个学生，先讲了夜不归宿的危险性，想让他们承认错误，就问："昨天晚上我亲自数的人数没少，今天早上被窝还在，你们人却不见了，是怎么回事呀？"可学生就是不认账："没有什么，我们下了自习就没出去，再说大门关着，我们能从哪里跑？"黑丫头并不生气，现在的孩子犯了错误担心受罚，往往爱用谎话掩盖，就笑着又说："做错了不要紧，只要主动承认就好，我相信你们！"黑丫头想起了刚到沙城中学代课时，处理过物理实验课学生拿小线圈的事，她还想调动学生的自觉性。谁知过了两天没有一点儿动静，也难怪，学生不了解黑丫头，心想，一个老太太能干得了啥呀？

黑丫头一看这招儿不灵验，心想，那就让你见到证据再说。经过观察，她发现了一个学生可能外出的漏洞，就是厕所的窗户。这天晚上熄灯以后，她叫上了同伴小余拿着小凳子坐在厕所窗口外守株待兔。果不其然，晚上十一点的时候，三个学生从窗户跳出来，一下子被她们抓了个正着……第二天，黑丫头找到了杨校长，给厕所窗户安上了防护栏，往外跑的学生没有路了。

黑丫头喜欢学校，热心地帮助孩子们，就想让他们成人、成才。住宿学生离家在外，免不了有个头疼脑热的，但黑丫头不害怕，身边有个会治病的老伴，也帮了大忙。这个星期日的下午，黑丫头在宿舍楼大厅的黑板上正写着通知，一个男生走了进来，他脸色苍白，一手扶着楼梯的扶手，一手提着书包，每走几步就停下喘一口气。黑丫头放下了手中的粉笔走上前去："这

黑丫头

位同学，你哪儿不舒服？我扶你上楼。"学生说："谢谢奶奶，我——没事。"到了晚上，学生该上自习去了，黑丫头把每个宿舍再检查一遍，查到313宿舍的时候，发现有三个学生没去上自习，原来是两个学生正陪着那个扶着楼梯扶手上楼的学生。"这位同学，你到底是哪里不舒服？"那个学生只是摆了摆手不说话。旁边的一个学生说："奶奶，他说胸闷，出不来气。"黑丫头摸了摸学生的头，不发烧，然后再摸摸他的脉搏，怎么跳得这么慢呀！她意识到这个学生的病情比较严重，于是出了宿舍就冲着楼梯口大喊："老头子，快拿上血压表，313有一个学生病了！"黑丫头的宿舍平时备有血压表、体温计、红药水、纱布等急救用品，吕文营听到喊声，拿上血压表气喘吁吁地赶了上来。一量血压是40~60，心率是30~50，需要赶快送医院。

黑丫头急了，她叫老头子不要离开学生，自己跑到住宿部汇报了情况，又跑到班主任办公室，恰好班主任不在，怎么办？她急得满头是汗。救人！她当机立断从学校门口拦住了一辆出租车，让老伴儿和另外两个学生把病号扶到车上，直奔中医院。

急诊室的值班医生一看情况，连忙给病号先插上输氧管，而后又找主治医生，主治医生查看后，又叫来了院长。这天晚上，中医院的三位院长全到齐了，他们诊断是气胸，县城的医疗条件不行，必须转院。这时住宿部主任和班主任都赶到了医院，一看这情况，就给家住宣化的学生家长打了电话。晚上十点多，家长陪着孩子转到张家口解放军医院救治……黑丫头回到宿舍已经很晚了，虽然很累，但她心里踏实。两周以后，生病学生在家长的陪同下返校上课了，家长见了黑丫就鞠躬："谢谢王老师！谢谢！我们赶到医院，医生说幸亏发现及时，再晚到医院一小时，孩子就难说了。"黑丫头笑了："家长别客气，关心学生是我们管理员的职责，只要孩子病好了，咱们大家就都

· 162 ·

放心了……"黑丫头就是这样，每天不辞辛劳地工作着……

一个高中男生在108宿舍住，黑丫头一连三天查宿舍他都说自己感冒了，班主任开的假条也有。黑丫头摸了摸这个学生的头，并不太热，就问："你哪儿难受？""我浑身没劲，爱出虚汗，经常咳嗽。"学生回答。黑丫头给他测了一下体温，不太高，再仔细地看看这个学生的脸蛋上，一边有一片粉红色，就问："你吸烟吗？""我以前吸过。"学生回答，"奶奶，您问这个干吗？""吸烟就容易得病，我看你应该让家长领着去检查一下！"黑丫头若有所思地说。随后，她就去找班主任，建议通知家长到学校带上孩子去查查。第二天，家长带上孩子去医院检查，结果是患了肺结核。多亏发现及时，否则学生的病耽搁了不说，还会传染给其他同学……宿舍管理员一天二十四小时在学校，丰富的生活经验有多重要啊，这些工作岗位看似普普通通，实际上却非常重要。

二〇〇二年七月八日，高考结束，这天下午的事想起来就让人后怕。离家近的学生陆续由家长接走了，420宿舍的外县女生小燕和本班一名男生是同乡，都是去年来高三补习的，平时回家、返校都在一块儿。高考结束后，男生就来问："你考得怎么样，明天谁来接你？"小燕正为高考的事闷闷不乐，随口回答："不怎么样，可能是我妈来接。""行李这么多，我去送你回家吧！""你去？你去了算怎么回事？""怎么？我怎么不能送？""你去？我妈还以为我交上男朋友了呢。""我们平时不都一块儿来学校，一块儿回家吗？""那不一样，这次估计考不好，我妈平时就怀疑我交朋友，这下正要找碴儿呢！""你想多了，我明天一定要送你回家！"这下女生急了，她不但不让男生送，而且妈妈来接时也不许他露面，嘴巴就像机关枪一样噼里啪啦。男生也急了，两人互不相让，在宿舍里吵了起来，女生一来气坐到宿舍

黑丫头

的窗台上:"你再和我嚷,我就从这儿跳下去!"宿舍里的学生吓坏了,有的拉住女生的衣服,有的往外推男生。

黑丫头听到吵声,就一路小跑到宿舍,用力把女生从窗台上拉下来,先让四个女生看住,接着又找到了男生,经过二十多分钟的谈话,男生的工作做通了。可女生不是省油的灯,不管黑丫头怎么劝,她就是一句话:"奶奶,他刚才说非要和我妈见面,故意不让我好过。"黑丫头哭笑不得:"孩子,这是气话,你不要当真,你们年轻人就爱意气用事,毕业了你们都是最亲的同学,最好的朋友。"好一阵儿劝,这女生算是嘴上答应不计较了。为了保险起见,黑丫头又向杨校长汇报,杨校长来了,又是一番口舌,女生悻悻地回宿舍休息。然而黑丫头和值班老师却是一夜没敢合眼,他们时刻注意着学生的动向。第二天上午,家长把学生都接走了,大家才长长地出了一口气。这件事的教训是:青春期的学生情绪不稳定,尤其是毕业班的学生高考、中考以后情绪容易波动,必须及时离校分散,以免发生意外。

因为在二〇〇一年年底,沙城中学被确立为河北省示范性高中,这年暑假,学校停招初中学生。初三毕业班的任课老师送走了学生,分流到沙城二中和刚刚成立的沙城四中。多少熟悉的身影从这里离开了,黑丫头心里很不是滋味……

黑丫头老两口吃住都在宿舍楼,感受到学校的日新月异。暑假开学,学校四层的学生餐饮楼建成了,宽敞明亮,设施齐备。饭菜种类多得数不过来,学生吃饭都用统一的餐盘,饭后统一清洗消毒。县城也通上了公交车,1路、2路、3路车都在龙潭路停靠,出门方便多了。黑丫头不由得想起自己上高中时,填饱肚子都成问题,整个宿舍的同学连个饭盒都没有,回一趟家需要步行几十里路……现在的生活真是太好了。

第六章　代课回沙中

二〇〇三年四月,全国发生了"非典"疫情,传播得很快,连医生也感染了。各地的集会活动取消,旅店、饭馆关门,学校刚开学一个多月,四月二十四日起就放了特殊假期。学生都回家了,宿舍每天开窗通风消毒,难得有这样的清闲。一天夜里,黑丫头梦见老家院子里的一棵铁树开花了,黄灿灿的煞是好看,她伸手就想摸一摸,不想让针叶给扎了一下,手一缩打中了身边的老伴儿。"你打我干啥,做梦了吧?"老伴儿迷迷糊糊地问。黑丫头就把梦到的和老伴儿说了一遍,"你呀,尽想美事儿,快睡吧。"老伴儿转过身睡着了。黑丫头可睡不着,干爹说自己是老来红的命,六十五岁了,该红了吧。

五一这天上午,宿舍楼卫生员在大厅门口喊:"王老师,有人找。"黑丫头从值班室出来,一个身材魁梧的小伙子提着礼盒站在了楼门口,黑丫头愣了一下,这是谁呢?这时小伙子开口了:"老师,您不认识我了?"黑丫头仔细一看:"哦,小合!会说《岳飞传》的小合!孩子,你怎么来了?现在在哪儿工作?""老师,听在这儿读高三的学生进京、军芳说,您在这儿。我现在在沙城四中当老师,这不,学校都放假了,每天值班。""你的对象是哪儿人?有小孩儿了吧?""是您教过的十九班学生小梅,闺女已经五岁了。""啊!过得真快呀,一眨眼你都当上爸爸了。谢谢你小合!你还记得我这个不合格的班主任!""怎么不记得?您是我初中的班主任,我们初中十七班是张家口地区的先进班集体呀!"

这天,黑丫头和小合谈了很久,小合说到对自己的工作很知足,从张家口师范专科学校毕业后分配到县城以外的南水泉中学教语文,而当时的校长正是沙城中学他读高中时的班主任李老师,在班主任校长的培养下,他工作积极认真,八年后调到新成立的沙城四中担任教导主任。黑丫头不禁感叹:"小合,你刚上班遇到李老师,可算是遇对人了。他在沙中当教育主任的时候我当干事，人很能干，也很正直！""真是这样！这些年有李老师领着，可学了不少东西，工作上、生活上都得到关怀，到沙城四中就是李老师推荐的。到了这儿发现，学校的武校长也是那样正派、实干。"小合满怀感激地说。"这就好，跟对一个好校长，干工作就有劲头儿。"黑丫头深有同感。

小合接着问："老师，咱们分别以后您的情况怎么样？我往沙城中学写信，也收到过您的一封回信，后来就没有消息了。"黑丫头眼圈一热，苦笑了一下："一言难尽啊！"她就把小儿子去广东落户，她又从广东回来，二儿子离婚再娶，她自己没有安身之处，所以到沙城中学当宿舍管理员的情况一五一十地讲了一遍。小合听了也很感动："老师，您别太伤心了，有什么困难说出来，您不是常说，没有上不去的山、没有过不去的河吗？今后我会常来看您的，咱们十七班的同学都惦记着您呢！"学生的话也是肺腑之言啊！黑丫头热泪盈眶。这就是当老师的回报，黑丫头感到莫大的安慰与幸福。

过了五一，学校得到消息，今年高考非但没有推迟，反而按照原计划要从七月七日提前到六月七日。从一九七七年恢复高考开始，连续二十多年的"黑色七月"变成了"黑色六月"。去年刚刚实行了"3＋X"高考改革，今年又提前了整整一个月，对于师生来说简直是晴天霹雳。五月二十四日，县教育局在沙城中学召开高三学生返校备考工作会议，防疫站的同志做"防非"业务指导，会后特意到四号楼了解、查看高三学生的住宿情况。月底，高三学生返校复习，县委书记、县长、副县长亲自到教室、宿舍检查"防非"和备考工作。学生进四号楼时，黑丫头老两口戴上医用口罩、手套逐一测量体温并登记。高考前，学校各个角落反复消毒，宿舍、教室成天通风，隔离考场准备了，考场屏蔽仪准备了，体温计准备了……"非典"期间高考史无前例，无论谁都是如临大敌。

第六章 代课回沙中

二〇〇三年高考，不知为何用上了难度很大的备用卷，刚到学校复习备考才一周多的学生蒙了，如果按照近三年的分数来衡量，许多人都考砸了。估分时，学生基本上比模拟考试少了几十分甚至上百分，报志愿时更是小心翼翼……

高考结果出来了，这一年的分数线比上一年低了三四十分，部分一流大学没有招满。沙城中学语文、英语、文科数学、理科综合成绩名列全市十三县之首，四号宿舍楼的女生王晶考入了北京大学！这可是近些年来没有过的好消息，临街的楼前立起了大宣传牌，贴上了大红喜报……去年刚上任的沙城中学于校长可算是松了一口气，全校都沉浸在喜悦当中……

第七章 难忘四中情

黑丫头

二〇〇三年七月五日,沙城中学初三学生延迟参加中考后毕业了。黑丫头随着二十几名初三老师一起步入了怀来技工学校、沙城四中,曾经教过十七班俄语的赵老师和教音乐、美术的董老师也来了。这是一所综合性学校,怀来技工学校、怀来职教中心和沙城四中同一个校园、同一个校长、同一套管理。技工学校建校十六年了,两年前,怀来县贯彻第三次全国教育工作会议精神,对学校布局进行调整,高中进城、初中进镇、小学集中,在这里就办起了怀来职教中心初中部,去年更名为沙城四中。成立才两年多,就有了三十六个班、两千四百多名学生,所以急需老师。除了沙城中学,今年还从其他中学调来了十多名老师。

学校在县城东南,南北方向的沙东公路隔开了教学区和住宿区。公路东边的教学区有餐厅礼堂、实验楼和新建好的三栋教学楼,最东边是沙土操场。教学楼前面矗立着不锈钢雕塑"超越",一把长剑指向天空,所向披靡,雕塑的正方体底座四面分别刻着校训"勤奋、务实、创新、超越"。旁边的水泥柱长廊爬满了紫藤萝,浓荫繁茂,充满生机,正是读书的好地方。校长在三楼办公,姓武,不到五十岁,人很精神,从建校时就在这所学校,大家都热烈欢迎刚调来的老师们加入这个大集体,旁边的几位副校长也都很热情。

住宿区在公路西边,有四栋宿舍楼。学校一多半学生都住校,每天由校警和值班老师拉着红色警戒线护送,横穿公路往返好几趟,管理难度可想而知。住宿部主任世军三十出头,老远就迎了出来:"王老师好!我们早就听说您从沙城中学来到这儿,欢迎您!这栋新楼就是为您准备的。"他抬起瘦瘦的胳膊,指向刚刚落成的五层的四号宿舍楼。黑丫头很高兴,这里的领导没有架子,从校长到主任都这么热情。"谢谢世军主任,我水平有限,以后还请多多指教!"她的话把世军主任逗乐了:"王老师,您太谦虚了,您在这里的学生小合主任早就说起过,您当班主任可严厉了……"黑丫头老两口成了这里的管理员,管理着一百多个宿舍的一千多名技工学校和沙城四中的住校女生。这年,她六十六岁。

在这里,黑丫头原来教过的学生如今成为老师的不只有小合,办公室的许主任、教务处的李主任、侯老师、政史组王老师……甚至学生的学生都当上了老师。武校长了解到黑丫头的情况,对她们老两口格外敬重。虽说刚到学校,黑丫头就有一种久别重逢的感觉。

从这以后,住宿区就出现了一个被学生喊作"奶奶"的整日劳碌的身影,楼前怒放的串串红、小黑板上时常更新的提示、管理室的针线包、小鸟般飞进飞出"奶奶、奶奶"喊个不停的孩子们,成了技工学校、沙城四中校园里动人的风景。而成天忙碌的小合每周都要过来看望班主任,黑丫头在四号楼也就有了一个温暖的港湾。

在这里,技工学校的学生和初中的学生一起生活,管理起来格外费力气。看管女生楼比男生楼费心,最怕有旷宿的,好在黑丫头善于处理学生的纠纷,英姿不减当年。有一次,晚自习后,黑丫头发现305宿舍的小云没有在,就问人上哪儿去了,"小云已经回来了,她接了一个电话就换下校服出去了。"宿舍的一个同学回答。黑丫头听到后心生疑问,于是她在楼内、楼外及卫生间都查了一遍,没有!熄灯以后小云还没有回来,黑丫头着急了。她想这个学生可能是私自外出了,就给班主任打了电话,班主任已经回家了,但记得小云晚自习时在班里,就是这几天上课老走神儿。黑丫头又向宿舍的同学了解,最近小云爱和哪些校外朋友来往,确定小云十有八九是外出上网、会友了。于是马上把小云夜不归宿的情况向住宿部汇报,并电话通知了家长。

大约过了一个小时,小云的家长骑着摩托车来到了住宿区,一进管理室,

态度很强硬，不问青红皂白就大声训斥黑丫头："你们当管理员是白吃饭的吗？我闺女外出，你为什么不看住她？"黑丫头听后本想发火，但是她话到嘴边又咽了下去。她理解家长找不到孩子肯定着急，就和颜悦色地说："两位家长先别发火，您方才说我是白吃饭的，没有看好您闺女，对您的这个观点我有点儿接受不了，我们当管理员的管学生放学后回楼的生活、纪律、安全，您的孩子刚回宿舍，接了一个电话后，换下校服就走了，当时的校门和宿舍门还没关，下自习的学生陆续离开学校或者回到宿舍。我无权干涉学生的进进出出，再说了，我看这一千多人的宿舍楼，不可能每个人进出我都跟着监视。""人不见了，你怎么不去找找？"家长打断了黑丫头的话，但她依旧不紧不慢地解释："我们的职责是熄灯铃响后挨屋检查，如有人没有假条、又不在宿舍，就立即报告班主任和家长，您接到我的电话了吧？那是熄灯十分钟后我给您打的，我郑重地声明我没有白吃饭！"这一席话把两名家长震住了，黑丫头看他俩有些尴尬，就说："我给两位提个醒儿，首先你们去××网吧找找，如果网吧没有，你们去××学校问一下,有个学生叫晓雨的，看看在不在她家？"这两名家长按照黑丫头提供的信息一查问，果然在晓雨家中找到了小云。

夜不归宿，停学观察一周。当家长带着小云到宿舍取行李时，黑丫头提示道："这朋友是以前在××学校交上的,你们也知道，怕她们天天在一起上网耽误学习，才把孩子转到这里，以为就可以隔开了，藕断丝还连着，好好给她讲讲朋友交往时应该注意的事项吧……"家长想不到这位老太太把事情了解得清清楚楚，心平气和地走了。

二〇〇四年六月，沙城四中的第一届初三学生参加中考，八人考入沙城中学高中，在全县二十一所中学里排名十一，新办的学校实现了开门红。学

第七章 难忘四中情

校在教学楼前召开表彰大会，为获奖学生和班主任披红、戴花，老师们把升学喜报送到每个获奖学生的家里。第一届学生基础差，新办学头绪又多，这样的成绩来之不易，凝聚了多少人的心血，有的学校刚办时还要"推光头"呢，黑丫头也为学校取得的成绩高兴了好多天……

过了一段时间才发觉，社会上并不认可这样的成绩，家长更看好前几名的学校。尤其是沙城二中更名"实验中学"，改制为民办学校，吸引着许多家长的关注，这对新兴的沙城四中冲击也很大。初一招生报名的时候，本县的学生来了还不到一百人。学校又到外县招学生，最后县内、县外加起来总共也就招了三百来人，连上一年的一半都不到，甚至有个别初一、初二的优秀学生，趁着暑假转学到了其他学校……这个暑假，沙城初中取消了，学校成为全日制高级中学。最后一届初三毕业班的老师完成了使命，但是选择调入沙城四中任教的只有四位老师。学生不愿来，老师也不想来，沙城四中跌入了前所未有的低谷……

整个暑假，沙城四中忙得马不停蹄。组织初三毕业班老师到大连旅游考察，鼓舞士气；讨论制定目标责任制，实行分年级管理。开学前，黑丫头的学生小合被任命为校长助理，负责沙城四中初中教育教学的全面工作。

从这以后，黑丫头检查宿舍就更加细心了，她知道小合更忙了，应该为学生分担点儿负担。每天中午、晚上，她都深入宿舍了解孩子们的情况，有些孩子把她当成了知己，心里话儿毫无保留地告诉这个王奶奶，有时还要请她给拿个主意，黑丫头也就能更多地了解学生的情况。

入冬的一天中午，202宿舍技工学校的一名学生报告说，在柜子里的八十元钱不见了。黑丫头问她们每天走时锁宿舍门吗？"没有。""你的衣柜上锁吗？""没有。"学生说："奶奶，这八十元钱是我的奖学金，我是赤城县人，

黑丫头

家里生活困难，奶奶你帮我查查吧！""别着急，孩子，容我调查调查。"没过几天，213宿舍一名同学的新手机在柜子里放着也不见了，可是她们宿舍锁着门。黑丫头问："谁拿着钥匙呢？"这个同学回答："在门头上放着。""这等于没锁！"黑丫头一拍巴掌说。过去一周了，没有一点儿线索，丢钱的这名同学慢慢地就认为她的钱是看楼的或者打扫卫生的管理员拿走了，每次回宿舍楼就把不友好的眼光投向管理室，还私下对宿舍同学说："我的钱估计是让看楼的老奶奶拿走了，因为她天天进我们宿舍，别人不能进呀！"黑丫头听说了这话，肺都要气炸了，她真想上去对质，然而她冷静下来想：有怨言也正常，我要做的不是斗气，而是找出真相，用事实打动孩子们。

功夫不负有心人，经过两周多的走访摸排，她初步得到了一个信息：212宿舍有一个叫二丫的学生，家境较为困难，可近来周末休息时买了好多好吃的，还有了新手机。黑丫头没有继续追问，而是让一个平时贴心的学生去问："二丫，你的新手机在哪儿买的？多少钱？我也想买一个。"二丫说："这手机不是我买的，是我朋友送的。"黑丫头又托212宿舍的一名学生看清楚手机的颜色、品牌，结果证实是诺基亚红色手机。黑丫头一阵惊喜，手机的颜色和型号都对上了。另外还有一个信息：二丫同宿舍的人反映她喜欢写日记，日记本就放在床边，每天吃什么饭、花多少钱也要写上，近来记得比平时多了。黑丫头记住二丫的床铺号，和卫生员一块儿检查宿舍时，果然在床边看到了日记本。她多想看个究竟，但前些年在沙城中学当教育干事的时候，学习过要尊重学生的隐私，尤其是高中段的学生。黑丫头又通过其他学生了解到二丫近期三次买食品的记录，根据目前的这些信息分析：二丫的手机来历不明，只要从手机上查找必定会有突破，于是她把这些日子宿舍发生现金、手机不见以及调查的信息一一向住宿部世军主任汇报，并建议世军主任从检查手机入手。世军主任就问:"王老师,您有把握吗?""有!我有证人、证言的书面资料。"

住宿部和教育处联合对二丫进行了查问,结果她说不清买手机的地方,后又经她朋友核实,没有送过她手机,在无可辩解的情况下,她就把拿别的宿舍现金和手机的事承认了。这个学生是外县来的补习生,住宿部勒令她退还现金,交出手机,并且写了道歉书。

事后,黑丫头把202宿舍的失主学生叫到管理室,学生红着脸低下了头:"奶奶,对不起,我误会了您。""没关系!你丢钱心急,可以理解,认识到不对就好。人非圣贤,孰能无过,就算是拿了别人的东西,只要改了就好。事情过去了,我们多吸取教训,把以前的不快忘了吧!"就像这样的事,黑丫头一学期解决了两起,她用广播反复教育学生,又给主管住宿区的刘校长提建议。武校长也很重视,给大门和楼道安装了监控,这样一来,麻烦就少多了。中学生还没有真正成年,需要学习的东西还有很多,免不了犯错误,教育太重要了。

学校保卫科的小董老师刚参加工作,特别佩服黑丫头的"审案、破案"能力,有空就来请教:"王老师,我们教体育的个儿大腿长,就不爱动脑筋,把您的经验教教我们,以后有跑腿儿的活儿,您一个招呼就行,我们腿脚勤快。""小董老师,你过奖了,你们是学校的骨干,又这么爱学习,肯定前途无量!"黑丫头也很喜欢这样热心好学的年轻人。

黑丫头管理的住宿区四号楼成了学校对外的窗口,新建的楼房设施完善,管理得干净整齐,井井有条,不管是上级检查还是本地学校参观,四号楼都给人们留下了美好的印象。住在四号楼的丽明、伟娜、伟娟一伙年轻老师也喜欢和黑丫头交心,管理学生啦、做饭啦、交朋友啦,这位经验丰富的长者总是毫无保留。

二〇〇五年一月，沙城四中九年级五十六名学生参加沙城中学高中选拔考试，三十八人考中，升学率全县第一！消息传来，校园沸腾了，这个寒冷的冬夜一下子温暖如春。这年的高考、中考表彰会上，七十四名教师受到表彰，主管教育的侯副县长到场祝贺。从此，学校步入了发展的快车道，中考成绩连年攀升，初一招生当天报满千人，社会声誉持续提高，无论老师和学生，都为能来沙城四中工作、学习而自豪。

二〇〇七年九月八日，是怀来技工学校成立二十周年校庆，学校被评为国家级重点技工学校，教学区南边的实训楼也建好了，一楼还设置了数控实习车间，可以说是三喜临门。校园里张灯结彩，各个单位的领导、历年毕业的学生陆续到学校参观祝贺。一九八七年的秋天，二十九亩土地、四十间校舍、十七名老师、八十名学生——怀来技工学校成立了。二十年摸爬滚打，多少人鬓染霜花，办了职教中心，又办沙城四中，职业教育和普通中学教育比翼双飞，成就了六千师生的综合学校，成就了全省教育的一个传奇。

学校住宿区是肯定要展示的，四号宿舍楼又是首选。参观的人一批接着一批，黑丫头老两口不停地迎来送往，武校长总爱向人们介绍四号楼的这两位老管理员。七十岁的老人能把这么大的宿舍楼管理得井然有序，让人们啧啧称赞。

四号宿舍楼给学校的二十年校庆增添了光彩，黑丫头的名声传出了学校。二〇〇八年开春，实验中学的校长、副校长和住宿部主任到四号宿舍楼取经，副校长也是黑丫头原来教过的学生，临走时悄悄地对她说："王老师，我们学校的工资比这里高，欢迎您来我们学校！""谢谢大家对我的认可，在这里习惯了，我不准备离开！"黑丫头当即拒绝了邀请。工作不单是为了挣工资，黑丫头整天忙碌却心甘情愿，因为这里有她的寄托和梦想啊！

二〇〇八年五月，四川省汶川县发生了大地震，几万人失去了生命，学校下半旗志哀。随后开展了献爱心捐助，校长带头交纳特殊党费，黑丫头他们这些教职人员也都自发地捐款、捐物。学校是育人的地方，这里的每一个人都在接受教育，这样的活动无论对老师还是学生，都有着特殊的教育意义……

震痛未消，全国又投入了迎接奥运会的紧张准备，大街小巷挂满了奥运五环旗帜，就连沙城四中初三中考喊出的口号也是"破百人大关，向奥运献礼"。黑丫头深知升学成绩的重要性，要求四号楼的学生天天早起十分钟，多背几个单词，晚上初三宿舍破例晚熄灯十分钟。天遂人愿，这年六月，沙城四中初三中考成绩翻番，首次突破了百人大关，考上重点高中的学生中，将近一半是四号宿舍楼的女生。临走时，学生都忘不了和王奶奶告别，黑丫头好开心啊，当管理员也能为学校做点儿贡献！

八月八日，举世瞩目的第二十九届奥运会在北京举行，中国队以五十一块金牌的成绩名列金牌榜第一。更让怀来人高兴的是：八月十日，沙城中学校友高敏代表中国队参加女子自行车公路赛，冒雨拼搏，夺得第十六名，代表了亚洲的最高水平。"沙中学生参加奥运会了！""她的教练常玉斌就是沙中毕业的，是广岛亚运会冠军……"家乡父老奔走相告。"小合，看看咱们母校的学生，真棒！"黑丫头从小就喜欢体育，见到小合喜不自禁。"棒！这一届升入母校沙中的学生也有幸，他们和奥运选手、亚运冠军成为校友！"小合回答。师生二人为母校沙城中学而骄傲！

秋天开学，沙城四中发展到四十五个班、三千三百名学生的规模，算上技工学校，住宿学生就有三千多人。偏偏学校中间的公路拓宽了，来往的车辆也多了，每天四趟拉着警戒线集体横穿马路也比以前困难了。南来北往的车辆、行人遇上横穿公路的学生，少说也得等二十分钟，排得两头儿都望不到尾，有时候遇到脾气不好或者有急事的司机，还免不了发生口角。尤其是沙东公路属于省级公路，通向县城南面的沙城酒厂、葡萄酒厂和万亩葡萄园，各地的来宾到怀来，总要参观调研这全县的支柱产业。要是正赶上学生放学，还得由县政府提前和学校协调放学时间，每逢十月的怀来葡萄采摘节，就更不方便了，而且存在交通隐患，学校就接连向县政府打报告。

十一月，省委书记来到技工学校、沙城四中调研，对怀来县职业教育的发展作出指示，要求职业教育要为本地的葡萄产业服务，让贫困家庭子女免费上职业学校。随后，怀来技工学校开设了葡萄种植与葡萄酒酿造专业。而县政府也会同市、县交通和建设部门，计划在学校教学区与住宿区之间横跨公路架一座过街天桥。架过街天桥，这在怀来可是破天荒头一次，足见政府对教育工作的重视。

二〇〇九年五月，怀来县城第一座过街人行天桥连通了学校教学区和住宿区，结束了怀来技工学校、沙城四中师生二十二年横穿公路的历史。二十二年，有过多少风霜雨雪、人来车往，有过多少披星戴月、默默坚守。校门前没有发生过一起重大交通事故，背后又凝聚了多少人的艰辛……这是一个不敢想象的奇迹！从此以后，师生来往方便了，任凭桥下公路上车水马龙、川流不息。建设者还特意给过街天桥取名龙门桥，祝愿学生鲤鱼跃龙门，学校更上一层楼。六月，沙城四中中考成绩全县第一，被推荐到张家口市教育局，同张家口市九中、五中一起为全市中学作中考经验汇报。这年，沙城中学学生李靖以691分的高考成绩名列张家口市理工科第三、河北省第十二，升入北京大学……

第七章 难忘四中情

黑丫头自从管理四号宿舍楼，年年都被学校评为优秀工作者，开学典礼时都被当众表扬，教师节聚会时，武校长邀请她坐在同一桌。在这里，黑丫头得到了比正式老师都高的礼遇，她很开心，觉得自己这个临时工干得有价值、有尊严！有学生小合在身边，黑丫头在暮年感到温暖和幸福。大儿子因病早逝，小儿子不在身边，二儿子上班忙，一个月也见不到一面，小合每到周二值班时，就到班主任这边聊聊工作、拉拉家常。黑丫头把小合看成自己的孩子，无话不谈，师生的晚饭常常是莜面饺子、煮红薯、小米粥，黑丫头疼爱整日劳累的学生，学生敬爱不知疲倦的班主任。

黑丫头没有女儿，也不爱买时兴的衣服，小合媳妇每到换季时就给她买新衣服。小合女儿楠楠刚刚小学毕业，就用假期在书店打工挣的钱给王奶奶买了一双花布鞋。黑丫头穿着新衣服，对着镜子左照右照，两眼眯成了一道缝，别提有多高兴了。她见人就爱说："这是我学生媳妇儿给买的衣服，这鞋是孙女楠楠给我买的！"她为自己能有这样的学生而骄傲！

原来沙城中学初中十七班的学生晓玉、小光、小杰、建军、锦鹏、立荣、小丽、小荣，听说班主任在技工学校、沙城四中学生宿舍当管理员，陆续赶来了，来向古稀之年的班主任表达感恩，四号宿舍楼管理室成了师生相聚的地方。桃李不言，下自成蹊，小合的学生进京、王静、鸿博也成了这儿的老师，对"师太"格外尊重，黑丫头成了学校里最幸福的人。

乐极生悲，这年暑假，小合被县教育局调去编写《怀来教育志》，教育志办公室设在铁路南的县教师进修学校。黑丫头可伤心了，见不到小合，她的心里没着没落。学校的老师们都能看出来，宽慰黑丫头："王老师，别多想了，小合校长那么能干，到了哪里也错不了。""你们不知道，小合就喜欢学生、老师和学校，让他成天去编书，难受死了……"黑丫头一脸愁容，她

黑丫头

太了解自己的学生了……

为了少让班主任挂念,小合不论忙闲,依旧每周二的晚上到四号宿舍楼看望班主任,品尝莜面饺子和煮红薯。有时黑丫头就关切地问小合:"天天写书累吗?好写不好写?""也累也不累,和在学校的感觉是不一样的,不过进修学校的领导和老师也都很照顾我。这是怀来县的第一部教育志书,要是写得入迷了,连着十多天能熬到半夜,就连做梦都能梦到母校沙城中学的齐校长、朱校长和裴老师呢……"小合陷入了沉思,又抬起头接着说:"可惜许多教育前辈都不在了,要不然知道现在编写《怀来教育志》,他们该有多高兴啊!要是早几年写就好了,就能向这些怀来的教育家当面请教,省得现在没处找资料……"

说着说着,小合眼圈发红:"老师,有一些退休的老领导、老教师对这事儿特别关注,还有几位去世老师的家属主动提供了资料。就冲着编写教育志能给那么多默默无闻的老教师留下一个名字,干这个工作也值了,我也争取不辜负那么多教育前辈的期望!"听小合这么说,黑丫头也就高兴了:"小合,你是在做一件大好事呀!在学校你跟学生、老师一起忙惯了,一下子离开了能习惯吗?""肯定不习惯,我和老师您一样,离不开学校,天天想着老师和学生,不过也正需要这种锻炼。刚把初稿交给了教育局安局长,主管党委、行政办公室的吴局长就通知我又兼上了教育局这边的工作,我现在是上午在教育局,下午去进修学校,两头跑,局长们和党委办公室的倪主任都很支持。"小合满怀信心地回答。黑丫头好心疼自己的学生:"孩子呀,那不把人累死了?""累不死!老师呀,您忘了教我们的时候,您都五十岁了,一个人当两个班的班主任,教一个年级政治课。我还不满四十,得向您学习,争取完成任务早日回学校!"小合说了心里话。一听说小合打算还回来,黑丫头高兴了："小合，你快回来吧！学校老师和学生离不开你呀。见不到你，我干啥也没心思，时间长了我们老两口也得打道回府……"

又一个暑假，小合如约回到学校，就像当年班主任履行承诺来到学校那样坚定。这里有他的同事和学生，有他的班主任。这一年时间既短暂又漫长，师生默默地互相勉励。事非经过不知难啊，伏案苦修了整整一年，修改了有几十次，二十万字的《怀来教育志》定稿，所有的辛劳都值得。小合有一种说不出的感受，是脱胎换骨，还是劫后重生……他深深地知道，班主任不只是帮着他管理学生减轻负担，更给了他莫大的精神力量。以后的日子，每当遇到困难，小合就会想起古稀之年的班主任，就能迸发出干劲儿，接受挑战！

沙城四中同沙城中学一样，注重师生全面发展。教学工作扎实细致，中考成绩逐年提高，教育、文娱也很有特色。每个月都有主题活动、军事训练、田径运动、歌咏比赛、读书演讲、毕业庆典……锻炼了老师和学生德、智、体、美、劳方面的各种能力。黑丫头爱好文艺，最喜欢每年十一月举行的歌咏比赛。学校的礼堂在全市学校里也是最大的，从刚来时观看第一届比赛开始，每年都有新的变化。小合与学校团委书记创作的校歌《超越》是各班的必唱歌曲，比赛时唱、上课前唱、集会时唱、外出活动也唱，甚至青年教师的婚礼现场都唱。

记得还是二〇〇九年六月的晚上，在县城人民影院举行全县庆祝新中国成立六十周年歌咏比赛，沙城四中教音乐的陈老师指挥学生表演唱《鼓浪屿之波》，唱着唱着，师生伴着歌声用蓝绸子荡起了浪花，舞台顶上的吊绳拽起了学生身后的船帆……震惊了全场。市委宣传部部长和县委书记当下表扬："沙城四中师生的演唱非常有新意！非常有创意！"演出结束后，学生乘着夜色回学校，一路上都是歌声，四号楼的孩子一进门，就迫不及待地把好消

黑丫头

息告诉了迎接她们回来的王奶奶……

　　学校充满书声和歌声，校园文明，师生精神。学校一路高歌，现在已经唱到第十届了，就连省教育厅厅长、市教育局局长来检查工作时，也到礼堂欣赏师生演唱，并且大加赞赏。这些敬业爱岗的老师，朝气蓬勃的学生，用青春唱响了沙城四中动人的校园之声！

　　二〇一二年六月十九日，沙城四中在礼堂举行第九届毕业庆典，两千多名师生、家长畅想未来。技工学校、沙城中学师生到场祝贺，学校第一个走出国门的校友博雅现场发表感言。武校长向学生颁发毕业证书和纪念册，十一名学生获得美国树华奖学金、沙城新泰建材爱心助学金。为了激励师生，学校用校友的名字命名博雅长廊、诗颖长廊。毕业学生向母校捐赠图书，向主席台上的校长、班主任、门卫、宿管、校医、炊事员献花。黑丫头作为宿管教师代表，也站在了灯光耀眼的舞台中央，接受学生的献花和拥抱，多么温馨的时刻，多么久违的场面。这一刻，台下住校的女生沸腾了，雷鸣般的掌声响了起来。黑丫头怀抱鲜花，眼眶湿润了……这就是师生的乐园、百姓的学校啊，每一个在这里辛勤耕耘过的员工，都能感受到幸福，每一个沙城四中毕业的学生，更应该心怀感恩。

　　这年暑假，怀来技工学校、沙城四中师生达到了七千人，新建了实训楼、办公楼、餐饮楼和体育场，正对住宿区大门的校门挪到了北边。一进校门的迎宾石上，"为者常成 行者常至"的凿刻涂红大字，正是建校二十五年来不断发展的真实写照，学校饱尝了起步时的艰辛，感受着发展中的压力，师生传承"勤奋、务实、创新、超越"的校训及精神，走好发展中的每一步……尽管加紧建设，也满足不了各地学生的入学需求，体育场东边又在计划建设沙城四中新校区。

第七章　难忘四中情

　　学校原来的沙土操场翻新了，建起了塑胶篮球场、羽毛球场，还有一个网球场，周围的大杨树荫凉里，安装了健身器材。东边又按照省级运动会的标准新建了体育场，能放几千人的看台，绿油油的草坪，八条塑胶跑道，宽敞气派。黑丫头已经是七十五岁的老人了，第一次走在塑胶跑道上，软软的，脚底下好舒服。她试了试，还能蹦起来，也能小步跑起来，她高兴地喊起了学生跑操时的口号："一——二——三——四，一二三——四——"她在想，沙城中学的裴老师出国踢过球，也没有用这样的操场上过课呀！十七班的"摩托队"呢？在这样的操场上不知道能跑多快呢，肯定能破纪录！一般人也许不理解，黑丫头从小喜欢体育，参加过田径队、篮球队，就冲这漂亮的操场，她也想在学校再干十年……但是不行啊！二儿子的孩子该上学了，需要接送。为了回家照顾孙子，她只能放弃学校的工作岗位了。这又是一个学校十年，怎么这样快呀！年龄大了，这次离开就再也不可能回来了，这里的一切又都会成为回忆，黑丫头不敢再往下想了……

　　在泽艺楼的校长室里，武校长握住前来辞行的黑丫头的手，真是舍不得："王老师，您身体这么好，再待两年不行吗？到时候我也退休，咱们一块儿走。""武校长，我这辈子能来怀来技工学校、沙城四中，能遇到您这样的校长是我的福分。我也不想走，可家里这样，真是没有办法……"黑丫头老泪纵横。"那就先依您的，老两口保重好身体，家里有什么需要学校帮忙的，您就尽管说……"武校长还在诚恳挽留……

　　在沙城四中的学期总结会上，二百多名老师集体欢送黑丫头，住宿部世峰副主任和住校的春兰老师代表学校献词，几个"徒孙"抢着为黑丫头戴上红花，她痴痴地任由这一切进行……直到小合副校长郑重宣布："今天，我们隆重欢送王老师光荣离岗。"她才又清醒过来。小合满含深情："于私，道

黑丫头

一声恩师辛苦,三十年来一直呵护着我们这些学生。于公,创造了一个奇迹:一位七十五岁的老人,可以管好一百多个宿舍,能够让上千个孩子喊奶奶!这就是学校超越精神的写照!"所有的老师眼睛望着黑丫头,满怀敬佩之情,他们的掌声久久不息……

  欢送会结束了,老师们争着和黑丫头合影话别,尤其是住过校的年轻老师小董、丽明、伟娜、伟娟、小颖、小东……黑丫头只有感动,说不出一句话来。该离校了,她抱住住宿部世军主任放声大哭……坐着小合开的车离开这忙碌了十年的学校,她不舍啊,虽说天天忙得不住脚,可是和这么多同事、学生在一起,她是那样的幸福。干爹说得没错,这就是老来走运,她多想一直干下去……到了沙城富达园社区的二儿子家,黑丫头拉住小合的手久久不愿松开。小合的车渐渐消失了,她还在痴痴地望着、望着……

第八章 最美夕阳红

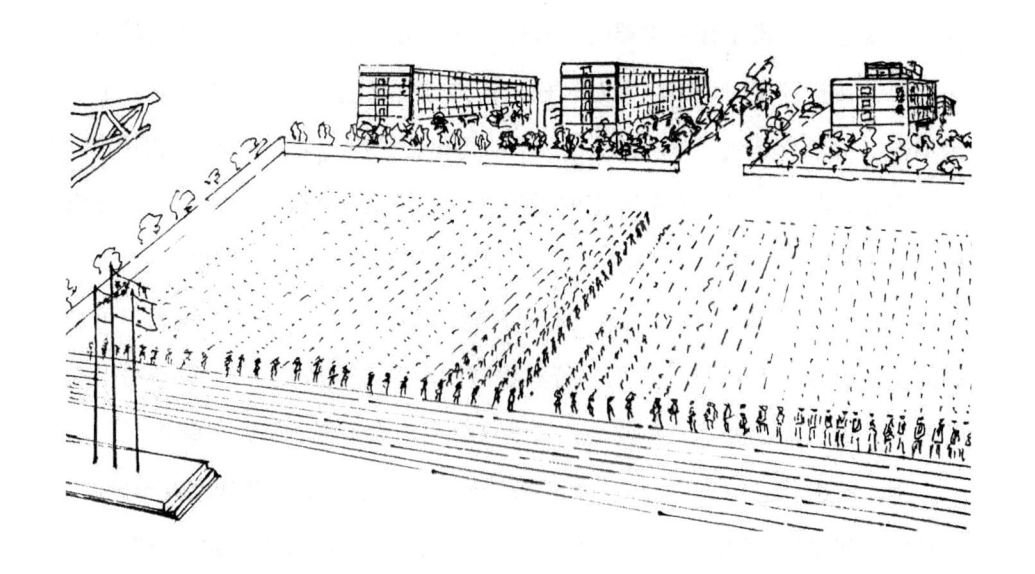

黑丫头

从不停歇的管理员变成了待在家里的老太太，黑丫头太不习惯了。每天早早就醒了，可是没有该起床的学生可叫，很晚了也睡不着，可是没有该熄灯的宿舍可转。成天出去进来就是家里这几个人，喊奶奶的只有小孙子一个人……生活变了，黑丫头做梦都是四号宿舍楼，她好后悔离开学校。小合与老师们接连到家来看望，嘱咐黑丫头多歇歇脚，安度晚年，可是大家前脚一走，她反而更伤心了。

回家快半年了，黑丫头还是适应不了家里的生活。除了接孙子、送孙子，空下来的时间心乱如麻。有时见到小合眼泪儿花花的："孩子，你老师快要憋疯了，我天生就是受罪的命，咋就不能闲着呢？"一开始，小合觉得也正常，班主任对学生、对学校的感情深，过些日子注意力转移就好了。可是几个月过去了，班主任非但没有调整过来，反而情绪越来越不好了，他也很着急。仔细想想：班主任一贯要强，身体不亚于五六十岁的人，心劲儿就更不用说了，接送孙子对她来说太过轻松，让她像古稀老人那样整天闲着，根本闲不住。可毕竟是快八十岁的人了，不能再出去忙碌，除非在家里也别闲着。

小合想起了自己几年前写书的时候，班主任总爱询问怎么写书，怎么出版，还感慨什么时候自己也能把经历过的事儿写写，像小合一样也出一本书。"能不能让班主任写一写回忆录，那样就能成天忙上了。"小合心里想，可是脑海里又浮现出自己挑灯夜战、苦熬数载的艰辛，就改变了主意："写书是苦差事，怎么能让颐养天年的老人去干这事呢？太不现实了，尽瞎想！"

黑丫头的状态一直不好，大家都跟着着急。有一次，小合到家看望她时，无意中说起沙城中学的历史，黑丫头一五一十讲了许多，小合不由得感叹："老师，您记得那么清楚，要是写出来就更好了。""我早就想写呢，省得成天送完孙子无事可干，就是不知道能不能写好。"黑丫头注视着小合，眼圈都发

第八章 最美夕阳红

红了,"我一直都想把经历的那些事儿写出来,让人们知道现在的日子有多幸福。小合,你说我能写好不能?"她接着说。小合一下子觉得惭愧了:"老师,您的经历那么丰富,又能说会写,怎么能写不好?""小合,你别哄老师开心,我真的能写好?""肯定能!老师,您要不先写写试试,到时我给您整理。"小合发觉班主任露出了久违的笑意,就认真地说。这番话解开了黑丫头心头的疙瘩,也打开了她记忆的闸门,她噙着泪点了点头……

从这以后,黑丫头忙开了,白天写,晚上也写,就跟着了魔一样。她想起了自己的苦命娘亲,想起了这些年的风风雨雨。从故乡三里河村的苦难童年,到读书、代课的起起落落,从遇到现在的老伴吕文营到扎根山村务农,从回母校沙中代课到当宿管老师……每天除了接送小孙子,就是和老伴不停地回忆过去,写了又改,改了又写。一个月过去了,半年过去了,黑丫头娟秀的钢笔字在纸上流淌,手里的纸稿越来越厚。家里老头子吕文营看着也吃惊,有时就忍不住劝一劝:"停停吧,墨菊老伴儿,小心你的眼睛。小合看你闲着难受,让你写写,你还真把自个儿当成作家了?""去去去!非得写出来让你看看!"黑丫头义无反顾。说来也怪,就这样每天按时按点,抄了写,写了改,黑丫头又像原来那样忙碌了,也像原来那样有精神了,她打心眼儿里感激小合给出了这个好主意。

黑丫头在家看孙子,儿子每月都给"发工资",学生们来看望班主任,也非要表达孝心,老两口生活不愁。二〇一三年五月,黑丫头又得到一个暖心的消息:国家给代课教师发经济补助了。她在陈家铺当了两年民办教师,在沙城中学代了十年课,每月就能领二百四十元,特别是过去了这么多年,国家还记着她们这些代课老师,太让人感动了。人老了,就要心心宽宽地生活,给孩子省心,让学生放心。黑丫头老两口天天乐呵呵地接送孙子,到点儿出来散步。社区里的老年人见到这老两口儿都快八十岁了，还是那样健健康康、精精神神，也爱问一问养生的门道儿。黑丫头笑了："我们这都是苦水里泡着长大的，现在儿子孝顺，学生关心，国家也照顾，就得好好地过日子，让大伙省心！"

历时一年，黑丫头做梦也没想到，自己竟然完成了十万字的小说初稿。她太高兴了，她的一生变成了文字，自己可以随时翻看，也能让别人看看。倔骡子老伴看了，盯着黑丫头不语了。小合看了，觉得班主任既熟悉又陌生："老师，您真不简单！接下来就是润色修改了。"修改的过程更艰难，一细看才发现，时间跨度大，人物比较多，情节也不少，免不了前后不一致，写了这儿顾不了那儿，就得像梳头一样先梳理上几遍。黑丫头又改动了四五遍，工工整整地誊写完以后，由学校四号宿舍楼的伟娟帮着打印出来，这下可就清楚多了。结果是越看越想修改，于是就每天接着完善，小合的女儿楠楠利用空闲时间再给打印出来。又是看看、改改好长时间，小说《黑丫头》渐渐成型了……

富达园社区的中心，柳条掩映着凉亭、长廊，小广场能容纳百八十人，每天的上午、下午，黑丫头和一些老人做自编的健身操，要是赶上天气不好，大伙就在家里准时锻炼，成为社区里一道特殊的风景。这年，县城创建省级文明城市，电视台还做了报道。吕文营老头子更闲不住，他可不去做健身操，而是一早一晚在家打坐养生，练得鹤发童颜、满面红光。原来针灸、按摩和琢磨《易经》的本事儿又有了用处，有时帮着人们调理身体，起起名字，择择日子，老两口儿成了社区里出了名的热心肠老人。

小合每次来看望班主任，都会从两位老人身上得到启示，受到鼓舞。有时碰到住在富达园社区的同事打招呼："校长，又来看王老师了？"小合总爱戏谑地回答："看看班主任，喝喝'心灵鸡汤'！"小合原来南水泉中学一班的学生宏勇自主创业小有成就，听说了黑丫头的经历，也被深深地打动了，主动登门拜访，和老两口成了忘年交，甚至自己刚出生的小孩儿要起名字，都是一家人从北京赶来，请老两口儿定夺……

二〇一四年十月，沙城四中新校区投入使用，和技工学校分开办学，小合校长邀请几位老教师来学校看看。黑丫头老两口和退休的董老师领着沙城中学的几位退休老师来了，有原来在教育处当主任、后来任南水泉中学校长的李老师、原来教数学的吴老师、教政治的吴老师、教体育的张老师、保卫科的刘老师、康老师……虽说老教师们年龄都大了，一到学校却变得精神抖擞。体艺处的黄老师不顾前几天刚扭伤的腿脚，硬要拄着拐杖来看看。向南开的大门正对着育才大街，白色花岗岩镶嵌着天蓝玻璃裙幕，宽敞大气，西侧悬挂着校徽，下面是竖排的红色大字——"沙城第四中学"。进了大门，明德、博学、敏行三栋教学楼一字排开，红白颜色的墙砖相间，让人感觉既整洁又活泼。博学楼大门正上方的显示屏滚动着红色字幕："沙城四中欢迎您""百姓学校 师生乐园""祝贺2011届校友王潇宇、张博文升入清华大学"格外醒目。几位老人东瞧瞧、西转转，甭提有多高兴了。

黑丫头和大家特意来到新建的学生公寓，男生公寓取名弘毅楼，女生公寓取名玉琢楼，高雅气派。学生公寓世峰主任一行迎了出来，欢迎这对儿老管理员和这些前辈。一进门是头像识别签到机，还能测量体温呢，老两口好奇地站在跟前试了又试："这个东西可有用，既能查考勤，又能防流感，学校给弄得可好了。"宿舍的床铺、行李柜是定制的，卫生间的面盆、冲水马桶都是感应式的，管理室内、楼内外的监控显示一目了然，广播可以随时提示天气情况，值班老师还配备了对讲机。好先进呀，比四号宿舍楼可又先进了一大步。一楼还设了集会活动室"公寓之家"，墙上挂满了锦旗和照片：

有上级检查的，有宿舍建设的，有一张是武校长戴着安全帽、手持铁锹为公寓楼封顶的，还有一张是男老师光着膀子搬运床铺的……

"王老师，有你的照片呢！"黄老师眼尖，一下就瞅着了黑丫头老两口当管理员时的合影。"你们在这里管宿舍立了大功，学校都记着你们呢，好让我们羡慕。"大家你一言我一语。黑丫头看得好亲切呀，禁不住眼圈一红："小合，你们是怎么把学校建得这么好的？"小合介绍说："国家重视教育，县政府才给建了新学校，推迟了一个月开学。政府李县长、教育局安局长和武校长不知操了多少心，社会各界没少出力，也少不了前辈们的支持呀！""我们老不中用了，啥忙也帮不上了。"老人们打趣道。"前辈们帮我们打下了基础，受益终身，现在沙城四中也有许多前辈们的影子呢，李老师的书法，董老师的国画，黄老师指导建设的校史室……母校'南辛集、北沙城'的荣誉也刻在了新校区的文化墙上。"小合认真地说。

"听说搬家的时候，四中的老师吃了不少苦，大家没有怨言吧？"李老师关切地问。小合动情地介绍："没有怨言！沙城四中也传承了沙城中学和技工学校的创业精神，七月放暑假那天，学生们自己把桌凳搬过来的，当时校门还没有建好，三千多人的搬家大军就从体育场上横穿过来。老师们热情都很高，教学楼的桌椅、宿舍的床具都是亲手搬上来的，女老师占一多半，但干起活儿来，一点儿也不比男老师差！"小合接着说，"家长和校友也出力不少，捐书、捐物，连国外留学的校友都参加了。现在校园还没有绿化，等明年一开春，还要举行捐种活动呢！"老教师们连连点头："现在的条件比原来要好多了，管理得也棒！你们是咱们怀来教育的希望！"黑丫头更是竖起了大拇指，由衷地赞叹："世峰主任，还要我不？我还想再干十年！""要，要！我们请还请不来呢，这些还不都是跟着您学的！"笑声响了起来。大家在学生公寓诉说着衷肠，回想着过去，黑丫头仿佛又回到了从前……

第二年的春天，沙城四中校园进行了绿化，上千名师生、校友和家长挥汗如雨参加劳动。连通原校区与新校区的行健路两侧，在校的六十个教学班的学生捐种了班树国槐；体育场旁边，校友种上了枫树、银杏；教学楼前后，老师们种上了校树海棠；学生公寓前后，碧桃、核桃、紫叶李子郁郁葱葱，桃李芬芳。来学校参观调研的一批接着一批，原来沙城中学的廉校长来了，教研室史主任来了，教育局吴局长来了，县领导来了，市领导来了，省领导也来了……小合领着来宾参观学生公寓时，总要讲述这几张照片的故事。教育家魏书生老师认为这就是学校的自育自学，音乐家王淑英教授说这是学校的美育，希望工程发起人谢海龙老师还问起了这几张照片的拍摄背景……

二〇一六年六月十七日，沙城四中第十三届毕业庆典举行，体育场上彩旗飘扬，四千多名师生济济一堂。高亢的校歌《超越》奏响，欢快的舞蹈《鼓乐壮行》开场，老师祝福，校友祝福，毕业学生向来宾和教职工代表献花，向母校捐书、捐树、捐献演出服，表达感恩。师生唱响《我的未来不是梦》，历届校友代表向刚刚退休的武校长献上鲜花，热情相拥。三十年，出发时的憧憬化作满天礼花，化作校园如画。老校长深情地注视着现场的学生、老师，注视着校园的一草一木……摸爬滚打的岁月醉了，醉倒了两鬓黑发，醉出了幢幢高楼，醉出了段段传奇——怀来职教的传奇，沙城四中的传奇！

三年过去了，校园里的树深深地扎下了根，春天有花香，秋天似果海。二〇一七年教师节，沙城四中新校区海棠飘香，教学楼前的八棱海棠，楼后的平顶海棠，海棠园里的西府、垂丝、贴梗、红宝石……各种海棠挂满枝头。怀来早就有"棠下问事"的传说，西周时期，召（shào）公奭（shì）分封于燕地，经常察访民情，在海棠树下办公休息。《诗经·甘棠》有赞："蔽芾甘棠，

黑丫头

勿剪勿败，召伯所憩……"如今，怀来的官厅湖南岸成了全国最大的海棠产地，尤以八棱海棠最为著名。沙城四中师生推选海棠作为学校的校树，海棠春花、夏叶、秋果、冬敛，顺乎自然，蕴含哲理。

二十多位退休老师和建校功勋应邀重回学校，参加金秋采摘节。一进校门，迎面是书山筑梦石雕，二十多本大书层层叠叠，中间一本十米长卷迎面展开，让人觉得书香扑鼻。校园里，红彤彤的海棠压弯了枝头，沐浴着阳光，好一派丰收景象！"武校长好！""王老师好！""董老师好！""张老师好！"……一下车，学校的老师们围过来，争相问候。好久没有回学校了，小合校长领着大家参观，老人们满眼新奇。

这一天，天高云淡，金风送爽，曙英楼前的篮球场周围云杉翠绿、白杨挺拔，树上鸟巢边几只喜鹊蹦来蹦去叽叽喳喳，二百五十多名老师满面含笑，列队欢迎。小合校长把老人们请到前面，一一介绍给老师们，每人都有着感人的故事，每个人都是学校的一座丰碑，掌声一阵接着一阵……去年刚退休的武校长语重心长："谢谢大家了！今年，我们技工学校建校满三十年，我们沙城四中成立十七年，大家心往一处想，劲儿往一处使，学校取得了方方面面的成绩。我们的学生侯伟佳通过对口高考升入了天津大学，庞春辅导学生参加世界技能大赛移动机器人项目比赛，获得金牌，填补了国内空白，我们学校也走出了金牌教练！我相信，'为者常成，行者常至'，我们的学校会越办越好！"老师们使劲儿鼓掌。大家又请最年长的黑丫头讲话，她给大家深深地鞠了一躬，感慨万千："我的领导们，我的同事们，谢谢你们，一直记着我们这些上年纪的人，每年的教师节、春节都来慰问，还给我们订了报刊，邀请我们来到学校参观。最辛苦的是你们，把学校建设得这么好，我们天天都在为学校祈福，祝愿大家芝麻开花节节高！"老师们又把掌声和微笑送给了这位八十岁的老人……

小合校长也很感动："各位前辈，各位老师，金秋九月，海棠飘香，沙城四中迎来了退休老师和建校功勋。薪火相传几代人，才有了今天享誉张垣的书香学校，我们在艰难困苦中起步发展，在招生硝烟中创新超越，承办了中华人民共和国成立以来全县教育系统最大规模的国学教育展示，完成了新校区的建设、搬迁、运行。如今，师生、家长捐种的树木长高了，校友陆续回到母校任教了，国内外高校也有了我们的博士校友、博士后校友！"掌声响了起来，小合校长接着说："新校区运行三年，办学实力增强，学校影响扩大。从今年开始，按照均衡教育的要求，招生受限，办学规模受限，学校发展面临着新的挑战。挑战和机遇并存，我们和南水泉中学、沙城三中结成了联盟学校，资源共享。趁着京张两地举办2022年冬奥会的机遇，开展冰雪运动，成立创客社团，进行研习活动，师生也能接触优质教育资源。未来任重道远，我们唯有不负厚望，把沙城四中办成真正的师生乐园、百姓学校！""好！好！"退休老师禁不住叫起了好。

学校第一届财会班留校生侯闫霞老师和心理社区的封宝利、赵凤欣、邢建华老师走上前去，伴着《红旗颂》的乐曲，集体朗诵自创的诗歌《传奇》："曾经，我在冠军礼堂的笙歌中倾听／倾听一段岁月的永恒／曾经，我在紫藤萝长廊下沉思／沉思一段传奇，遥想一种精神……风雨兼程的开拓者啊／是你们用智慧的目光勾勒了传奇／披星戴月的兄弟姐妹啊／是你们用勤劳的双手铸就了传奇……"那荡气回肠的乐曲，那低沉豪迈的诗句在耳畔回荡，老师们被这一幕深深地打动了，久久沉浸着……

接下来，老师们到学校海棠园采摘。两年前新校区绿化，学校掀起了声势浩大的捐种活动，多少树都是师生、家长和社会爱心人士捐种的，几乎每一棵树都有一个感人的故事。一进校门的迎客松郁郁葱葱，那是2014届、2015届校友不远千里从小五台山"请"过来的；行健路两侧的班树国槐浓荫遮蔽，体育场旁边枫叶深红似火，银杏黄金满地，这是历届校友留给母校的纪念；门卫老杨师傅不幸身患绝症，临终前特意嘱咐家人要把家里最好的几棵热海棠捐给学校，现在都已枝繁叶茂、硕果累累……海棠园里，红红的果实鲜艳欲滴。最好吃的就数八棱海棠，老师们在树下穿梭着、采摘着、品尝着、挑选着合适的角度留影，不时比一比谁摘的海棠更红更大，选好了就抢先送给老人们。年老的长者也不顾自己的牙口了，品尝着酸酸的、甜甜的美味，校园里充满了欢声笑语……

采摘了海棠，老人们又来到学校的山人工作室，这是沙城四中专门为退休老师准备的活动室，用退休的董老师的笔名命名。在这里可以品茶聊天，也可以舞文弄墨，还可以进行文化交流。老师们在这里品着茶、说着话，好不温馨。

几位沙城四中毕业的校友老师已经为恩师们准备好了晚餐，这一刻，新老同事欢聚一堂。鸿博老师代表校友致辞："谢谢各位恩师，我是沙城四中第一届一班的班长鸿博，第三十三个教师节就要到了，我代表学校两万多名校友，祝福辛勤培育我们的母校和老师！作为第一届学生，我们见证了学校的发展变化。作为第一批受到资助的学生，我更体会到了老师对我们成长的关怀。有缘回母校任教，我们更要多学习、多担当，为母校的发展贡献自己的力量！""说得多好呀！""我们学校真是后继有人！"老教师们啧啧称赞。原来九年级音美特长班的张帆从音乐学院毕业，深情地唱起了《长大后我就成了你》。这是一首歌颂老师的歌曲，鸿博、刘月、雪融、王薇几个校友跟着一起唱起来："……长大后我就成了你，才知道那间教室，放飞的是希望，守巢的总是你……"现场的老师受到了感染，也不约而同地跟着唱了起来，

第八章 最美夕阳红

唱得泪流满面……

黑丫头太爱这些孩子们了，她想起了干爹说的话："老运幸福"！不由得站起身来，向满屋的老师们鞠躬："谢谢大家了！我这个八十岁的老太太说句话，学校这样对待我们这些老人，我感到由衷的幸福！这辈子都值了！"莫道桑榆晚，难忘四中情。教师节过去了好长时间，特殊的金秋采摘还让老师们久久回味……

黑丫头虽然在家养老，可不时有沙城四中的老师过来看望，逢年过节，学校工会都会送上节日的问候，黑丫头深深地感到满足。教过的几届毕业学生也时常来看望，还邀请她参加班级聚会，为人师的幸福与快乐在心头荡漾。

二〇一八年的元旦之夜，应十七班学生的邀请，黑丫头坐着建军的车来到饭店与学生相聚。大厅里灯火辉煌，学生们起立欢迎班主任。"王老师好，欢迎王老师！"热情的掌声响起。黑丫头看着一张张既熟悉又陌生的笑脸，激动得说不出话来。掌声响过，她双手合十，向学生们致敬："谢谢孩子们，三十年了，你们没有忘记我这个不称职的老师，没有忘记我这个八十多岁的老太太，孩子们，今天为我们师生三十多年的缘分干杯！"黑丫头瞅瞅这个，看看那个，与这些老学生有着说不完的话。

十七班的学生都变样了，每人都有了自己的家庭和事业，小光、小任、锦鹏是机关干部，建军、小杰、晓玉、立荣、小荣成了老板，瑞峰成了军医，小合、小戈当了中学老师，小丽、建荣当了大学老师，小军、小米在国外工作……黑丫头为自己的学生而自豪。小光原来是班长，走到黑丫头身边："老师，您是好样的，让我们敬佩，您十七班的弟子也都是好样的！……"黑丫头太激动了，她又一次站起来端着杯说："同学们，三十年转眼过去了，想想你们上初中的时候，十七个人一个宿舍，平房大通铺，冬天生火炉，那时

黑丫头

我最担心煤气中毒。看看现在多好呀，小戈在沙城中学更知道，你们原来住的西八排宿舍、东五排宿舍都变成高楼了，小合管理的沙城四中、沙城三中也不知要比原来好上多少倍。我这个八十多岁的老太太祝福我亲爱的学生，工作顺利、生活幸福！"大家互致祝贺，掌声、笑声此起彼伏。黑丫头坐在学生中间，她这个代课老师成了最幸福的人……

三十多年了，黑丫头看着这群孩子渐行渐远，每一次聚会都带着深刻的回忆。每一个孩子都在心里许下愿望，无论将来是功成名就、还是普普通通，都要报答师恩……

二〇二〇年年初的农历庚子年春节，会永远留存在中华民族的记忆中。家家户户没有走亲访友拜年，没有逛庙会看热闹，而是静静地坐在家里，必须出门时都得戴上口罩——一场突如其来的新型冠状病毒肺炎疫情暴发。客运出游取消，聚集场所关停，街上冷冷清清……短短两个多月，世界上百万人感染，十多万人被夺去生命。黑丫头老两口已是耄耋之年，儿孙都很孝顺，成天陪着老人待在家里。当初最小的学生都年近半百了，时常通过电话、微信问候老两口儿，嘱咐千万不要出门。晓玉提来了蔬菜、水果，小杰搬来了米、面、粮、油，小荣送来了口罩、消毒液，锦鹏充值了手机流量，小光、建军的公司为防疫部门捐款、捐物……大疫见真情。"现在人们的病得多了，有的就是吃出来的。好好保重自己，该工作工作，该休息休息……"八十三岁的班主任总是这样嘱咐学生。

街上的理发店都关停了，小合的女儿楠楠从网上订购了理发工具，小合到家里给黑丫头老两口理了发，看着班主任满头浓密的白发，小合心里也就踏实了些。"小合，学校开学推迟了，耽误的功课咋办呀？"黑丫头念念不忘学校和学生。"线上教学，现在老师和学生都在家里，用电脑、手机进

第八章 最美夕阳红

行网络学习,签到、听课、作业、考试都行,我们学校的管理和疫情报告也是使用网络。"小合给班主任介绍。"那就好,网络真是太方便了,今年高考、中考推迟吗?"黑丫头又问。"现在还没定,让学校做好复学封闭管理的准备。现在宿舍的测温仪派上了用场,教学楼都装上了安检门,班级配备了测温枪,政府调拨了医用口罩,一些公司也捐赠了口罩、消毒液……"小合接着介绍。"临毕业的孩子都住校,大热天的上课还要戴口罩,这可太难了!"黑丫头摇了摇头不语了。"不过小合,这也不一定!"黑丫头肯定地说,"'非典'那年我在沙中宿舍楼,高考提前了一个月,还有学生考上了北大。现在录取率这么高,政府重视,社会和家长也支持,你们肯定能干好!"

停顿了一下,黑丫头接着说:"尤其是咱们沙城四中,从成立到壮大,再到搬迁新校区带动沙城三中一起发展。二十年了,咱们吃了多少苦,受过多少磨难,肯定能干好!"好温馨啊,来看望班主任,也是来接受教育,八十多岁的老两口身体硬朗,精神头儿十足,总是充满希望,让学生看了心里干劲儿十足……

这一年,河北省的高三年级在四月二十三日读书日这天复学,五月七日初三年级复学,教职工和省外来就读的学生提前进行了两次核酸检测。这天,沙城四中门前的育才大街实行交通管制,教育局、公安局的负责人早早就位,初三一千一百名学生由家长护送,错峰返校复学。佩戴口罩、进门测温、行李消毒、拉开距离,老师和员工们戴上小红帽,推着托运车,帮着学生搬运行李。校歌《超越》和师生自创的怀来教育之歌《丹心》、抗疫歌曲《出征》响起,沉寂了四个月的校园重现生机。封闭管理,晨午晚检,分小班教学,戴口罩上课,在教室就餐……牵动了多少人的心,省、市、县各级领导到学校督导,教育、公安、市场、疾控等部门现场指导。六月一日,中学全面复学。

黑丫头

　　这年高考，是二〇〇二年起实行高考改革的最后一年，推迟一个月举行，恢复到了"非典"以前的七月七日，全国参加高考学生一千零七十一万，创历史新高。这年中考，推迟到七月十八日，沙城四中学生张硕全县夺魁，三年前在沙城三中校区成立的外县班275班拔得头筹。

　　九月一日，全国中小学正常开学。世界卫生组织公布的最新数据，全球累计新冠肺炎确诊病例突破两千五百万例，死亡病例突破八十四万例，一些机构预测年底确诊病例将破亿。黑丫头老两口在家里，为学校、学生和老师默默祝福……

　　多少年了，黑丫头既是老师也是母亲，更是学生的领路人，一直在前面走着、护着……她就像野菊，深深地扎根岩缝，迎风顶霜，执着绽放，为深秋预留下春意……

后　记

《怀来教育志》出版以后，引起了一些关注，尤其是一些教育前辈提出了许多中肯的建议，令人感动。笔者对教育一往情深，也想让更多的人了解怀来教育的历史，但囿于志书的笔法，且翔实的教育工作史料缺乏可读性，也就想写一部有关教育题材的作品。

笔者和班主任汪木兰老师整理的纪实小说《黑丫头》，圆了这个梦想。小说刻画了"黑丫头"这个独特的形象，展示了中国近百年的发展画卷。主人公出生、上学、教书、求学、务农、代课、管理宿舍、颐养天年等人生经历，折射出城乡教育的发展变化。教育改造、扫盲运动、学校兴办、义务教育、素质教育、均衡教育——融入主人公的见闻感受，中小学校的设置、条件、学制、课程、文体、招生、管理及教师待遇等在小说中均有体现。全国文教群英会、党的第十二届全国代表大会、全国教育工作会、第一个教师节、"非典"期间高考、新冠肺炎疫情期间线上教学及复学封闭管理等这些教育的里程碑事件，也都矗立在人物活动的时间线中。

黑丫头

　　小说展现了广阔的社会生活，展示了怀来的乡土民俗，有国家的变革、城乡的发展、学校的兴衰和个人的恩怨，但无意印证现实，人物也多为化名。无奈作者能力所限，谬误较多，恳请方家指正。

　　《黑丫头》在 2020 年新冠肺炎疫情期间整理而成，笔者不时与班主任汪木兰及老伴李文荣线上联络，随时询问同时期就读怀来中学的母亲，作为同行的妻子张梅丽、女儿陈楠每天协助写作。同事南洪霞老师设计封面，赵凤欣老师帮着斟酌、润色文字，沙城中学黄万鹏老师、陈红梅老师把关内容，征询了沙城中学原初中十七班师生的意见，请教了怀来县作协康德武主席、清心老师……这本书凝聚了太多人的心血。笔者一直相信挑战与机遇并存，师生忙于线上教学和复学复课之际，完成这样一份特殊的作业，记录历史、缅怀前辈。与共克时艰的人们共勉，向从容逆行的英雄致敬，更为巍然屹立的祖国自豪！

陈继合
2020 年 9 月 1 日

◀1953年，汪木兰（中）在河北省延庆县初级中学上学时与师生合影

1957年，河北省怀来县怀来中学话剧《原来是这样的人》演员合影，汪木兰（后排左三）饰班长，李文荣（后排左二）饰医生▼

1969年，汪木兰全家在河北省怀来县草庙子公社陈家铺大队▼

1961年，汪木兰（前排中）在河北省张家口市煤机中学与同事合影▼

◀ 1982年，河北省怀来县草庙子公社陈家铺大队汪木兰全家被评为全国五好家庭

1986年，汪木兰（前排左二）在河北省怀来县沙城中学代课时与政史组教师合影 ▶

1984年，河北省怀来县沙城中学初中7班毕业留念 ▼

▲ 1986年，河北省怀来县沙城中学初中17班被评为张家口地区先进班集体

▲ 1987年，河北省怀来县沙城中学初中17班毕业合影，二排左起：赵亚峰、李志娟、叶昭华、李桂花、许建平、许秉旺、廉润昶、苏士维、汪木兰、陈增德、吴宝泉、赵仁贵、吴凤龙、李建伟、袁玉山、荆永江

◀1988年，汪木兰、李文荣夫妇与老教师裴忠泽、杨静秋夫妇在河北省怀来县沙城中学（左）

▶1989年，汪木兰在河北省怀来县沙城中学主持"新宪法颁布七周年"主题班会（右）

◀2003年，汪木兰、李文荣夫妇在河北省怀来县职教中心、沙城第四中学学生公寓（左）

▶2012年，河北省怀来县职教中心、沙城第四中学教师欢送汪木兰老师（右）

▲ 2017年，河北省怀来县职教中心、沙城第四中学退休教师、建校功勋回学校联谊

▲ 2018年，汪木兰与河北省怀来县沙城中学原初中17班部分学生新春聚会

◀ 2019 年 11 月，河北省怀来县沙城第四中学、沙城第三中学师生到清华大学研学

▶ 2020 年 1 月，河北省怀来县沙城第四中学工会慰问李文荣、汪木兰老师夫妇

▼ 2020 年 5 月 7 日，河北省怀来县沙城第四中学初三年级复学